ALPHAS FLUCH

RENEE ROSE

LEE SAVINO

W0400983

Übersetzt von

STEPHANIE KOTZ

Midnight
ROMANCE

Copyright © 2020 Alphas Fluch von Renee Rose und Lee Savino

Alle Rechte vorbehalten. Dieses Exemplar ist NUR für den Erstkäufer dieses E-Books bestimmt. Kein Teil dieses E-Books darf ohne vorherige schriftliche Genehmigung der Autorin in gedruckter oder elektronischer Form vervielfältigt, gescannt oder verbreitet werden. Bitte beteiligen Sie sich nicht an der Piraterie von urheberrechtlich geschützten Materialien und fördern Sie diese nicht, indem Sie die Rechte der Autorin verletzen. Kaufen Sie nur autorisierte Ausgaben.

Veröffentlicht in den Vereinigten Staaten von Amerika

Renee Rose Romance, Silverwood Press und Midnight Romance

Dieses E-Book ist ein Werk der Fiktion. Auch wenn vielleicht auf tatsächliche historische Ereignisse oder bestehende Orte Bezug genommen wird, so entspringen die Namen, Charaktere, Orte und Ereignisse entweder der Fantasie der Autorin oder werden fiktiv verwendet, und jegliche Ähnlichkeit mit tatsächlichen Personen, lebenden oder toten, Geschäftsbetrieben, Ereignissen oder Orten ist rein zufällig.

Dieses Buch enthält Beschreibungen von BDSM und vieler sexueller Praktiken. Da es sich jedoch um ein Werk der Fiktion handelt, sollte es in keiner Weise als Leitfaden verwendet werden. Die Autorin und der Verleger haften nicht für Verluste, Schäden, Verletzungen oder Todesfälle, die aus der Nutzung der im Buch enthaltenen Informationen resultieren. Mit anderen Worten probiert das nicht zu Hause, Leute!

❀ Erstellt mit Vellum

RENEE ROSE: HOLEN SIE SICH IHR KOSTENLOSES BUCH!

Tragen Sie sich in meine E-Mail Liste ein, um als erstes von Neuerscheinungen, kostenlosen Büchern, Sonderpreisen und anderen Zugaben zu erfahren.

https://www.subscribepage.com/mafiadaddy_de

HOLEN SIE SICH IHR KOSTENLOSES BUCH!

Tragen Sie sich in meine E-Mail Liste ein, um als erstes von Neuerscheinungen, kostenlosen Büchern, Sonderpreisen und anderen Zugaben zu erfahren.

https://geni.us/jungfrauunddervampir

KAPITEL 1

WOLF RIDGE, ARIZONA (NÖRDLICHES PHOENIX)

vor sechzehn Jahren

Sheridan

BEI DEM DUMPFEN Geräusch von Knochen, die auf Fleisch treffen, verknotet sich mein Magen. Ich packe die Hand meiner kleinen Schwester Ruby und zerre sie nach hinten und aus dem Weg. Ein unmenschliches Knurren kommt von dem schmächtigen, unterernährten Teenager, der gerade meinen Cousin Garrett Green angreift, einen Teenager, der doppelt so groß ist wie er. Man musste verrückt sein, es mit dem Sohn unseres Alphas aufzunehmen.

Aber Trey hat vermutlich einen Todeswunsch.

Sein Dad, der Säufer, wurde heute von der Polizei verhaftet. Wegen *Mordes*. An einem Menschen.

Und der Grund dafür, dass alle Kinder auf diesem Feld

hinter dem Clubhaus versammelt sind, ist, dass unser Alpha eine Rudelversammlung einberufen hat. Es heißt, dass besprochen wird, ob sie Trey und seine Mom bleiben lassen. Das Rudel hält nichts von Ärger mit Menschen, insbesondere mit den Cops, weshalb jeder Wolf, der uns in Gefahr bringt, verbannt werden kann.

Also yeah, durch Trey strömen vermutlich gerade haufenweise Wut und Angst. Sich von Garrett verprügeln zu lassen, könnte da eine willkommene Ablenkung sein.

Man muss Garrett zu Gute halten, dass er Trey bisher kaum zum Bluten gebracht hat. Er bewahrt die Oberhand, aber lässt den Kampf laufen, erlaubt Trey, auf diese Weise Dampf abzulassen, indem er schlägt und tritt, sich immer wieder auf Garrett stürzt. Trey brach den Kampf vom Zaun, sowie die Versammlung begann, und wir Kinder versammelten uns, um zuzuschauen.

Und sie sind keine Freunde. Niemand hat sich mit Trey angefreundet, seit seine Familie letztes Jahr hierhergezogen ist. Er ist die meiste Zeit stumm wie ein Fisch und redet kaum im Unterricht, obwohl er klug zu sein scheint. So viel Interaktion habe ich von ihm im ganzen Jahr nicht gesehen.

Es ist nicht so übel, wie es sich anhört. In dem Kampf liegt auch eine gewisse Schönheit – beide Jungen bewegen sich mit leichtfüßiger Eleganz, eher wie trainierte Boxer anstatt wie Highschool-Schüler im ersten Jahr. Wenn mein älterer Bruder hier draußen wäre, würde er dem Kampf ein Ende setzen. Doch er ist vor kurzem achtzehn geworden, weshalb er jetzt an den Versammlungen teilnehmen darf.

Trey wirft sich mit seinem ganzen Gewicht nach vorne und rammt Garrett. Sie taumeln in den Dreck. Garrett fixiert ihn auf dem Boden, doch Trey rutscht unter ihm weg und schlägt ihm gegen die Schläfe, womit er ihm ein überraschtes Grunzen entlockt.

Garretts vierjährige Schwester Sedona rennt nach vorne und ruft nach ihm, weshalb ich einen Satz nach vorne mache, um sie aus der Gefahrenzone zu holen. Zur gleichen Zeit schleudert Garrett Trey nach hinten und er wirft Sedona und mich zu Boden.

Ein kollektives Knurren erklingt von Garrett und der Gruppe Kinder, die zuschauen. Ich rechne damit, dass Garrett Trey jetzt erledigt, weil sein Alphainstinkt, die Frauen zu beschützen, jede Zurückhaltung, die er bisher an den Tag gelegt hat, außer Kraft setzt.

Meine Freundin Pam hebt Sedona hoch und tröstet sie.

„*Sheridan*." Trey ignoriert Garrett und verwandelt sich sofort von außer Kontrolle geratenem Zorn in… einen *Gentleman*. Der Wolf in seinen Augen verblasst von Silber zu Hellblau.

Ich wusste nicht, dass er meinen Namen kannte, doch warum sollte er ihn nicht kennen? Ich kenne jedenfalls seinen.

Er hebt mich zur selben Zeit auf die Füße, in der er sich aufrappelt. Seine Fingerknöchel sind aufgeplatzt und blutig, aber er hält mich zärtlich fest und Sorge ist in die Falte zwischen seinen Augen gegraben. „Es tut mir leid – bist du verletzt?" Sein Zahn hat seine Lippe durchbohrt und Blut läuft über sein Kinn, doch er scheint seinen eigenen Schmerz gar nicht wahrzunehmen.

Unsere Blicke verhaken sich und irgendetwas in meinem Unterleib zieht sich zusammen – irgendein intensives, neues Bewusstsein, dass ich weiblich und er männlich ist.

Ich kann den Blick nicht abwenden. Er lässt mich nicht los, obwohl Garrett in seinem Nacken lauert.

„Mir geht's gut." Mir gelingt es endlich, meine tauben Glieder in Bewegung zu setzen. Mein Herz hämmert in meinen Ohren, als ich alles wahrnehme, das ich an diesem rauflustigen Jungen aus der niedersten Rudelfamilie übersehen habe. Die Tiefe seiner Stimme. Die Intensität seiner hellblauen Augen. Die Muskeln an seinem schlanken Körper. Die Gerüche an ihm – Blut, Erde und Kiefern.

„Hey.“ Die Kindergruppe springt bei dem Befehl auseinander, der in der tiefen Stimme unseres Alphas ausgesprochen wird. „Was ist hier los?“ Mein Onkel schnuppert in der Luft und nimmt zweifelsohne den Geruch von Blut wahr. Die Hintertür zum Clubhaus steht offen und Eltern strömen heraus, um ihre Kinder einzusammeln. Sedona rennt zu Alpha Green und er zerzaust ihr die Haare, ohne seinen schmalen Blick von seinem Sohn zu nehmen. „Habt ihr gekämpft?“

Ein Muskel an Garretts Kiefer zuckt, während sein Blick zu Trey huscht, der seine Hände von mir fallen gelassen hat, als hätte er einen elektrischen Stoß erhalten. „Ne.“ Er täuscht einen lässigen Tonfall vor, der überhaupt nicht zu der Intensität des Kampfes passt, den er gerade geführt hat. „Wir haben nur etwas Dampf abgelassen, stimmt's, Trey?“ Er streckt eine Faust aus und Trey stößt mit seiner dagegen, als wären sie beste Freunde. Als hätte sich Trey irgendwie seinen Respekt verdient, indem er es mit ihm aufgenommen hat.

Ich stoße die Luft aus, die ich unbewusst angehalten habe.

Emmett Green richtet seinen befehlenden Blick auf Trey. „Du wirst dich jetzt zusammenreißen und um deine Mutter kümmern müssen, Sohn.“

Trey hält den Blick unterwürfig gesenkt, um seinen Respekt zu zeigen. „Ja, Sir. Werden wir rausgeworfen?“

„Nein“, antwortet Mr. Green. „Euch ist es erlaubt, zu bleiben, solange ihr keinen Ärger macht und jeglichen Kontakt zu deinem Dad abbrecht.“

Trey schluckt. „Das ist kein Problem“, brummt er. Dann ergänzt er: „Dankeschön, Sir.“

Der Alpha läuft davon, die Kinder bleiben jedoch alle und mustern Trey neugierig. Ich möchte jetzt am liebsten allen ins Gesicht schlagen, obwohl ich genauso wie alle anderen ein Zuschauer dieser Szene bin. Es ist Garrett, der die Lage verändert.

„Komm.“ Er boxt Trey gegen die Schulter, als seien sie alte Freunde. „Lass uns abhängen.“

Und einfach so wird Trey ein Mitglied von Garretts kleinem Rudel, den Bad Boy Alphas der Wolf Ridge High.

Gegenwart

Sheridan

Diejenigen, die nichts aus der Vergangenheit lernen, sind dazu verdammt, sie zu wiederholen.

Das Zitat meines ‚tägliche Weisheiten‘-Kalenders geht mir durch den Kopf, während ich über den unebenen Parkplatz marschiere. Meine Absätze zermalmen zerbrochenes Glas und ich knirsche mit den Zähnen. Ich bin gezwungenermaßen hier. Wenn ich bei diesem Metzgersgang mein Lieblingspaar Jimmy Choos ruiniere, werde ich wirklich sauer sein.

Du kannst das, Schatz. Das war einer der Sätze aus der aufmunternden Rede meines Vaters. *Das Rudel verlässt sich auf dich*, war ein anderer. Ich hörte den unausgesprochenen Zusatz: *Ich verlasse mich auf dich.* Wenn es irgendetwas gibt, das mich dreißig Jahre Leben gelehrt haben, dann ist das, dass ich alles tun werde, um meinen Dad stolz zu machen. Einschließlich zurück in eine Szene aus meinen Highschool-Tagen zu laufen.

Anscheinend habe ich nichts aus der Vergangenheit gelernt, denn ich bin hier und wiederhole sie. Wenn ich es mir so recht überlege, dann war es mein Dad, der mir diesen verfluchten ‚tägliche Weisheiten'- Kalender schenkte.

Ein heruntergekommenes Lagerhaus ragt auf der anderen Seite des Schotterparkplatzes auf und erhebt sich aus dem gerissenen Beton. Eine Reihe Motorräder lehnt vor einem kaputten Maschendrahtzaun. Einige verbeulte Pickup-Trucks unterbrechen die endlose Reihe aus Leder und Chrom. Ich passiere einen mit Matsch verspritzten Chevy, dessen verrostete Ersatztür dem ausgebleichten Blau einen Farbtupfer verleiht. Ein verblasster Autoaufkleber zeigt einen heulenden Wolf. Ein anderer einen Hund, der ein Bein gehoben hat und einen verräterischen Bogen Flüssigkeit auf ein Ford-Logo spritzt.

Reizend.

Als ich mich nähere, fliegt die Tür auf und ein Gestaltwandler taumelt nach draußen. Seine verfilzte Haarmähne und sein mit Schweißflecken übersätes Shirt stinken nach Bier, Pisse und Gras. Um sechs Uhr abends an einem Mittwoch.

Entzückend.

„Entschuldigen Sie." Ich würde ja seinen Arm berühren, um seine Aufmerksamkeit zu erlangen, aber wer weiß, wo der schon war. „Ist das hier der Gestaltwandler-Kampfklub?"

Der Gestaltwandler glotzt mich an und ich versteife mich. Ich bin in ein Anne Klein Kostüm und Rock gekleidet. Der olivfarbene Ton betont die karamellfarbenen und rotbraunen Highlights in meinen Haaren und meine grünen Augen sehen fantastisch aus. Gepaart mit den durchscheinendsten aller durchscheinenden Strümpfe und meinen Glücks-Jimmy Choos bin ich vorne ganz geschäftsmäßig, hinten einfach nur Wow. *Und darunter tierisch sexy.*

Nicht, dass das dieser unbedeutende Gestaltwandlerwolf jemals wissen wird. Sein Blick gleitet von meinen glänzenden Schuhen zu meinem eleganten Rock zu meinen recht großzügigen Hüften, wobei er einen Umweg über den Saum meiner Bluse an meiner Taille einschlägt und bei meinen Mädels stoppt.

„Hey“, fauche ich. „Meine Augen sind hier oben.“

Der Gestaltwandler blickt höher. „Ist Vollmond?“, säuselt er. „Denn ich verspür den Drang, mich jetzt zu paaren.“

Ein schlechter Anmachspruch. Fantastisch.

„Nein“, blaffe ich, da ich nicht mehr gewillt bin, Höflichkeiten an diesen Vollidioten zu verschwenden. „Ich suche nach –“

Hinter dem Gestaltwandler schwingt die Tür auf und Rockmusik dröhnt hinaus in den sonnigen Tag. Ein betrunkenes Johlen füllt die Luft. „Trink, trink, trink, trink!“

Und einfach so werde ich zurück in die Highschool versetzt.

Ein Fass im Wald, oberkörperfreie Gestaltwandlerjungen, die einen Handstand machen. Mein Herz flattert, als ich zu einem von ihnen laufe. Zu dem hübschen Problembeladenen mit den eisblauen Augen. Er dreht sich um, als ich mich nähere und ein Lächeln erhellt sein hartes Gesicht. Es raubt mir den Atem…

„Lady? Lady…“ Bieratem auf meinem Gesicht veranlasst mich dazu, einen Schritt zurückzuweichen. „Wenn ich Sie wäre, würde ich dort nicht reingehen“, informiert mich der Wolf ernst. Großartiger Ratschlag. Zu blöd, dass ich ihn nicht befolgen kann.

„Ist das der Kampfklub?“, frage ich und als er nickt,

drücke ich mit der Hand gegen die Tür, atme scharf ein und halte die Luft an, als ich die düstere Unterwelt betrete.

Es braucht eine Sekunde, bis sich meine Augen an das Dämmerlicht gewöhnen. Staubmotten hängen in der rauchigen Luft. Zur Rechten steht ein Gestaltwandler hinter einer provisorischen Bar und mixt für seine rüpelhaften Gäste Drinks. Eine Gruppe lederbekleideter Schakale ext Shots. Einige schwanken. Einer steht auf einem Metallhocker und singt ein Trinklied, das vage Irisch klingt. Ich kann es nicht so recht erkennen, weil er bei jedem zweiten Wort lallt und flucht.

Der Laden ähnelt einer Höhle mit einem Betonboden und Licht, das aus Fenstern in der Nähe der Decken fällt. Wer auch immer dieses Lagerhaus umgebaut hat, hat keine schlechte Arbeit geleistet. Die Bar und die Rückwand sind aus recyceltem Holz gemacht. Es gibt einige hohe Bartische mit metallenen Oberflächen und noch mehr poliertem Holz. Tatsächlich sieht es gar nicht schlecht aus. Würde man diesen Laden gründlich putzen – vielleicht mit einem Hochdruckstrahler – würde er trendig aussehen, ein Hipster-Lokal zum Brunchen. Natürlich würde man die Toilettenschilder austauschen müssen. Im Moment verkünden sie: *Schlampen* und *Hengste*.

Bezaubernd.

Ich rolle mit den Augen und trete zur Seite, als sich eine Gruppe Jaguare an mir vorbeidrängt und zur Bar läuft. Sie haben ihre dunklen Haare nach hinten gegelt und ihre Krägen aufgestellt wie Möchtegern-50er-Jahre-Rocker. Einige schauen mit Interesse zurück zu mir und ich strenge mich an, nicht noch einmal die Augen zu verdrehen.

Ich passe hier nicht rein. Zum einen bin ich die Einzige in einem Kostüm. Zum anderen bin ich eine Wölfin. In diesem Laden gibt es nicht viele Frauen. Vielleicht ein paar Miststücke. Nun, ich kann auch ein Miststück sein. Ich bewege meine Zähne zu einem halben Lächeln, halben Knurren und marschiere in die Schatten. Dort stehen weitere Gestaltwandler in Grüppchen und tuscheln untereinander. Einer deutet auf ein Notizbuch und sein Begleiter zieht einen Geldbeutel heraus. Aus dem Augenwinkel sehe ich, wie Geldscheine die Hände wechseln. Ich stoppe beinahe und starre wegen dieses eindeutigen Beweises für Glücksspiel.

Ein großer Käfig steht auf einer erhöhten Bühne. Im Inneren schiebt ein schlaksiger Gestaltwandler mit einem Schopf orangeroter Haare einen Mopp gemächlich hin und her. Meine Nase kitzelt wegen des scharfen Geruchs. Blut.

Je näher ich dem Kampfring komme, desto kräftiger wird der Geruch. Blut, Schweiß, Pisse in einem übelkeitserregenden Miasma. Hätte Testosteron einen Geruch, so wäre es dieser. Ich rümpfe die Nase, suche mir einen Weg um die Müllberge und laufe geradewegs in eine solide Wand aus Muskeln.

„Oh, entschuldigen Sie –“

„Pass auf, Prinzessin“, erklingt ein lawinenartiges Grollen von einem massigen Hünen eines Mannes. Ich schaue auf und erstarre, mein Mund klappt auf. Wilde Augen spähen aus einem vom Kampf übel zugerichtetem Gesicht auf mich hinab. Arme, Hals, Wangen – jeder Teil von ihm, der nicht tätowiert ist, ist mit Narben übersät. Die Narben allein bringen mich zum Starren. Wegen unserer Gestaltwandlerheilkräfte sind sie nicht gerade gewöhnlich, aber nicht unmöglich. Wie viele Verletzungen musste dieser Kerl einstecken, dass er nicht sofort heilte, sondern stattdessen vernarbte?

Eine fleischige Hand schwebt bei meinem Ellbogen, als wäre er bereit, mich zu packen und zu stabilisieren – oder mich rauszuwerfen. „Das hier ist kein Ort für eine Dame.“

„Ich – äh, ich –“ Das ist lächerlich. Ich bin Sheridan Green von den Wolf Ridge Greens, Anführer des Rudels in Phoenix. Mein Onkel und mein Cousin sind beide Rudelalphas. Ich habe mich in der Werwolfpolitik zurechtfinden müssen, noch bevor ich laufen konnte.

Ich starre in das narbige Gesicht hoch und versuche, mich meiner Mission und Manieren zu besinnen. „Ich bitte um Verzeihung.“

„Suchst du nach jemandem?“, knurrt er.

Ich rücke meine Anzugjacke zurecht und ringe um Fassung. „Ich… ja. Ist Garrett Green hier?“

Der große Kerl zieht eine Augenbraue hoch. „Der Alpha kommt nicht hierher.“

Ich lecke mir über die Lippen und versuche, mir etwas einfallen zu lassen, nach dem ich fragen könnte. „Mir wurde erzählt, dass das hier ein Rudelunternehmen wäre.“

„Dann hat man dir das Falsche erzählt“, informiert mich der große Kerl. Er ist ein Gestaltwandler, aber ich kann nicht riechen, welches Tier er ist, auch wenn ich es groß und grübelnd unter seiner einschüchternden Haut spüren kann. Definitiv ein Spitzenprädator. „Das hier läuft unabhängig vom Rudel.“

Mein Gehirn rattert. Wenn nicht Garretts Rudel dieses Unternehmen leitet, wer tut es dann? „Ich dachte, dieser Laden würde unter dem Schutz des Tucson Rudels stehen.“

Der große Kerl zuckt mit den Achseln. „Wir sind Kämpfer. Wir passen auf uns selbst auf.“

„Das ist“, ich schüttle den Kopf, weil ich nicht ‚verrückt‘ sagen möchte, „Ich komme aus dem Phoenix Rudel. Ich wurde hierhergeschickt, um herauszufinden, was vor sich geht –“

„Hey, Grizz. Wer ist deine Freundin?“

Ich drehe mich zu der seidigen Stimme und erleide den

zweiten Schock des Abends. Grizz – der große Kerl in meinem Rücken – tritt zwischen mich und den Sprecher, aber nicht bevor mir ein Hauch seines Rasierwassers in die Nase dringt. Der verführerische Geruch verdeckt einen widerlicheren – einen eiskalten Geruch wie in einer Gruft mit einem Hauch alten Blutes.

Meine Lippen ziehen sich zurück und ich knurre: „Vampir."

Der Blutsauger ist groß, zu groß, mit einem feinknochigen Gesicht, das so hübsch ist, dass es unmenschlich ist. Seine Schönheit ist räuberisch, tödlich wie eine giftige Blume. Männer und Frauen werden sich zu ihm hingezogen fühlen, doch ehe sie sich versehen, werden sie auch schon tot sein.

Er lächelt und zeigt ein Paar spitzer Zähne. Mir sträuben sich die Nackenhaare und mein Wolf schießt an die Oberfläche.

„Verzieh dich, Nero", blafft der große Gestaltwandler, dessen muskulöse Schultern zwischen mir und dem Vampir stehen. „Sie ist ein Gast."

„Mein lieber Grizzly." Der Vampir breitet seine eleganten Hände aus. Er trägt einen eintausend Dollar teuren Anzug und Schlangenhaut-Cowboystiefel. „Sind wir das nicht alle?"

„Komm schon." Grizz scheucht mich in den hinteren Bereich des Ladens und weg von dem lächelnden Vampir. „Das Büro ist in diese Richtung. Der Boss wird mit dir sprechen wollen."

Ich erlaube dem vernarbten Gestaltwandler – natürlich ist er ein Grizzly– mich um den Kampfkäfig zu führen und zu einer Ecke des Lagerhauses, wo sich ein dunkler, raumgroßer Würfel an die Wände schmiegt. Hinter uns beobachtet uns Nero, dessen Zähne im Licht schimmern. Ich unterdrücke einen Schauder.

„Also stimmen die Gerüchte“, murmle ich. „Diese Stadt ist den Blutsaugern in die Hände gefallen.“

Grizz bedenkt mich mit einem scharfen Blick und schiebt mich sanft zur Bürotür. „Hier ist jemand, den du dir ansehen solltest, Boss“, ruft er und klopft an die Seite des Würfels.

Die Tür öffnet sich und ich erleide meinen dritten Schock. Abstehende Haare, Lippenring, dunkle Tattoos, die über muskulöse Arme verlaufen. Und diese eisblauen Augen, die mich durchbohren. Ich schwanke, als wäre ich niedergestochen worden, und er streckt automatisch seine Hände aus, um mich zu stabilisieren.

Trey Robson.

„*Sheridan.*“ Es ist genauso wie beim ersten Mal, als er meinen Namen aussprach. Trey starrt mich an, als wäre er sich nicht sicher, ob ich wirklich hier bin. Ich bin groß, aber er ragt dennoch über mir auf. Und ich bin verloren, ertrinke in der Vergangenheit, der Glut und der Erinnerung in seinem hellblauen Blick.

Trey

SHERIDAN STARRT FINSTER zu mir auf, wobei sie aussieht, als wäre sie direkt aus meinen Träumen – meinen feuchten Träumen – in mein Leben getreten. Mein Wolf drängt gegen meine Haut und kratzt an dieser, weil er sie berühren will. Ich weiß nicht, ob ich sie anbrüllen, ihr die Tür vor der Nase zuschlagen oder sie in das Büro ziehen und mich wieder mit jedem Zentimeter ihres Körpers vertraut machen soll.

Mein Schwanz ist da nicht so zwiegespalten. Es wäre

leicht, so leicht, zu leicht, sie zu mir zu reißen, ihren Rock hoch zu zerren und sie gegen die Wand zu pressen.

Dann öffnet sie den Mund. „Nimm die Hände von mir", giftet sie, wobei ihre grünen Augen Funken sprühen.

„Fuck", krächze ich und lasse sie los, als hätte ich mich verbrannt. „Was ist los?", frage ich Grizz, ohne den Blick von Sheridans wütendem Gesicht abzuwenden.

Der Grizzly zuckt mit den Achseln. „Sie kam rein und wollte mit Garrett sprechen. Dachte, du würdest das wissen wollen."

„Garrett?" Ich verschränke die Arme vor meiner Brust und spiegle Sheridans Haltung. Sie kocht vor Wut. Als hätte sie das Recht, wütend auf mich zu sein nach dem, was sie tat. „Dein Cousin ist nicht hier."

„Das habe ich auch schon erfahren", faucht sie. „Kurz bevor ich einem verflixten *Vampir* über den Weg gelaufen bin."

Ein Knurren steigt in meiner Brust auf. Nicht wegen ihr. Ich bin nicht gerade glücklich über die Blutsauger.

„Komm rein." Ich trete zurück und halte die Bürotür auf. Sie marschiert rein und dreht sich im Kreis, die Hände in die Hüften gestemmt. Einen Augenblick lang sehe ich das Büro mit ihren Augen. Die schlampigen Papierstapel, das dämmrige Licht, das von dem Leuchten eines uralten Desktop-Computers unterbrochen wird. Die leeren Bierdosen, die aus dem Mülleimer quellen. Nicht gerade ein professionelles Arbeitsumfeld.

Egal. Es ist mein Geschäft und ich erledige Arbeit, wann ich will, wie ich es will. Ich bin mit dem Versuch durch, sie zu befriedigen. Diese Tage sind vorbei. Sie kappte jede Verbindung, die wir zueinander hatten.

Eine kleine Stimme in meinem Hinterkopf wispert: *Du verdientest es*. Ich muss zugeben, dass ich die Gefühle, die wir füreinander hatten, so effizient, wie ich konnte, erstickt hatte. Unsere Beziehung war mehr tot als lebendig, als ich schließlich damit fertig war. Doch Sheridan war diejenige, die ein Messer in mein Herz rammte und es umdrehte, bis nichts mehr übrig war. Keine Liebe, keine Gefühle. Seitdem bin ich eine leere Hülle.

„Vampire, Robson, im Ernst? Was zum Kuckuck geht hier vor sich?"

Zum Kuckuck. Sie flucht noch immer nicht. Sie ist immer noch die perfekte Rudelprinzessin, die sich so sehr anstrengt, alle zufriedenzustellen. Ihre Familie, ihr Rudel, ihren Alpha – alle außer mich. Sie hat kein Problem damit, mich wie Dreck zu behandeln.

Gerade jetzt sieht sie mich von oben herab an, als wäre ich Hundescheiße an ihrem Designerschuh. Ihren schicki-micki High Heels, die ihre Beine unter dem Rock lang und verdammt sexy aussehen lassen.

Meine Augenbrauen ziehen sich zusammen und ich erwidere ihren finsteren Blick. Wer zum Teufel trägt High Heels, wenn er einen Untergrund-Kampfklub besucht?

„Was machst du hier, Sheridan?"

Ein perfekt lackierter Fingernagel piekt mir in die Brust. „Du antwortest mir zuerst, Wolf. Warum ist dort draußen ein Blutsauger? Das hier ist Rudelrevier. Warum habt ihr ihn nicht rausgeworfen und ihn als Warnung an alle gepfählt?"

„Das kann ich nicht tun. Er gehört zu Lucius. Wir haben einen Deal."

Sheridan atmet scharf ein. „Ihr macht Geschäfte mit Vampiren?"

„Fuck." Ich wende mich ab und fahre mit einer Hand durch meine Haare. Ich hasse Blutsauger mehr als jeder andere. Sie haben meinen Traum in einen Alptraum verwandelt. „Es ist kompliziert."

„Erkläre."

Ich wirble mit einem Knurren wieder zu ihr herum. „Ich bin nicht dein Wolf." Das war ich einst. Aber nie wieder. Deswegen ist das hier auch so schwer. „Ich bin dir keine Rechenschaft schuldig."

Sie richtet sich auf und ihr Kinn reckt sich zu dieser sturen Haltung, die ich so gut kenne. „Ich bin hier im Auftrag des Phoenix Rudels."

„Garretts Dad? Dann solltest du mit Garrett reden."

„Ich dachte, er wäre hier."

„Das hier ist kein Rudelrevier. Nicht mehr." Ich schlucke, um meinen Wolf daran zu hindern, in meiner Brust zu knurren. Er hasst die Blutsauger genauso sehr wie ich. „Wir haben mit dem Vampir-Obermotz eine Vereinbarung getroffen."

„Das kann ich nicht glauben. Die Wölfe, die ich kenne, würden sich niemals mit Vampiren abgeben –"

„Die Sheridan, die ich kannte, würde niemals ihren eigenen Ruhm ihren Freunden vorziehen. Oh warte, das hat sie bereits getan."

Sie erbleicht. „Das war vor Jahren", flüstert sie. „Ich dachte, du wärst darüber hinweg."

Nie. Ich werde nie über dich hinweg sein. Wenn ich rede, werde ich wie ein Hund betteln. Dass sie zurückkommt, mir vergibt, alles. Anstatt zu antworten, ziehe ich eine spöttische Augenbraue hoch. Grausam, aber sie verdient es.

Sie wendet den Blick ab und Farbe kehrt in ihre Wangen zurück, als sie errötet. Eine Haarsträhne ringelt sich um ihre perfekte Ohrmuschel. Ich balle meine Hand zur Faust, damit ich nicht danach greife.

Nach einer Minute dreht sich Sheridan wieder um, ihr Gesicht eine kühle Maske. „Ich bin hier als Repräsentantin des Phoenix Rudels. Wir haben gehört, dass der Kampfklub

Ärger anzieht. Alpha Green hat mich geschickt, damit ich herausfinde, was hier los ist."

„Du meinst wohl, damit du uns ausspionierst." Ich lege den Kopf schief und blecke die Zähne in einer fiesen Variante eines Grinsens. „Genau wie in den guten alten Zeiten."

Daraufhin zuckt sie zusammen. Deutet auf mich. „Ich würde mich gerne mit Garrett treffen, um mich mit ihm über diese neue Vampirpräsenz zu unterhalten und was sie bedeutet."

„Dann ruf ihn an. Ich bin mir sicher, dein Cousin wird sich freuen, von dir zu hören. Oder redet ihr nicht mehr miteinander?"

Sie presst die Lippen zusammen und schüttelt leicht den Kopf.

„Stell dir das nur vor. Es ist beinahe so, als würde dir keiner mehr vertrauen, seit du uns verraten hast."

„Wirst du das Thema jemals ruhen lassen?"

„Nein." Ich grinse, um den Anflug von Schmerz zu überspielen. Sie ist so hübsch. So perfekt. So unerreichbar. Eine Ameise hat bessere Chancen, die Sonne zu daten.

Ihr Vater hatte recht. Ich hätte sie nie mit meinen schmutzigen Pfoten berühren sollen.

„Schau mal." Ihre Stimme wird sanft. „Ich bin hier nicht die Böse. Der Kampfklub", sie klackert mit ihren Fingern gegen die Tür, „ihr zieht Aufmerksamkeit auf euch. Polizei, FBI, CIA –"

„Whoa, whoa, whoa." Ich hebe eine Hand, um sie zu stoppen, und verfluche im Kopf Agent Dune und seine verdammte Midlife-Crisis. „Die Sache mit der CIA ging nicht auf unsere Kappe."

Sie schüttelt den Kopf. „Ihr wart involviert. Und jetzt ist der Druck da und ihr zieht all diese Geschäfte vor der Nase der Menschen ab. Glücksspiel. Illegale Kämpfe. Drogen."

„Hey", ich spreize die Hände, „ich habe nichts mit Drogen zu tun."

Sie beugt sich nach vorne und schnuppert vielsagend an meinen Kleidern. „Als ich zuletzt nachgelesen habe, war Marihuana ohne Rezept nicht legal."

Ich verdrehe die Augen. „Vielleicht habe ich ja ein Rezept."

„Das Marihuana ist mir egal. Mich interessiert das härtere Zeug. *Sucre sang.*" Sie rattert irgendetwas herunter, das sich französisch anhört. „Zuckerblut. Es ist eine neue Droge auf der Straße und sie ist tödlich." Sie hält inne und ihre Augen nehmen einen Moment lang einen geistesabwesenden Blick an. „Deswegen sind Vampire hier", sagt sie bei sich, als hätte sie gerade ein Rätsel gelöst.

Ich schweige und betrachte ihren Anblick in dem schnittigen Kostüm. Sie sieht gut aus. Mehr Makeup als sie früher trug und ihre Haare sind streng nach hinten frisiert, aber das spießige Kostüm, das sie anhat, verbirgt ihre perfekten Kurven nicht.

Sheridan. Fuck. Sie ist Katzenminze für meinen Wolf. Nicht Katzenminze – Wolfswurz. Süße und Gift in einem perfekt verschnürten Paket.

Als wolle sie das beweisen, wendet sie sich an mich. „Dieser kleine Revierkampf mit den Blutsaugern macht deutlich, dass ihr Jungs nicht allein klarkommt. Ihr braucht unseren Schutz. Vielleicht solltet ihr sogar wieder Teil des Phoenix Rudels werden."

„Was zum Henker?" Ich kann meine Stimme nicht kontrollieren. „Wir sind seit Jahren auf uns alleingestellt, seit du –"

„Ihr existiert nur, weil wir es erlauben", sagt sie so kühl wie ein Richter, der ein Todesurteil ausspricht. „Schließ den Kampfklub, Trey. Oder ich werde es tun."

KAPITEL 2

VOR ZWÖLF JAHREN

Trey

Wölfinnen in Bikinis, leere Bierflaschen, Sand zwischen meinen Zehen. San Clemente State Park ist an einem Oktoberwochenende der perfekte Ort zum Campen mit der Gang.

Meine Mom sieht das locker, aber ich weiß nicht, wie der Großteil dieser Kinder seine Eltern davon überzeugen konnte, sie herkommen zu lassen – es muss daran liegen, dass Garrett, unser zukünftiger Alpha, den Ausflug anführt. Entweder das oder sie logen und behaupteten, es wäre ein Schultreffen.

Ich weiß, wenn ich Sheridan Greens Dad wäre, würde ich ihr niemals erlauben, irgendwo in der Nähe von Leuten wie uns zu schlafen. Wie mir. Denn sie schwebt in ernster Gefahr, hier und jetzt markiert zu werden.

Und das ist nicht nur das gestohlene Bierfass, das da aus mir spricht.

Wir haben noch nie zuvor Zeit miteinander verbracht –

wir bewegen uns in völlig unterschiedlichen Kreisen, aber irgendwie ist es dazu gekommen, dass wir heute Nachmittag gemeinsam im Wasser Frisbee spielten. Jetzt lehnt sie vor dem kleinen Lagerfeuer, das jemand am Strand entzündet hat, an mir. Die Haut ihrer nackten Schultern fühlt sich warm an meiner an und ihr Geruch dringt in meine Nasenflügel. Ich habe sie noch nicht berührt, hauptsächlich weil ich mir selbst nicht über den Weg traue. Ich kann nicht einmal fassen, dass wir Zeit zusammen verbringen. Homecoming-Queen, Mitglied der vorstehenden Rudelfamilie, Musterschülerin – sie ist alles, das ich nicht bin. Mit siebzehn arbeitet sie in den Büros der oberen Etage von Wolf Ridge mit dem Rest der Rudelelite, nicht auf der Fabriketage wie meine Mom und ich.

Und sie ist die umwerfendste Wölfin, die dieses Rudel jemals gesehen hat.

Ich dachte, sie würde einen Alpha-Typen aus einem anderen Rudel daten. Jemanden wie ihren Cousin Garrett, der alles ist und hat. Oder sogar Jared, der wenigstens aus der Rudelmitte stammt.

„Weißt du, worauf ich mir einfach keinen Reim machen kann, Robson?“ Ihre Stimme ist rau und leise, sodass nur ich sie hören kann.

„Was ist das, Süße?“ Ich nehme einen Zug von dem Joint, den mir Jared gereicht hat, und biete ihn ihr an. Sie schüttelt den Kopf, aber ich spüre keine Verurteilung.

„Warum ein Kerl, der so klug ist wie du, in der letzten Reihe sitzt und während dem Unterricht nur Scheiße macht. Wenn du dich anstrengen würdest, könntest du für irgendein College ein volles Stipendium erhalten.“

Meine Brust zieht sich zusammen, doch ich zwinge mich zu einem Lachen. Das College habe ich schon vor langer Zeit abgeschrieben. Vermutlich zu der Zeit, als mir mein Lehrer in der achten Klasse erzählte, dass ich so wertlos wie mein inhaftierter Dad sei und ich meinen Arsch in die Berufsschule schwingen solle. „Was bringt dich auf den Gedanken, dass ich klug bin?“

„Du wärst nicht im Fortgeschrittenenkurs, hättest du die Prüfung nicht bestanden. Und du schaffst jeden Test mit links, obwohl ich dich nie lernen sehe.“

Sie hat auf mich geachtet.

Das allein sorgt schon dafür, dass meine Welt erschüttert wird und sich neu anordnet.

„Ne, die Schule ist nichts für mich. Ich kann Autoritäten nicht ausstehen.“ Ich schenke ihr mein Bad Boy Lächeln und sie lehnt sich an mich, wobei ihre waldgrünen Augen von den Flammen beleuchtet werden.

„Du folgst *seiner* Autorität.“ Sie hebt ihr Kinn in die Richtung von Garrett Green, dem Sohn unseres Rudelanführers.

„Er ist anders.“ Das meine ich ernst. Garrett mag einhundert Prozent Alpha sein, aber er ist einer von uns. Ihn interessieren die Schule oder Autoritäten auch nicht. Er wird sich auch nicht unterordnen. Er hat seinem Dad klipp und klar gesagt, dass er die Brauerei nie leiten wird. Mehr als alles andere ist er jedoch ein Freund. Er ist seinem Minirudel aus Teenager-Wölfen so treu ergeben wie wir ihm. Er würde alles für uns tun.

Und davon hatte ich viel zu wenig in meinem Leben, also yeah – ich halte mich an ihn. Wo er hingeht, gehe ich auch hin. Und wir werden auf keinen Fall aufs College gehen, um zu Anzugträgern in der Wolf Ridge Brauerei zu werden.

Sie richtet ihren Blick wieder auf das Feuer.

Mir gegenüber heult Garrett und zieht seine Badehose aus. Mit einem aufgeregten Jubeln folgt ihm der Rest der Jungs, lässt seine Badesachen fallen und verwandelt sich, um zu jaulen. Ein Haufen Mädchen tun das ebenfalls, ehe sie nach mir und Sheridan rufen. Sie steht auf, zögert und bedenkt mich mit einem unsicheren Blick.

Auch wenn ich mein linkes Ei hergeben würde, um Sheridan Green nackt zu sehen, besteht keine verdammte Chance, dass ich sie das vor dem Rest der Gang tun lassen werde. Yeah, wir haben uns alle gemeinsam verwandelt, seit wir Kinder waren, aber das war vor der Pubertät. Bevor unsere Zähne das Serum trugen, das dazu in der Lage ist, eine Frau dauerhaft zu markieren.

„Nicht hier, Süße." Ich reiße sie an der Taille nach oben und renne los. So trage ich sie zu der Ansammlung von Zelten, während sie kichert und sich wehrt, damit ich sie absetze.

Ich lasse sie vor ihr Zelt fallen und kehre ihr meinen Rücken zu. „Den letzten beißen die Hunde!" Ich schiebe meine Badehose nach unten und verwandle mich, während sie sich noch in das Zelt duckt.

Sie kreischt frustriert und dann schießt sie aus dem Zelt, ihr lohfarbenes Fell dicht und glänzend. Sie rennt in Höchstgeschwindigkeit zum Wasser und ich verfolge sie, schnappe nach ihren Fersen. Mein Wolf ist schon bereit, sich zu paaren, sie zu markieren.

Beruhig dich, Junge. Sheridan Green ist ungefähr so tabu für mich wie eine Nonne im Vatikan.

Meinem Wolf ist das scheißegal.

Er will sie. Vorzugsweise in Menschengestalt, nackt und am Strand.

Er will sie heute Nacht.

***

Gegenwart

Sheridan

EINE SEKUNDE lang starrt mich Trey nur an, die Augen aufgerissen, als hätte ich ihm in die Brust geschossen.

Erneut.

Der Schmerz und die Scham aus jener Nacht kommen wie ein schwarzer Nebel zurück, der meinen Körper einhüllt. Ich habe mich die vergangenen zwölf Jahre so sehr angestrengt, mich davon zu befreien und mir einzureden, dass ich das Richtige tat. Vor allem, da es dem Tucson Rudel gut ergangen ist.

Doch da dreht sich mein erster fester Freund um und tritt gegen das Tischbein.

„Fuck", spuckt er aus. „Fuck, fuck, fuck." Er tritt gegen einen Mülleimer, der daraufhin durch die Luft fliegt.

„Reizend", sage ich gedehnt und stoppe eine rollende Bierdose mit meinem Fuß. „Du warst schon immer so redegewandt."

„Du warst nie ein so Miststück", entgegnet er und ich zucke zusammen.

„Ich kann nicht fassen, dass ich dich jemals geliebt habe", brumme ich. Ich will eigentlich nicht, dass er mich hört, aber er blickt scharf auf und sein Hals rötet sich vor Wut. Dämliches sensibles Wolfgehör.

Ich hebe mein Kinn und fordere ihn stumm heraus, etwas zu sagen.

„Was zum Henker ist das hier, Sheridan?" Es gab eine Zeit, in der ich dahin schmolz, wenn er meinen Namen sagte. Es ist wirklich sehr ungünstig, sich jetzt daran zu erinnern. Trey ist wütend. Sehr wütend. Aber die Wölfin in mir spürt seine Hitze und interpretiert sie anders. Sie erinnert sich daran, als Treys großer Körper und seine ganze Wut auf die

Welt zu feuriger Leidenschaft wurden, mit der er mich bedachte. Die perfekte Alchemie.

„Du tauchst hier nach zwölf Jahren auf, spuckst große Töne… lass mich dir etwas erklären, Süße.“ Er sticht mit einem Finger in meine Richtung. „Du besitzt nicht die Autorität, mein Geschäft zu schließen.“

„Mein Alpha schon.“

„Also wirst du den Schwanz einklemmen und zu ihm rennen? Du warst schon immer gut darin, uns zu verpetzen. Zwölf Jahre haben rein gar nichts geändert.“

Ich laufe rot an. Ein Punkt für den wütenden Wolf.

„Deswegen bist du nicht hier.“ Trey rückt mir auf die Pelle und gewährt mir einen Blick auf seine Brustmuskulatur, die sich gerade anspannt, woraufhin ich plötzlich nicht mehr klar denken kann. „Ich glaube, du hast deinen hübschen kleinen Platz im Rudel und dein hübsches kleines Leben satt. Ist es nicht so, Süße?“ Die dunklen Ränder seines Tattoos am Hals füllen mein Sichtfeld. Es ist heiß, fast schon zu heiß zum Atmen. „Du wolltest schon immer etwas Aufregung in deinem Leben. Deswegen waren wir überhaupt zusammen. Ich wollte eine Rudelprinzessin in meine schmutzigen Pfoten kriegen und du“, sein Atem wärmt mein Ohr und mir wird schwindelig, „mischtest dich unters gemeine Volk.“

Er tritt zurück, um meine benommene Miene zu betrachten, einen zufriedenen Ausdruck auf dem Gesicht. Mein Blut rauscht schneller, immer schneller und meine Wölfin will wissen, warum er noch immer so viele Kleider anhat.

„Deswegen bist du hier.“ Trey verschränkt die Arme vor seiner breiten Brust, womit er sich effektiv vor mir verschließt. „Noch ein Einblick in das Leben des Hundes. Dann geht’s zurück zu deinem tollen Posten, nachdem du auf alles geschissen hast, das ich erreicht habe. Denn du bist immer noch auf Rache aus.“

„Das hier ist nichts Persönliches."

„Natürlich ist es das." Er legt seinen hübschen Kopf in den Nacken und hinter der Kampfhaltung erkenne ich das Aufblitzen von Schmerz. Aus genau diesem Grund fühlte ich mich zu ihm hingezogen, als wir Teenager waren – genau das verlieh ihm Tiefe. Er war nicht einfach ein weiterer dämlicher Schwachkopf-Anhänger von Garrett. Seine Emotionen reichten tief und obwohl er sie den Großteil der Zeit in sich verschloss, traten sie durch seine Fäuste in Erscheinung und bei mir durch Leidenschaft.

Ich will einfach nur näher zu ihm treten und ihn trösten. Obwohl er so wütend ist, weiß ich, dass er mir nicht wehtun wird. Er würde mir niemals wehtun.

„Du hast es immer noch auf mich abgesehen."

„Das habe ich nicht." Ich schlucke und versuche, meinen Mund zu befeuchten. Ich muss mir in Erinnerung rufen, weshalb ich hier bin. Ich darf nicht vergessen, dass Trey ein Player ist und jegliche Anziehungskraft, die sein hübscher Kämpferkörper auf mich ausübt, bald ausgelöscht werden wird, weil er tief in seinem Inneren ein lügender, betrügender, fieser, schmutziger Hund ist. „Ich repräsentiere das Rudel."

„Nicht mein Rudel."

Ich will ihn anschreien und fragen, warum er einen auf dumm macht. „Das Phoenix Rudel. Wolf Ridge. Dein altes Rudel."

„Das war nie mein Rudel." Seine Lippen bewegen sich kaum.

„Bitte", schnaubt sie. „Erzähl das deiner Mom. Sie vermisst dich übrigens. Sie arbeitet noch immer in der Fabrik – ich sehe sie jede Woche."

Seine Augen werden schmal. „Ich spreche zweimal pro Woche mit ihr."

Okay, vielleicht war das ein Schlag unter die Gürtellinie, anzudeuten, dass er seine Mom im Stich ließ.

„Weißt du, ich bin überrascht, dass dir dein Vater erlaubt, von deinem Thron herunterzusteigen und dich unter das gemeine Volk zu mischen.“ Er schlendert um mich herum und ich kämpfe den Drang nieder, mich zu ihm umzudrehen, damit ich ihm nicht den Rücken zukehre. Er ist das größte Raubtier in diesem Raum und meine Wölfin weiß das. Sie sollte nicht so erregt sein. Noch etwas mehr Erregung in meinem Geruch und Trey und jeder, der in diesen Raum läuft, wird wissen, wie ich wirklich empfinde. Meine Wölfin will ihn wie einen großen, tätowierten Berg besteigen.

Beruhig dich Mädel!

„Ich bin keine Rudelprinzessin.“

„Verarschen kann ich mich selber. Zu was haben sie dich nach deinem Collegeabschluss gemacht? CEO?“

„Ich bin die Vizepräsidentin der Finanzabteilung.“ Ich verschränke die Arme vor der Brust. „Aber ich habe es mir erarbeitet.“

Trey schnaubt.

„Nein wirklich, das habe ich. Ich habe jeden Sommer ein Praktikum gemacht. Als ich schließlich meinen MBA in der Tasche hatte, hatte ich in jedem Bereich der Firma gearbeitet.“

„Jedem Bereich?“ Trotz allem klingt er beeindruckt.

„Jepp. Fabriketage, Hausmeister. Einen Sommer habe ich sogar im Marketing bei unseren gesponserten Events und Outdoorevents gearbeitet. Wenn wir nicht genügend Personal hatten, half ich aus, wo immer es nötig war – kellnerte, arbeitete sogar hinter der Bar.“

„Du hast Drinks eingeschenkt.“ Treys Stimme ist trocken, ungläubig.

„Jepp.“

„Gut, wir brauchen einen Barkeeper, der Geld richtig rausgeben kann. Mittwochabend, 19 Uhr. Trag einen Rock." Er betrachtet mein Outfit spöttisch. „Aber lass die Jacke daheim."

„Hörst du nicht zu? Du kannst hier keine Kämpfe mehr austragen. Du erregst Aufmerksamkeit."

„Dann hast du wohl nicht aufgepasst, Süße." Trey drängt sich an mich und Hitze flutet meinen Körper. Ich starre zu ihm hoch. Jeder meiner Nerven sirrt wie eine Sirene. *Räume jetzt das Gebäude!* „Ich werde auf gar keinen Fall zulassen, dass du meinen Laden schließt."

Er beugt sich nach vorne, die Augen auf mich gerichtet. Den Kopf zur Seite neigend, zieht er geräuschvoll einen Schwall Luft in seine Nase. „Vanille und Orange", raunt er mit seiner tiefen Stimme und Erregung sammelt sich zwischen meinen Beinen „Sehr schön."

„Das ist der Geschmack unseres neuen Sortiments saisonaler Biere", gebe ich den Werbeslogan meiner Firma wieder. „Weizenbiere. Sehr beliebt." Mein Gehirn läuft auf Autopilot und sämtliche verfügbaren Neuronen sind ausschließlich damit beschäftigt, mich daran zu hindern, Treys gewölbte Bizepse mit beiden Händen zu packen und mich wie eine Katze an ihm zu reiben.

„Was auch immer es ist, ich mag es. Du riechst zum Anbeißen gut." Seine Augen glitzern silbern, sein Wolf späht mir entgegen. Nicht gut.

Ich ramme meinen Absatz auf seinen Fuß. So fest, dass sich mein spitzer Absatz durch den dicken Lederstiefel bohrt.

„Au", brüllt er und springt zurück. „Was zum Kuckuck?"

„Verflixt", zische ich und hebe mein Bein. Mein Absatz ist abgebrochen. Ich deute auf seine Stiefel. „Sind das etwa Stahlkappen an den Spitzen?"

„Arbeitsvorschrift." Seine Lippe kräuselt sich erneut.

Gott, wird er mich jemals mit etwas anderem als Verachtung betrachten? „Du kennst uns Robsons doch. Es macht keinen Sinn, eine Collegeausbildung an uns zu verschwenden. Wir arbeiten schließlich in den Jobs, bei denen man keine braucht."

„Hör auf damit", gifte ich, mein Schuh kümmert mich nicht mehr. Ich hasse es, wenn er andeutet, dass er nicht klug genug ist. „Du bist ein kluger Kopf, Trey. Das habe ich dir schon vor Jahren gesagt. Du hast nur beschlossen, ihn nicht zu benutzen." Ich raffe meinen Rock und stemme meinen Fuß gegen den Schreibtisch, womit ich mein Bein direkt vor ihm entblöße.

„Was machst du denn?", würgt Trey hervor.

Zufriedenheit schlängelt sich meine Kehle hinauf. Ich mag einen Absatz verloren haben, aber ich fasse wieder Fuß. „Ich ziehe meine Schuhe aus." Ich schiebe meine Finger meinen Schenkel hoch, um mein Strumpfband zu öffnen. „Doch zuerst muss ich meine Strümpfe ausziehen. Ich will schließlich nicht, dass sie schmutzig werden."

Treys Adamsapfel hüpft, als er schluckt. Er leckt sich über die Lippen und starrt auf meine Beine. „Du kannst nicht barfuß dort rausgehen."

„Ich bin eine taffe Wölfin", feure ich zurück und schiebe den Strumpf meinen Schenkel hinab. Ich mag ein oder zwei Sekunden länger dafür brauchen, als wirklich nötig sind, aber der verblüffte Ausdruck auf Treys Gesicht ist das so was von wert. „Pass nur auf."

~

Trey

. . . .

Eine Sekunde lang tue ich genau das. Ich passe auf, beobachte die Show und, das Schicksal möge mir beistehen, ich liebe es. Sheridans schlanke Finger schälen den Strumpf nach unten und enthüllen ein perfektes Bein. Sie entfernt einen, dann den anderen, knüllt sie zusammen und stopft sie in die Spitze des kaputten Schuhs, ehe sie sich aufrichtet, um mich mit einem triumphierenden Blick zu bedenken. „Wenn du nicht gewillt bist, die Lage wie eine vernünftige Person zu besprechen, dann ist dieses Gespräch vorbei." Barfuß wirbelt sie zum Gehen herum. Auf keinen verdammten Fall wird sie barfuß durch den Klub – meinen Klub – laufen, dessen Boden mit Glasscherben und Dreck und dem Himmel weiß was übersät ist.

Mit schwingenden Hüften macht sie einen Schritt aus der Tür.

„Nicht so schnell." Ich packe sie um die Taille und werfe sie mir mühelos über die Schulter. Sie wehrt sich, brüllt und tritt hilflos mit den Beinen um sich, während ich sie mit einer Hand an ihren Beinen und einer an ihrem Arm über meiner Schulter sichere.

„Was zum Kuckuck", kreischt sie, aber ich bin bereits in Bewegung und marschiere durch den Klub an erschrockenen Gestaltwandlern vorbei. Einige drehen sich um, deuten auf uns oder schlagen sich die Hände vor den Mund, weil ich ein sich wehrendes Weibsbild aus meinem Büro trage. Aus dem Augenwinkel sehe ich Grizz. Der riesige Bärengestaltwandler schüttelt den Kopf.

„Trey! Setz mich sofort ab oder bei Gott ich –"

„Schrei nur weiter, Süße." Ich lache und befreie meine rechte Hand, um ihrem hübschen Hintern einen Klaps zu verpassen. „Sorg ruhig dafür, dass niemandem in diesem Laden die Show entgeht."

„Ich werde dich umbringen!", brüllt Sheridan, deren

Fäuste auf meinen Rücken trommeln. Sie ist stark, aber ich bin stärker.

„Du kannst es gerne versuchen. Wir werden es eine Audition nennen. Wir denken momentan darüber nach, noch ein paar weibliche Kämpferinnen dazu zu holen. Vielleicht werden wir sie im Schlamm kämpfen lassen, nackt. Ich würde einiges dafür hinblättern, um mir das ansehen zu können."

„Du, du –" Ihre Stimme wird zu einem Knurren, während sie ihre Nägel in meinen Hintern bohrt. Das Brennen schießt direkt in meinen Schwanz. Gottverdammt, dass Sheridan mir Schmerzen verursacht, sorgt nur dafür, dass mein Schwanz sie noch mehr liebt. Sie könnte mir die Beine an den Knien abhacken und ich würde trotzdem noch kommen.

„Das ist es, Baby, schlag deine Nägel in mein Fleisch. Ich mag es grob", brumme ich, als ich die Tür erreiche und in die Nacht trete. Sheridan knurrt, aber sie hört auf, sich so angestrengt zu wehren. Ich genieße die letzten Schritte über den Parkplatz. Ich laufe an der Bande neugieriger Biker vorbei und schnurstracks zu Sheridans Auto. Dem weißen Mercedes-Cabriolet, den ihr ihr Vater zum Abschluss geschenkt hat. Ein perfektes Geschenk für seinen perfekten kleinen Engel.

Ich lasse sie direkt auf den Fahrersitz fallen, so sanft wie ich kann, ehe ich rasch zurückweiche. Ich will schließlich nicht, dass mir in die Nüsse getreten wird. „Wo bist du untergekommen?" Ich muss einfach fragen – nichts wird das Verlangen in mir, mich um sie zu kümmern, stoppen – und mich vergewissern, dass sie in Sicherheit ist.

Sie blickt zu mir auf, die Haare zerzaust und die Wangen gerötet und die Augen leuchtend vor Zorn und… etwas anderem. „Ich habe mir ein AirBnB an der Meyer Street gemietet. Drüben beim Kongresszentrum."

Ich kann mich nicht auf ihre Worte konzentrieren, weil

mich der Geruch ihrer Erregung trifft und ich nach hinten stolpere. Oh beim Schicksal. Sie ist angetörnt.

„Nun, dann check dort aus, Süße“, weise ich sie an. „Komm nicht zurück.“

Sie fährt so schnell davon, dass der Schotter aufspritzt. Ich stehe dort und zucke nicht einmal mit der Wimper, als die Steinchen gegen meine Jeans prasseln. Das Brennen ist nichts, das ich nicht verdiene.

„Trey.“ Eine große dunkle Gestalt tritt aus den düsteren Schatten der Motorräder. Mein bester Freund Jared schlendert nach vorne, die Stirn ungläubig in Falten gelegt. Er deutet mit dem Daumen in die Richtung des schwindenden Mercedes. „War das…“

„Jepp“, antworte ich und mache auf dem Absatz kehrt, um zurück zum Club zu marschieren. Ich will nicht darüber reden.

Sheridan Green. Fuck.

KAPITEL 3

VOR ZWÖLF JAHREN

Sheridan

„Ich habe gehört, dass du dich in letzter Zeit häufig mit dem Robson Jungen getroffen hast.“ Meine Mom schneidet das Thema beiläufig beim Abendessen an, sich sehr wohl bewusst, dass es die Aufmerksamkeit meines Dads erregen wird.

Er hört auf, an seinem Steak zu kauen, und legt seine Gabel ab. „Wie bitte?“

Ich rolle mit den Augen und schiebe mir ein Stück Steak in den Mund. „Ich treffe mich mit einer Menge Kindern.“ Keine Lüge, aber es *ist* eine ziemlich feige Antwort. Trey bedeutet mir mehr als die anderen Wölfe. Und wir treffen uns nicht einfach nur – er ist mein fester Freund.

Meine Freunde kapieren das nicht. Trey ist kein Typ für einen Alphaposten. Seine Mom ist mehr oder weniger die Omega dieses Rudels und sie hat Glück, dass unser Alpha ihr erlaubt hat, in Wolf Ridge zu bleiben, nachdem ihr saufender

Ehemann alle möglichen Schwierigkeiten bei der Menschenpolizei verursacht hat.

Doch ich kenne die Wahrheit. Trey mag mit seiner gepiercten Lippe und Vielzahl an Tattoos wie ein Rebell aussehen. Er mag wie ein Schlägertyp wirken, weil er sich schnell auf Kämpfe mit seinem Kumpel Jared einlässt, aber er ist kein Rabauke. Er ist ruhig. Und ich habe herausgefunden, dass er auch aufmerksam ist. Und super schlau. *Stille Wasser sind tief.*

Definitiv unterschätzt.

Vielleicht habe ich auch eine Schwäche dafür, kaputte Dinge zu reparieren. Vielleicht bin ich nur von der Anziehungskraft seiner seelenvollen blauen Augen fasziniert, der Augen, die mich immer beobachten. Der Augen, die im Mondlicht silbern werden.

Oder vielleicht gibt es auch gar keine Erklärung für die Anziehungskraft – unsere Wölfe mögen einander und wir folgen einfach ihren Instinkten.

Wie auch immer, ich weiß, dass Trey der Eine ist.

Der Junge, mit dem ich mein erstes Mal haben werde.

„Ich will nicht, dass du Zeit mit ihm oder Kindern wie ihm verbringst", verkündet mein Vater, der nach der Schüssel dampfender Backkartoffeln greift und sich zwei weitere auf den Teller legt.

„Und warum nicht?" Meine Stimme klingt kälter, als ich es beabsichtigt habe, was ein Fehler ist.

Mein Dad sieht scharf auf, interpretiert meine Frage und zieht seine eigenen Rückschlüsse. „Weil sie Ärger bedeuten, und das weißt du auch. Diese Kinder gehen nicht aufs College. Sie gehen nirgendwohin. Und sie stehen weit unter dir."

„Du bist der Meinung, dass jeder Wolf unter mir steht, Dad."

„Weil es die meisten tun. Und du solltest dich jetzt auf das College konzentrieren. Gute Noten einheimsen und dich von Ärger fernhalten.“

Ich sehe mich unter viel Aufhebens und mit gespielter Bestürzung im Esszimmer um. Meine kleine Schwester Ruby kichert. „Sind meine Noten schlechter geworden? Bin ich jemals in Ärger geraten?“

Mein Dad presst die Lippen zusammen.

„Nein“, antworte ich für ihn. „Mein Notendurchschnitt ist noch immer eins minus, ich bin immer noch in der Ehrenverbindung, im Matheteam der Schule, Redakteurin des Jahrbuchs und –“

„Ich weiß“, unterbricht mich mein Dad. „Ich will nur nicht, dass du deinen Fokus verlierst. Nicht, wenn du so dicht dran bist.“ Meine Eltern setzen viel auf meinen Erfolg. Mein Bruder bekam normalerweise die volle Wucht ihres Ehrgeizes ab. Jetzt wird alles auf mich gehäuft.

Ich blicke hilfesuchend zu meiner Mom, doch sie schüttelt den Kopf. Ihr gefällt die Vorstellung, dass ich mich mit Trey treffe, auch nicht. Beide meine Eltern würden es vorziehen, mich stattdessen mit dem Prinzen eines benachbarten Rudels zu sehen. Eine königliche Paarung.

„Das ist mein letztes Jahr auf der Highschool. Ich habe den Zulassungstest für die Uni bereits mit Bravour bestanden. Meine Collegebewerbungen wurden eingereicht. Ich denke, mir ist ein wenig Spaß erlaubt. Ihr zwei könnt mir nicht weißmachen, dass ihr nicht wenigstens versucht habt, eure Jugend zu genießen, bevor sie vorbei war?“ Sie haben mir so viele Geschichten über ihre Highschool-Romanze erzählt, dass ich weiß, dass sie eine Menge Spaß hatten.

Meine Mom blickt unter ihren Wimpern zu meinem Dad und errötet und ich verspüre diese kitschig süße Wärme in meiner Brust, die ich stets empfinde, wenn ich sehe, wie sehr sie einander lieben.

„Nun, ich will trotzdem nicht, dass du den Robson Jungen datest“, murrt mein Vater.

Dieses Mal kann ich Trey nicht verraten, indem ich unsere Beziehung leugne. „Ich denke, es ist an der Zeit, dass du mir und meinem Urteilsvermögen vertraust. Ich bin im Grunde genommen eine Erwachsene.“

Mein Dad seufzt, aber ich kann sehen, dass ich gewonnen habe – fürs Erste. „Ich verlasse mich darauf, dass du verantwortungsbewusst bist.“

Ich schenke ihm ein freches Grinsen. „Wann bin ich das nicht?“

KAPITEL 4

GEGENWART

Sheridan

Ich atme noch immer schwer, als ich in die Einfahrt der Casita fahre, einem Ferienhäuschen, das ich für diesen spaßigen Kurzaufenthalt in Tucson auf AirBnB gemietet habe. Mit *Spaß* meine ich alles andere als das. Ich muss verrückt gewesen sein, als ich mich für diesen Auftrag freiwillig meldete.

Es ist besser geliebt und verloren zu haben, als niemals geliebt zu haben...

„Ja klar", murre ich. Wer auch immer diesen dämlichen Zitate-Kalender zusammengestellt hat, sollte es doch einfach mal selbst ausprobieren: sich heftig verlieben und dann das Herz rausreißen lassen. Bypassoperation ohne Anästhesie.

Es gibt nichts Schlimmeres als die Rache einer geschmähten Frau... Das trifft es eher.

Mein Handy klingelt gerade, als ich den Fußpfad zu dem

Häuschen hinter mich bringe, barfuß, die kaputten Schuhe in der Hand.

„Hallo?“, gehe ich ans Telefon, während meine Gedanken noch ganz konfus von den nächtlichen Ereignissen sind. Trey verflixt noch mal Robson. Immer noch heiß. Immer noch gut aussehend. Und tierisch nervig. Wie konnte er es wagen, mich einfach über seine Schulter zu werfen wie… wie… wie eine ‚kleine Frau‘! Für wen zum Kuckuck hält er sich?

„Sheridan?“ Die Stimme meines Dads durchbricht den wütenden Nebel. „Bist du dran?“

„Hi, Dad. Ja, ich bin hier.“

„Wie ist es in Tucson?“

Worte können das nicht ausdrücken. „Es ist okay.“ Ich jongliere das Handy, während ich meine Schlüssel herausfische. „Ich bin heute zum Kampfklub gegangen. Garrett war nicht dort, aber ich habe mit einem seiner Kerle gesprochen.“ *Ihn angebrüllt, trifft es wohl eher.*

„Gut, gut.“ Mein Dad klingt ein wenig abgelenkt. „Emmett tätigt seinerseits einige Anrufe, aber ich habe die Casita in Tucson einfach schon mal zwei Monate für dich gebucht. Nur für den Fall.“

Der erste Schlüssel, den ich in das Schloss ramme, ist der falsche. Ich fummle herum, um einen anderen zu finden, und lasse einen meiner Schuhe fallen. „Danke, Dad. Das hättest du nicht tun müssen. Ich habe mein eigenes Geld. Ich war Vizepräsidentin, weißt du.“

„Du bist noch immer Vizepräsidentin“, sagt mein Dad bestimmt. „Ich habe dem Vorstand mitgeteilt, dass du nur eine Pause gebraucht hast. Dass das Rudel jemanden gebraucht hat, der sich um diesen Schlamassel in Tucson kümmert, und du diejenige bist, die man damit betraut hat.“

„Yeah.“ Ich probiere noch einen Schlüssel und er verhakt

sich. *Beim Schicksal noch mal.* Wenn es so weitergeht, muss ich noch vor der Tür schlafen.

„Du wirst dort alles klären und zurück sein, ehe du dich versiehst. Die Abteilung ist ohne dich nicht das Gleiche. Lass dir einfach nicht zu viel Zeit." Seine Stimme nimmt diesen künstlichen Tonfall an, der mir verrät, dass er gleich einen Witz reißen wird. „Ich brauche dich hier, damit ich in Rente gehen kann."

„Ha, ha." Ich tue so, als würde ich lachen. In den vierzig Jahren, die er nun schon Leiter der Finanzabteilung ist, ist mein Vater kein einziges Mal von seinem Tagesprogramm abgewichen. Der gleiche Schreibtisch, die gleichen Meetings, der gleiche tägliche Weisheiten-Zitate-Kalender. An dem Tag, an dem er in Rente geht, lernen Wölfe fliegen.

Ich schiebe einen weiteren Schlüssel in das Schloss. Er gleitet mühelos hinein, aber der Türgriff lässt sich nicht drehen. Mit einem Seufzen lege ich meine Handtasche ab. Bevor ich mich wieder der Tür zuwenden kann, läuft ein warnendes Kribbeln über mein Rückgrat. Ich drehe mich zur Straße.

Ein glänzendes schwarzes Fahrzeug mit getönten Scheiben biegt in die Sackgasse und rollt langsam vorbei. Ich kann nicht sehen, wer hinter dem Steuer sitzt. Am Ende der Straße scheint der Wagen innezuhalten und meine Nackenhärchen richten sich auf.

„Noch eine Sache und dann lasse ich dich in Ruhe." Der Tonfall meines Vaters wird geschäftsmäßig. „Wir wissen nicht genau, was mit Garretts Rudel los ist, aber es gibt Gerüchte, dass Vampire in Tucson eingezogen sind. Und keine der freundlichen Sorte, sondern ein Älterer, der sich eine neue Machtbasis aufbauen will. Wenn er ein Stück des Rudelreviers für sich beansprucht, könnte das zu einem Krieg führen. Pass auf dich auf."

„Das werde ich“, wispere ich. Ohne einen Laut setzt sich das mysteriöse Auto wieder in Gang und kriecht die Straße entlang.

Endlich, endlich dreht sich der Griff, als ich den Schlüssel nach rechts drehe. Ich drücke die Tür auf und betrete das muffige Ferienhäuschen. Vorher stoppe ich jedoch, um meinen kaputten Schuh und meine Handtasche aufzuheben, wobei ich beinahe das Handy fallen lasse.

„Mach's gut. Wir zählen auf dich.“ Wir verabschieden uns voneinander und ich springe in das Haus, ehe ich alles, das ich in den Händen halte, auf den Boden fallen lasse. Ich schließe die Tür und schiebe den Riegel vor, während meine Gedanken hin und her flitzen wie eine Maus. Wer war in diesem schwarzen Auto?

Ich hebe mein Handy vom Boden auf und scrolle instinktiv durch meine Kontakte. Wen sollte ich anrufen? Alpha Green hat Wichtigeres zu tun. Außerdem erwartet er von mir, dass ich diese Aufgabe allein erledige. Deswegen hat er schließlich mich ausgewählt.

Ruf Trey an. Ich lösche diesen Gedanken, sowie er mir kommt. Ich habe Trey nicht angerufen, seit wir in der Highschool waren. Ich habe vermutlich nicht einmal mehr seine Nummer.

Aber als ich seinen Nachnamen eintippe, taucht sein Eintrag auf. *Robson, Trey.* Ich erinnere mich noch an sein Zucken, wann immer ich ihn heute Abend mit seinem Nachnamen ansprach. Er hasste es. Ich liebte es, dass ich immer noch eine gewisse Wirkung auf ihn ausübe. Wenn er mich nicht liebt, dann nehme ich eben seinen Hass.

Mein Finger schwebt über der vertrauten Nummer. Jetzt, da ich sie sehe, erinnere ich mich – ich kannte sie einst auswendig. Es gab eine Zeit, in der er die erste Person war, mit der ich am Morgen sprach, und die letzte Stimme, die nachts in mein Ohr drang. Aber ich habe mich seit langer, langer Zeit nicht mehr auf Trey gestützt.

Verschwinde von hier, Süße. Komm nicht zurück.

Ich halte das Handy in meiner Hand und drücke sie so fest zusammen, dass ich das Plastik knacken höre.

Gib nie, nie, niemals auf.

Ich bin keine achtzehn mehr, kein unschuldiges und verletzliches und bereites Opfer für einen Typen wie Trey. Es ist nicht so, als könnte er mir das Herz brechen. Nicht noch einmal.

Dieses Mal wird er mich nicht so einfach loswerden.

KAPITEL 5

VOR ZWÖLF JAHREN

Trey

Alpha Green holt uns höchstpersönlich vom Polizeirevier ab, nachdem er uns die Nacht im Gefängnis versauern ließ. Es war nicht das Jugendgefängnis. Wir sind alle achtzehn, weshalb wir im County-Gefängnis landeten.

Emmett Green ist riesig, eindrucksvoll, wie Garrett. Der Mann lächelt nie, aber gerade sieht er aus, als wäre er bereit, einen Mord zu begehen.

„Im Besitz von Marihuana.“ Seine Stimme trieft nur so vor Verachtung. Es ist eine Rudelregel, sich keinen Ärger mit den menschlichen Behörden einzuhandeln, weshalb es ihm übel aufstoßen muss, dass sein eigener Sohn von der Polizei abgeholt wurde.

„Jemand hat es auf uns abgesehen –“, setzt Garrett an, doch sein Dad blafft: „Kein Wort.“

Garrett hat recht. Jemand hat den Cops einen Tipp gegeben. Sie sind extra in der Schule aufgetaucht, um uns drei zu durchsuchen. Es musste jemand sein, der uns nahesteht, jemand, der wusste, wo jeder von uns seinen Vorrat aufbewahrt – ich unter der Sitzbank meines Motorrads, Jared in seiner Jackentasche, Garrett in seinem Auto.

Jemand wollte uns in Schwierigkeiten bringen.

Alpha Green ehrt seine eigene Forderung nach Ruhe, indem er uns auf der gesamten Fahrt nach Hause mit eisigem Schweigen straft.

Nein – nicht nach Hause. Er fährt geradewegs zum Rudel-Clubhaus. Garrett, Jared und ich wechseln Blicke, während eine schreckliche Erkenntnis kalt über mein Rückgrat kriecht.

Sie haben ein Meeting einberufen.

Wegen uns.

Das ist nicht gut.

Wir gehen rein und es ist genau so, wie ich befürchtet habe. Jeder Erwachsene des Rudels sitzt dort und wartet auf uns. Ein steinernes Schweigen legt sich über die Versammelten, als wir reinlaufen.

Ein knirschendes Geräusch setzt in meinen Ohren ein. Ich erkenne es – es ist das Geräusch, das stets in meinem Kopf abspielte, wenn mein Dad meine Mom schlug. Als die Cops kamen und ihn mitnahmen. Als die Rudelkinder hinter vorgehaltenen Händen über mich lästerten und sich die Erwachsenen trafen, um zu besprechen, ob sie meine Mom und mich bleiben lassen sollten.

Mein Gesicht fühlt sich heiß an, meine Finger und Zunge werden taub.

Wir werden einer nach dem anderen nach vorne gerufen und befragt. Ich weiß nicht einmal, was gesagt wird. Ich antworte wahrheitsgemäß, mechanisch. Es gibt keine Strategie, kein Nachdenken. Ich bin bereits in den das-Leben-ist-vorbei-Modus gewechselt.

Wir sitzen da, während sich das Rudel bespricht.

Erst als Lance Green, Sheridans Dad, aufsteht, um gegen uns zu wettern und zu sagen, dass man ein Exempel an uns statuieren müsse und wir eine Gefahr für die jüngeren Wölfe darstellten, ergibt alles einen Sinn für mich.

Das wirst du bereuen.

Sheridan.

Wäre sie wütend genug, um so etwas zu tun? Uns die Cops auf den Hals zu hetzen und uns verhaften zu lassen?

Nach dem zufriedenen Blick zu urteilen, mit dem mich Mr. Green bedenkt, bin ich mir ziemlich sicher, dass sie es getan hat.

Unser Alpha scheint darüber nicht glücklich zu sein, aber er stimmt gegen uns und einfach so – sind wir aus dem Rudel verbannt.

Nicht dauerhaft – eine vierjährige Verbannung, nach der wir die Neubewertung unseres Status verlangen können.

Garretts Hände ballen sich zu Fäusten und er erhebt sich und stapft nach draußen.

Jared und ich folgen ihm, begleitet von den gebrochenen Schluchzern meiner Mutter.

KAPITEL 6

GEGENWART

Sheridan

Mittwochabend fahre ich auf den miesen Schotterparkplatz des Kampfklubs, parke und springe aus meinem Wagen, als hätte ich auf eine Auswurftaste gedrückt. Meine Tür knallt so heftig ins Schloss, dass ich sie auf Dellen überprüfe. Eine Gruppe Biker dreht sich um und starrt mich an. Ich ignoriere sie, während ich über den aufgerissenen Asphalt marschiere, die Klubtür im Blick. Entweder das oder ich werde ihnen den Mittelfinger zeigen.

Ich bin geil-ütend. Geil und wütend und müde, weil ich mich die ganze Nacht mit einer pochenden Mitte hin und her geworfen habe. Ich weigerte mich, selbst Hand anzulegen, aus Prinzip. Ich werde nicht im Bett liegen und mich berühren, während ich mir Trey Robson und all die Dinge vorstelle, die wir sagen. Das werde ich *nicht* tun.

Nein! Mein Stiefel trifft auf einen Betonklumpen und als

ich mit mehr Kraft als nötig dagegentrete, fliegt er davon und haut beinahe einen der Möchtegernrocker um.

„Pass auf, Schwester", blafft er und fährt mit seinen Händen vorsichtig über seine perfekt nach hinten gegeelten Haare, als würde er sie auf Schäden überprüfen.

Ich blecke die Zähne. Sein Blick gleitet meinen Körper, der in einem Korsett steckt, hoch und runter und er vergisst, sich weiterhin einen Kopf um seine Frisur zu machen. Bewunderung leuchtet in seinen dunklen Augen auf und seine Lippen beginnen, sich zum Pfeifen zu verziehen.

„Tu es nicht", gifte ich und er erbleicht. Mein Lily Munster Makeup muss super gruselig sein. „Wenn ich wollte, dass man mir hinterherpfeift wie einem Pin-up-Girl, das an einer Baustelle vorbeiläuft", informiere ich ihn sanft, „dann hätte ich meine Jacke ausgezogen." Dann, damit sich die Männer nicht beschweren, dass ich nie nett zu ihnen bin, schäle ich mich aus dem butterweichen Leder und enthülle das enge, grün und schwarze Korsett darunter. Es ist so eng wie das von Scarlett O'Hara und bewirkt wahre Wunder bei meinen Brüsten. Nicht, dass die Mädels irgendeine Hilfe nötig haben.

Ich wirble auf dem Absatz herum und schlendere unter Jubelrufen davon.

Als ich schließlich die Klubtür erreiche, fühle ich mich geringfügig besser. Ohne langsam zu werden, strecke ich beide Hände aus und gebe der Tür einen Schubs in der Hoffnung, dass auf der anderen Seite einige Körper fliegen lernen. Sie sind Gestaltwandler; sie kommen schon damit klar. *Sheridan ist im Haus, Miststücke. Und Hengste.*

Als ich die zweite Tür des Abends aufdrücke, drehen sich alle in dem dunklen Raum um. Ich stehe mit den Händen in den Hüften da, eine Königin, die ihr neues Königreich überblickt und allen Gelegenheit gibt, sie zu betrachten.

Ich habe mich mit meinem Outfit selbst übertroffen. Ich stecke in einem Corsagenkleid mit einem winzigen Tüllrock, das meine fantastische Oberweite sowie Hüften betont und sich an meine Taille schmiegt. Die Spitze meiner Strümpfe ragt aus meinen kniehohen New Rock Stiefeln. Mehr Punk als Biker-Mädel, aber es passt zusammen. Ich habe die Kleider aus einer Laune heraus mitgenommen, da ich dachte, dass dieser Ausflug weit weg von meinem Dad und dem Rudel mir vielleicht mehr Gelegenheiten zum Partymachen bieten würde. Die Stiefel sind perfekt für den Kampfklub – mit Stahlkappen und wunderbar schwer. Auf keinen Fall werde ich mir in diesem Loch noch einen Absatz brechen.

Ich laufe schnurstracks zur Bar und alle treten mir aus dem Weg. Ein gestresst aussehender junger Mann eilt um das polierte Holz herum und wirft meine Jacke auf ein Regal unter der Theke. Ohne ein Wort gehe ich zum Spülbecken und mache mich daran, Gläser abzuwaschen.

Einige Minuten später taucht der gehetzte Barkeeper an meinem Ellbogen auf. Er ist dunkel und schlank und riecht schwach nach Fell. Jaguar, wenn ich mich nicht irre. „Hey, ich bin Luka. Kannst du Getränke einschenken?“

„Freut mich dich kennenzulernen, Luka. Jepp, ich bin zum Helfen hier.“

„Dem Schicksal sei Dank. William Wolf, ohne Eis. Gepard am Ende der Bar.“ Er deutet auf die Whiskyflasche und den Kunden, bevor er davoneilt.

Ich schnappe mir ein sauberes Glas und die richtige Flasche und marschiere zu meinem ersten Kunden, einem muskulösen Biker-Typen. Seine Augen heften sich auf meine gepushten Brüste und er erstarrt. Ich lächle. Ich rieche ein fettes Trinkgeld.

Meine Augen richten sich auf einen großen, großen Kerl einige Schritte hinter ihm und mein Lächeln wird breiter.

Grizz, der Grizzly-Rausschmeißer, starrt mich an, dann schüttelt er den Kopf, wendet sich ab und reibt sich über den Kopf, als würde ihm dieser Schmerzen bereiten. Er kommt nicht herüber und wirft mich gleich wieder raus. Gutes Zeichen. Mein Plan geht auf: reingehen, hinter die Bar treten und die Leute dazu bringen, über die Blutsauger und ihre potenziellen Drogengeschäfte zu reden.

So weit, so gut.

„Arbeitest du schon lange hier?“, fragt mein Kunde, der noch immer auf meine Brust starrt. Er sieht leicht benommen aus. Ich neige die Flasche und lasse den Whisky fließen, wobei ich mich ein wenig nach vorne beuge, um ihm eine bessere Aussicht zu gewähren. Ich werde meine besten Vorzüge nicht einfach verschwenden.

Dann sehe ich ihn. Er steht neben Grizz, das Kinn gesenkt, die Augen eisig, das Gesicht eingefroren. Trey Robson beobachtet mich beim Flirten mit einem Klubgast und er kann nichts dagegen unternehmen.

Mein Abend wurde gerade besser.

„Tatsächlich habe ich gerade erst angefangen“, sage ich. „Mache ich meinen Job richtig?“ Ich zucke mit den Schultern und seine Augen folgen der Bewegung meiner Brüste. Ich wusste, dass dieses Korsett eine grandiose Idee war.

„Mh hmm“, murmelt der Gepard. „Ich glaube, ich bin verliebt.“

„Mmmhmmm“, brumme ich nichtssagend. Eine Duftwolke dringt mir in die Nase wie eine Gewitterwolke, kräftig und potent. Ich würde diesen Geruch überall erkennen.

Trey stürmt zu mir, Düsternis auf seinem Gesicht und Blitze in den Augen. Er hat seit der Highschool an Muskelmasse gewonnen. Jetzt ist er so massiv wie ein Berg und so hübsch wie ein Gott und jedes Molekül in mir bebt, als er näher kommt.

„Was denkst du, dass du hier tust?“

„Drinks einschenken.“ Ich tue so, als würde er mich völlig kalt lassen, obgleich sich jedes Härchen auf meinem Arm aufrichtet, elektrisiert von seiner Anwesenheit. Den Kopf neigend, werkle ich herum und suche nach einer Cocktailserviette.

„Wir brauchen noch mehr Servietten“, informiere ich Luka, als er vorbeieilt. In der Zwischenzeit sieht Trey aus, als würde er gleich explodieren und Feuer auf das Gelände regnen lassen.

Exzellent.

„Du hast gesagt, dass du einen Barkeeper brauchst.“ Ich poliere schnell einige Gläser und mein Lächeln wird kühl.

„Ich war gerade dabei, ihr eine Einführung zu geben –“, meldet sich Luka zu Wort, als Trey sich mit wilder Miene zu ihm dreht.

„Büro. Jetzt“, befiehlt mir Trey. Seine große Hand schließt sich um meinen Arm, aber ich schüttle sie ab und zeige dem armen Luka den gereckten Daumen, während ich in den hinteren Bereich laufe.

Sowie ich im Büro bin, baut sich Trey vor mir auf. „Was zum Henker machst du hier? Ich sage dir, du sollst gehen, und du tauchst auf, um Drinks zu servieren?“

„Wenn du sie nicht schlagen kannst, dann schließ dich ihnen an.“ Ich zucke mit den Achseln. Ja, es ist ein Kalender-Zitat.

„Ich weiß, dass du uns ausspionierst.“

„Jepp. Gefällt dir meine Tarnung?“ Ich stemme die Hände in die Hüften und mache eine Wonder Woman Pose, die meine Mädels hervorhebt. Treys Augen quellen beinahe aus ihren Höhlen. Armer Kerl, er hat mich noch nie so gesehen. Nachdem wir Schluss gemacht hatten, musste ich meine wilde Seite irgendwo rauslassen. Unter der Aufsicht meines Dads kann ich nicht viel tun, aber ab und zu putze ich mich gerne heraus und mache Party. Und wenn ich mich herausputze, dann mache ich das richtig. Sexy Klamotten, verrücktes Makeup, ungeheuerliche Schuhe – wie Halloween. Ich laufe herum, während ich wie eine nuttige Statistin aus *The Rocky Horror Picture Show* aussehe, heule den Mond an und stopfe alles wieder in einen Damenanzug, wenn ich am Montag ins Büro gehe.

„Nein", lügt er. Das Begehren in seinen Augen spricht eine andere Sprache. „Sheridan, was zum Henker hast du da an?"

„Das hier?" Ich spiele mit dem Satinband, das ordentlich zwischen meinen Brüsten baumelt. „Nur etwas, das ich gerade an der Hand hatte. Sollte mir gute Trinkgelder einbringen."

Seine Augen heften sich einen Moment auf meine Finger. „Das kannst du nicht tragen", krächzt er. Er wendet den Blick von mir ab und reibt sich mit einer großen, tätowierten Hand über den Nacken. Seine Finger zucken. Ich wünschte, er würde mich anfassen.

„Du hast mir gesagt, dass ich einen Rock anziehen soll", sage ich mit zuckersüßer Stimme. Ich weiß, dass es dumm ist, aber ich dränge mich näher an ihn. Die Spitzen meiner Brüste brennen auf Stimulation, aber als ich seine harte Brust streife, vervielfacht das nur das Verlangen im Rest meines Körpers.

Treys Augen weiten sich, aber er weicht nicht zurück. Sein Kopf senkt sich, sodass seine Lippen nur noch einen Zentimeter von meinen entfernt sind, während er knurrt: „Wenn du hinter der Bar arbeitest, bin ich dein Boss."

„Oh und du hast eine Kleidervorschrift?" Ich bedenke die Papierstapel auf seinem Schreibtisch mit einem vernichtenden Blick.

Trey weicht zurück und seine Schultern zucken, als er

seine Jacke auszieht. Seine Arme legen sich um mich und er hüllt mich in das schwere Leder. „Die haben wir jetzt."

Ich öffne den Mund, um eine besserwisserische Bemerkung zu ‚Kleidervorschriften' und ‚Diskriminierung' und ‚Personal' zu machen, aber ich kann nicht über Firmenpolitik reden, wenn seine Lippen nah, so unfassbar nah, an meinen sind.

Seine Jacke ist noch warm von seiner Haut. Nicht zu vergessen, dass ich meine Jacke an der Bar zurückgelassen habe, weshalb ich seine fester um mich ziehe und erschaudere. Die Welt verblasst, bis da nur noch Trey und ich in dieser schwarzen Box sind. Kein Raum, keine Zeit, nur ein berauschender Duft, der zwischen uns aufsteigt, und sein Penis, der gegen meinen Bauch stupst. *Ja, bitte.*

Dann räuspert er sich und tritt einen Schritt zurück.

Was? Nein!

„Danke, dass du aushilfst. Luka wollte schon seit dem Abend, an dem die Menge zunahm, dass wir weitere Mitarbeiter einstellen." Er läuft zu der Tür und hält sie auf, ohne mir in die Augen zu schauen. „Ich werde dich wieder an die Arbeit lassen."

Ich bin erstarrt, zu schockiert, um ihn auch nur finster anzustarren. Ich stolziere wie der feuchte Traum eines Goths hier rein und er wird einfach… darauf verzichten?

Nicht, dass ich erwartet habe, dass er mich hier reinzieht, mir mein gewagtes Outfit auszieht und mich an der Wand vögelt. Das will ich nicht. Auf keinen Fall. Ich lernte auf die harte Tour, dass Trey ein Player ist.

Ich stehe dort, beiße auf meine Lippe und nach einigen Sekunden realisiere ich, dass ich auf seinen Gürtel starre. Um genauer zu sein, mehrere Zentimeter darunter. Mehrere laaaaange Zentimeter.

„Fuck“, knurrt Trey und stapft davon, wodurch er mich sogar noch geil-ütender zurücklässt.

So. Unfassbar. Geil-ütend.

Trey

Ich trete in den begehbaren Kühlschrank. Vielleicht wird mich das abkühlen. Im Ernst, ich werde diesen Abend nicht überstehen. Sheridan Green, die wie ein Playboy-Häschen angezogen ist und durch den Kampfklub hüpft?

Mein Wolf knurrt.

Er wollte schon damals in der Highschool, dass ich Anspruch auf sie erhebe, und ich tat es nie. Jedes verdammte Mal, wenn wir Sex hatten, wollte er sie markieren. Aber wir waren nur Kinder und sie hatte eine glänzende, strahlende Zukunft vor sich. Ich wollte nicht mein erbärmliches Selbst an sie ketten, noch bevor sie die Highschool abgeschlossen hatte.

Der einzige Grund, dass ich nicht dem Mondwahnsinn anheimfiel, bestand vermutlich darin, dass ich mich noch im Wachstum befand. Meine Hormone entsprachen noch nicht denen eines ausgewachsenen Mannes. Ich erreichte diese Höhe und Größe erst lange, nachdem sie schon nach Stanford gezogen war.

Lange, nachdem sie dafür gesorgt hatte, dass wir aus dem Rudel geworfen worden waren.

Ich habe von unserer Interaktion im Büro einen ausgewachsenen Ständer, aber meine Brust hat sich auch verkrampft.

Ihr so nahe zu sein, zu sehen, dass ihre Wölfin noch

immer auf mich reagiert – das macht ihren Verlust wieder frisch. Sie war als Teenagerin hübsch und jetzt ist sie eine verdammte Wucht. Eine Dreizehn auf einer Skala von Zehn.

Ich schnipse den Kronkorken mit den Zähnen von einem Bier – ja, es ist ein Wolf Ridge Pale Ale – und trinke die halbe Flasche.

Jared läuft herein und stoppt, als er mich sieht. Dann lehnt er eine breite Schulter an die Tür und gluckst. „Wirst du das überleben?"

„Fuck, nein", spucke ich aus.

Er ruckt mit dem Daumen zum Klub. „Hast du sie eingestellt?"

Ich exe den Rest des Biers und wische mir mit dem Handrücken über den Mund. „Ich hab nur einen Scherz gemacht! Ich dachte nicht, dass sie das ernst nehmen würde. Ich sagte ihr auch, dass sie verschwinden und sich hier nie wieder blicken lassen soll, aber diesen Teil hat sie auch nicht ernst genommen, was? Fuck."

Jareds Miene wird ernst. „Was macht sie hier?"

Ich blicke ihm in die Augen. „Du weißt es."

„Spionieren?"

Ich nicke. Emmett Green hat seit dem Tag, als er uns rauswarf, Spione geschickt. Zum Teufel, Garretts Vize, Tank, war ursprünglich ein Spion, den Alpha Green geschickt hatte. Er glaubte nicht, dass wir allein überleben würden. Große Rudel unterziehen einen einer Gehirnwäsche, damit man das glaubt – Gestaltwandler müssen zusammenhalten oder sie überleben nicht – diese Art von Schwachsinn.

Das Wolf Ridge Rudel hätte nie gedacht, dass wir irgendwo Fuß fassen könnten. Aber all die jungen Welpen gingen mit uns – sie würden Garrett in die Hölle und zurück folgen. Nachdem die Anklage auf ein geringfügiges Vergehen reduziert worden war, zogen wir nach Tucson. Garrett besorgte uns Arbeit, indem er Häuser verkaufte. Wir setzten Schweißkapital ein und begannen, schnell Geld zu machen. Als Alpha Green sah, dass wir ein Erfolg waren, investierte er in uns. Jetzt gehört Garrett die Hälfte der Gebäude im Stadtzentrum. Nehmt das Wolf Ridge Brauerei-Idioten.

„Sie hat den Kampfklub im Auge?"

„Sagt, sie kann meinen Laden dicht machen."

„Was für ein Mistst –" Jared schluckt den Rest des Wortes, als er meinen Gesichtsausdruck sieht.

Selbst nach allem, das sie tat, erlaube ich ihnen nicht, schlecht über sie zu reden. Tatsächlich wurde sie in meiner Gegenwart zu einem totgeschwiegenen Thema.

Sie mag unser Leben ruiniert haben, aber ich weiß, dass ihre Taten Schmerz entsprangen. Ich ruinierte sie zuerst. Sie schlug nur auf die eine Art zurück, zu der sie in der Lage war.

Und auch wenn ein Teil von mir nach wie vor sauer ist, dass sie mich nicht besser kannte – dass sie nicht daran glaubte, dass ich ihr niemals willentlich wehtun würde – weiß ich, dass das Schwachsinn ist. Ich stellte hundertprozentig sicher, dass sie mich verlassen und nie wieder zurückschauen würde.

Also schätze ich, dass wir quitt sind. Oder zumindest dachte ich, dass wir das wären.

Aber, dass sie hier auftaucht und sich wichtigmacht – ihren Körper in dieses verruchte, verdammte Outfit quetscht?

Ich muss einfach an ihren Motiven zweifeln. Ist sie auf Rache aus? Oder will sie mir nur unter die Nase reiben, was mir entgangen ist? Denn ich empfange jedenfalls keine Friedens- und Versöhnungsschwingungen von ihr. Außer das hier ist ein Vorspiel für sie und sie hofft, dass wir mit einer epischen Fick-Session reinen Tisch machen können.

Nun, falls das der Fall ist, bin ich dabei. Mein Wolf ist

schon dabei seit dem Augenblick, in dem sie in die Stadt gewirbelt kam.

Ich werfe die leere Bierflasche in den Mülleimer und laufe an Jared vorbei. Er klopft mir auf den Rücken. „Bleib stark, Mann."

Yeah, klar.

Sheridan zu widerstehen ist ein Ding der Unmöglichkeit. Zu diesem Zeitpunkt ist es nur eine Frage dessen, wie schnell ich sie unter mir fixieren kann. Und ob sie dieses Mal meinem Biss entkommen wird.

KAPITEL 7

VOR ZWÖLF JAHREN

Sheridan

Ich habe Trey die ganze Woche nicht gesehen, was über alle Maßen merkwürdig ist. Er hat mir nie einen Grund gegeben, mich seinetwegen unsicher zu fühlen. Unseretwegen.

Tatsächlich lag sein gesamter Fokus auf mir seit jener Nacht am Strand, als ich den ersten Schritt gewagt und mich beim Feuer neben ihn hatte fallen lassen. Das bedeutet nicht, dass er keine Zeit mit seinen Kumpeln Garrett und Jared verbringt, aber das tut er normalerweise, wenn ich anderweitig beschäftigt bin.

Doch diese Woche arbeitete er jeden Tag nach der Schule an Motorrädern und verbrachte seine Zeit mit Garrett. Als ich mit ihm zu Mittag aß, sagte er mir, dass er mich heute nicht nach Hause fahren könne, und er war abgelenkt und schweigsam – nicht, dass er jemals Mr. Gesprächig war.

Es ist Freitagabend und ich texte ihm nach dem Abendessen. Einige der Kids werden zum Trinken und Spaß haben hoch auf den Tafelberg fahren. Das ist das übliche Wochenendprogramm und wenn er und ich nicht etwas gemeinsam unternehmen, treffen wir uns dort.

Ich: *Gehst du zum Tafelberg?*

Trey: *Nah, ich hab einiges zu erledigen.*

Mein Magen verknotet sich, weil ich die Lüge sogar durch das Display rieche. Er hat mich noch nie zuvor angelogen. Er war stets offen und ehrlich zu mir. Warum sollte er jetzt lügen? Hat das etwas damit zu tun, dass er Dope für Garrett verkauft? Vielleicht stecken sie in Schwierigkeiten. Ich fand es nie gut, dass Garrett, Jared und Trey die Marihuana-Dealer für Wolf Ridge und die umliegenden Vororte wie Cave Creek und Scottsdale sind. Das ist irgendwie die eine Sache, über die wir nach einer stillschweigenden Übereinkunft nicht sprechen.

Ja, sie sind Wölfe, was bedeutet, dass es menschlichen Dealern und Kiffern schwerfallen würde, sie zu verletzen, aber eine Kugel in den Kopf würde einen Wolf dennoch töten. Und sie stehen auch nicht über dem Gesetz.

Und Trey würde wegen seiner Vergangenheit – nach dem, was sein Vater tat – innerhalb eines Wimpernschlags aus dem Rudel geworfen werden, falls die Cops ihn jemals wegen irgendetwas verhaften würden.

Weil ich niemand bin, der einfach die Augen vor etwas verschließt, spreche ich ihn direkt darauf an.

Ich: *Warum erzählst du mir nicht, was wirklich los ist?*

Trey: …

Er antwortet geschlagene fünf Minuten nicht. Dann:

Trey: *Treffen wir uns an unserem Tisch.*

Ich weiß, welchen Tisch er meint. Den Picknicktisch, an dem wir das erste Mal Liebe machten. Ich schnappe mir meine Handtasche und laufe nach draußen, wobei mein Herz heftig pocht. Ich male mir alle möglichen schlimmen Szenarien aus – Trey wurde bereits von den Cops geschnappt und niemand weiß es, sie werden von einem Dealer gejagt, jemand ist verletzt.

Ich fahre ohne Umschweife zu unserem Picknicktisch und finde dort Trey vor. Er blickt über die Bergseite zur Stadt. Der Sonnenuntergang taucht die Erde in rosa und orange, wird von den Stacheln der Saguaro-Kakteen reflektiert und bringt sie zum Leuchten.

Trey dreht sich nicht um, was noch einen Stachel der Furcht durch meine Brust jagt.

Ich laufe zu ihm und stelle mich neben ihn. „Was ist los?"

„Hey." Er dreht sich nicht um, um mich anzuschauen.

Gänsehaut überzieht meine Arme. Was zur Hölle könnte so schiefgegangen sein?

„*Trey, was ist los?*", verlange ich zu wissen.

Sein Adamsapfel hüpft, als er schluckt. „Ich denke, wir sollten uns mit anderen verabreden."

Luft strömt in einem erstickten Lachen aus meinen Lungen. Es ist nicht so, dass ich denke, dass er Witze macht. Ganz und gar nicht. Es ist nur so weit von dem entfernt, mit dem ich gerechnet habe, dass sich mein Körper für die falsche Reaktion entscheidet.

„Wovon redest du?" Meine Stimme bricht. Ich balle meine Hände, denn sie zittern so heftig, dass ich nicht weiß, was ich mit ihnen tun soll. Ich will ihn schlagen, ihn den Abhang hinabschubsen. Ihn dazu zwingen, seine Worte zurückzunehmen.

„Yeah. Du gehst am Ende des Sommers, also dachte ich, dass wir es einfach vorzeitig beenden sollten. Ich bin bereit, mit den Mädels in der Gegend die Sau rauszulassen."

„*Die Sau rauslassen? Mit den Mädels in der Gegend?*" Mein Gehirn kann seine Worte kaum verarbeiten – sie sind so untypisch für ihn. Trey war nie einer der Jungs, die eine

Beziehung oder Affäre nach der anderen haben. Das Ganze ergibt überhaupt keinen Sinn.

„Versuchst du, sicherzustellen, dass ich auch wirklich nach Stanford gehe?“, krächze ich.

Er dreht sich um, sieht mir endlich in die Augen und ich schwöre, ich sehe nichts als pure Qualen in seinem Blick, aber einfach so verschwinden sie und seine Miene verhärtet sich. Er zuckt mit den Achseln. „Du gehst. Ich treffe mich mit anderen. So läuft das eben.“

Ich taumle nach hinten.

Hier redet nicht Trey.

Nicht der Trey, den ich kenne.

Trey wäre niemals so gefühllos, so grausam.

„Es ist zum Besten, Sheridan.“

Ich gebe ihm einen Schubs. „Sag mir einfach, was das Ganze soll, Trey. *Sag es mir*.“

Schmerz huscht über sein Gesicht. Seine Lippen spannen sich an, bevor er sie zum Sprechen öffnet. „Ich lasse dich gehen.“ Er lässt seine Schlüssel am Schlüsselring um seinen Finger kreisen und läuft zu seinem Motorrad.

Ich renne zu ihm und remple ihn von hinten an. „Du versaust alles!“ Tränen schnüren mir die Kehle zu und laufen heiß über meine Wangen.

Er beugt seinen Kopf und wendet mir kaum das Gesicht zu. „Ich weiß.“ Seine Stimme ist so leise, dass ein Menschenohr die Worte nicht hören würde. Bevor ich antworten kann, sitzt er auf seinem Motorrad und fährt los, weg von mir.

Weg von uns.

Weg von allem, von dem ich dachte, es hätte eine Bedeutung.

KAPITEL 8

GEGENWART

Sheridan

„Geht's dir gut?", fragt Luka.

Ich stelle die Flasche mit übertriebener Sanftheit ab, obwohl ich brüllen und toben und weinen will. Es ist Amateur-Abend im Klub und ein Haufen Biker-Katzen umringen den Käfig, brüllen oder feuern einen ihrer Freunde an. Trey ist nirgends zu sehen. Seit unserer Begegnung im Büro geht er mir aus dem Weg.

Und obwohl ich den Abend damit verbracht habe, in dunkle Ecken zu spähen und nach Beweisen für Vampir/Drogen-Aktivitäten Ausschau zu halten, habe ich nichts gesehen. Nicht einmal das Aufblitzen eines Reißzahns. Ich rackere mich hier ab, indem ich Drinks eingieße und über die lahmen Anmachsprüche lache, und ich werde meinem Rudel nicht einmal etwas berichten können. Ich brauche ein T-Shirt mit der Aufschrift: *Ich besuchte den Gestaltwandler-Kampfklub und alles, was ich kriegte, war Bier auf mein Corsagenkleid.*

„Prima." Ich lächle leicht, als er mir einen Schnaps einschenkt. Luka ist kein schlechter Gestaltwandler-Barkeeper – es ist ein Job, der Finesse und Geschwindigkeit und ein Gespür für die Gestaltwandler-Politik erfordert, insbesondere wenn man es mit betrunkenen, kampfbereiten Raubtierkatzen-Bikern zu tun hat. Aber er kann wirklich nicht Kopfrechnen und das richtige Wechselgeld rausgeben. Er will mich unbedingt behalten.

Ich trinke normalerweise nicht während der Arbeit, aber die heutige Nacht war ein richtiger Schlag ins Gesicht und es ist nicht mein echter Job. Also hebe ich das Glas an meine Lippen und genieße das Brennen.

Dann sehe ich, wer an der Bar steht und verschlucke mich beinahe.

Nero, der Blutsauger, lehnt an dem polierten Holz, die seidig blonden Haare fallen ihm ins Gesicht. „Hallo noch mal."

Ich knalle das Schnapsglas auf den Tresen, wobei ich keine Gedanken daran verschwende, ob es bricht oder nicht. Ich bin eine Wölfin und ich fühle mich sicherer, wenn ich Stärke zeige.

„Was willst du trinken?", frage ich. „Wir haben hier hinten nicht gerade viel Arsen, aber für dich…"

„So unhöflich." Der Vampir zeigt seine Zähne. Ich starre auf einen Punkt an seiner Stirn und täusche Langeweile vor. Sogar ich weiß, dass man einem Blutsauger nicht in die Augen schauen darf. „Und ich wollte dir ein fettes Trinkgeld geben."

„Spar es dir", brumme ich und mache Anstalten, mich abzuwenden.

Er zieht einige Scheine hervor und wedelt mit ihnen in meine Richtung. Alles Hundert-Dollar-Scheine. Warum trägt ein Vampir so viel Bargeld mit sich herum? Er steckt in einem hübsch geschnittenen Anzug und sieht aus, als käme er gerade von einem Job in der Stadt, bei dem auf dem Schild seiner Bürotür ‚Finanzanalyst' steht, aber ich bezweifle, dass er dieses Bündel Scheine durch den Verkauf von Aktien erworben hat. Ist er zum Dealen hier?

Ich halte inne, um mir das durch den Kopf gehen zu lassen, und er feixt, da er denkt, er hätte meine Aufmerksamkeit mit seinen Scheinchen erregt. „Hennessy Paradis."

Ich kämpfe den Drang, zu lachen, nieder. Wer kommt in einen heruntergekommenen Gestaltwandler-Kampfklub und bestellt dann Cognac? Nur ein Vampir.

Stattdessen reiche ich ihm eine Flasche aus Wolf Ridge. Ein neues India Pale Ale, das meine Firma ‚Luna-tic' nennt.

Nero schneidet eine Grimasse, als hätte ich ihm eine Tüte Mist angedreht.

„Probiere es", sage ich liebenswürdig. „Ich würde es ja garnieren, aber uns ist gerade der Knoblauch ausgegangen." Ich warte nicht ab, ob er es probiert. Es ist mir egal. Alles an diesem Laden ist falsch. Vampire gehen in einer Gestaltwandler-Kneipe ein und aus, als gehöre ihnen der Laden, und Trey scheint es nicht einmal zu kümmern.

Ich schnappe mir einen Lappen und wische die Bar ab und eine kräftige, kühle Hand packt mein Handgelenk. Ich knurre und nehme den steinernen Geruch des Vampirs wahr.

„Sei still", zischt er in einem verführerischen Tonfall, der mir Schauder über den Rücken jagt. Vampire können Menschen mit ihrem Blick kontrollieren. Aber einige der älteren müssen nur ihre Stimme einsetzen.

„Lass mich los", knurre ich und er tut es. Doch er bleibt in meiner Nähe und seine manikürten Fingernägel trommeln auf dem Tresen.

„Ich muss dir noch dein Trinkgeld geben, kleine Wölfin."

Ich will mir eine Flasche schnappen, sie gegen den Tresen

donnern und die Scherben benutzten, um dem Vampir den Kopf abzuschneiden. Aber irgendetwas geht hier vor sich und ich muss herausfinden was.

Er zieht einen Hunderter hervor und faltet ihn in der Mitte. Ich schwöre beim Schicksal, wenn er versucht, ihn zwischen meine Brüste zu stecken, werde ich den Kerl K.O. schlagen. „Kommst du zu dem Reviertreffen heute Nacht?“, raunt er.

Ich werde ganz reglos. „Welches Reviertreffen?“

„Wir haben die Wölfe zu einem Gespräch eingeladen. Mitternacht. Santa Cruz Schlucht, südlich der Congress Street.“

Ich hebe den Kopf und schaue auf die Uhr an der Wand. Es ist fast elf Uhr.

Nero lässt den Hunderter auf den Tresen fallen, legt einen Finger an seine Lippen und gleitet davon, lässt mich kalt zurück.

„Geht’s dir gut?“, fragt mich Luka zum zweiten Mal.

„Ja.“ Ich versuche, die unheimliche Kälte abzuschütteln, die durch meine Glieder strömt. An Vampiren ist rein gar nichts natürlich. „Wie lange kommen die Blutsauger schon hierher?“

„Seit dem Anfang. Es sind einige in der Stadt, die den *No Return* leiten, einen Nachtclub an der Congress Street.“ Der Gestaltwandler zuckt mit den Achseln. „Sie sind schon in Ordnung. Aber das hier ist eine neue Truppe. Lucius Frangelico, ein alter Vampirkönig, ist von Hollywood hierhergezogen, um neu anzufangen. Sie tun das alle fünfzig Jahre, weißt du. Damit die Leute nicht merken, dass sie nicht älter werden.“

„Ja. Aber was macht er hier?“, flüstere ich die Frage vor mich hin und beobachte Neros Rücken, während der hochgewachsene Vampir tiefer in den Klub läuft. Er ignoriert den

Kampf, geht geradewegs zu einem Nebeneingang, öffnet die Tür und verschwindet durch diese.

Luka nimmt die Flasche in die Hand, die er stehen ließ, und lässt sie in das Recycling-Fass fallen, wodurch Glas an Glas klirrt. Der Laut reißt mich aus meiner Trance.

„Hier." Luka reicht mir den Hundert-Dollar-Schein, den Nero zurückließ. „Den hast du dir verdient."

Zehn Minuten vor Mitternacht wasche ich meine Hände und schleiche mich davon, nachdem ich Luka darüber informierte, dass ich eine Pause brauche. Ich schlängle mich durch die Gruppen an Gestaltwandlern, die herumstehen und sich über den letzten Kampf unterhalten. Als ich den Nebeneingang erreiche, den Nero nahm, zögere ich nur eine Sekunde, bevor ich die Tür aufdrücke. Ich weiß nicht, was los ist, dass sich Blutsauger in einem Revier aufhalten, das eigentlich den Wölfen gehören sollte, aber wenn Trey und mein Cousin nicht mit mir reden, dann tut es vielleicht Nero. Wenn nicht, kann er mich vielleicht zu diesem Lucius Frangelico Vampirkönig führen. Wenn ich es erst einmal herausfinde, kann ich meinem Alpha und Dad Bericht erstatten und wieder nach Hause gehen. Bevor sich die Geschichte mit Trey wiederholt.

Die Nachtluft ist beim Laufen kühl in meinem Gesicht. Es ist leicht, viel zu leicht, dem Geruch des Vampirs zu folgen.

Trey

MONDLICHT SAMMELT sich in dem Arroyo und beleuchtet die Wände der Schlucht, die nach Wasser lechzen. Nichts außer dem Highway in der Ferne und dem Knirschen unserer Stiefel auf den trockenen Felsen ist zu hören.

„Wie weit noch?“, fragt Jared, gerade als sich ein großer Schatten von einer Felsgruppe löst und in das ausgetrocknete Bachbett fließt.

„Dort.“ Tank, der Vize des Rudels, ruckt mit dem Kinn zu dem Schatten, der sich in mehrere einzelne Körper teilt. Meine Haut kribbelt, als ich die Neuankömmlinge erkenne. Dunkel und in Anzügen, mit glatten Haaren und unmenschlich gutem Aussehen. Vampire.

Meine Lippen kräuseln sich automatisch und zeigen meine Zähne.

Garrett winkt uns nach vorne. Er marschiert direkt zu der Gruppe Vampire und stoppt wenige Schritte entfernt von ihrem Anführer. Tank, Jared und ich schwärmen hinter ihm aus, geben uns cool und furchtlos. Einige weitere aus unserem Rudel beziehen Wachposten für den Fall, dass die Blutsauger beschließen, uns anzugreifen. Bisher haben sie ehrlich gehandelt, aber ich traue ihnen nicht über den Weg. Ganz und gar nicht.

„Alpha“, begrüßt der Vampiranführer Garrett. Der Obermotz, wie wir ihn nennen, ist schlank wie ein Läufer mit dunkler Haut und einem makellosen, maßgeschneiderten Anzug. Sein Name ist Lucius Frangelico und er sieht aus, als sollte er irgendeinen kitschigen transsilvanischen Akzent haben. Stattdessen spricht er mit kultivierter Stimme wie ein Nachrichtensprecher. „Was für eine feine Nacht du doch für unser Treffen ausgewählt hast.“

Hinter Frangelico steht der Rest der Vampire und starrt uns an wie Schlangen, ohne zu blinzeln. Sie sind alle gepflegt und tragen dunkle Anzüge, sie sind Spiegelbilder ihres Bosses. Sie sehen wie verdammte Yuppies aus, die ihr Büro verlassen haben, um sich ein kaltes Bier zu gönnen, aber ihr Geruch verrät mir, dass sie alt sind. Wir wissen nicht, wie alt, aber einige meiner Hacker-Freunde und ich haben Grundstücke aufgespürt, die ihrem Anführer seit über zweihundert Jahren gehören. Die Briefkastenfirma wechselt alle paar Jahrzehnte, aber alles lässt sich auf Frangelico zurückführen.

„Freut mich, dass du es geschafft hast", antwortet Garrett höflich.

Lucius legt seinen Kopf auf die Seite. Es ist eine natürliche Bewegung, aber ich bekomme das Gefühl, dass es eine ist, die er studiert und kopiert hat. Er winkt mit einer Hand zu seiner Gang. „Das sind meine Leutnante, Maximus, Nero, Tiberius und Augustus."

„Das römische Reich hat angerufen", murmle ich Jared zu. „Sie wollen ihre Eroberer zurück." Mein bester Freund gluckst leise und seine Schultern beben.

Vor uns hakt Garrett seine Daumen in seine Jeans und lässt sein Kinn sinken. Bei jedem anderen Wolf wäre das eine unterwürfige Geste, aber unser Alpha ist so groß, dass er trotzdem noch auf alle außer die größten Blutsauger hinabblickt.

„Das sind eine Menge Münder, die es zu stopfen gilt", sagt er nachdenklich und Jared und ich stellen das Witzeln ein.

„Das ist doch der Grund, aus dem wir uns treffen, oder nicht?" Lucius breitet seine großen Hände aus. Er ist ziemlich groß für einen Blutsauger. Die meisten von ihnen sind dünne, hübsche Jungen und – ich bitte um Verzeihung – anämisch. „Um das Revier aufzuteilen."

„Tucson ist nicht groß genug für uns alle, plus deine Gang."

„Wir ziehen das Wort *Nest* vor", korrigiert Nero. Auf ein Handzeichen von Frangelico tritt er nach vorne und streckt ein Blatt Papier aus. „Hier ist eine Karte der Gegend. Wir haben ein reichlich großes Revier für die Wölfe markiert, das selbstverständlich Zugang zu all den Bergketten hat. Wir wünschen lediglich auf der westlichen Seite des Santa Cruz und südlich der Congress Street zu verweilen. Um in Ruhe zu jagen und zu essen."

Auf Garretts Zeichen hin trete ich nach vorne und komme dem schmierig aussehenden Vampir auf halbem Weg entgegen, wobei ich meinen Blick irgendwo auf die Region zwischen seinem Ohr und Schulter richte. Ohne seine Finger zu berühren, packe ich die Karte und reiche sie Tank.

Er und Garrett studieren sie einen Augenblick und als Garrett aufsieht, glühen seine Augen vor Wut. „Nun, wir haben ein Problem damit. Denn ihr jagt und fresst keine Hasen oder Rehe. Ihr jagt Menschen."

Mondlicht reflektiert von Lucius Eckzähnen. „Meine Kinder sind zu gut ausgebildet, um unser Essen zu verderben."

„Da habe ich etwas anderes gehört. Ich hörte, dass ihr in LA in einen Revierkampf geraten seid und eure Opfer am Ende leergesaugt waren."

„Nur ein kleines Problem." Frangelico wedelt mit einer Hand. „Hier habe ich keine Feinde. Ich biete euch viel an, um den Frieden zwischen unseren Spezies zu wahren."

„Was genau bietest du an?", fragt Tank, der seine muskulösen Arme vor seiner Brust verschränkt.

„Das fortwährende Überleben eures Rudels", erwidert Lucius und die Temperatur fällt um zehn Grad.

„Was bringt dich auf den Gedanken, dass ihr einen Kampf mit unserem Rudel überleben würdet?", erkundigt sich Garrett.

„Ihr seid jung. Ihr habt gerade erst angefangen, euch Gefährtinnen zu nehmen. Ihr habt zu viel zu verlieren." Lucius' Stimme ist sachlich, als er seine Gründe aufzählt. Er ist ziemlich gelassen für einen Kerl, der gerade unsere gesamte Existenz bedroht hat.

Und unsere Gefährtinnen.

Aber er hat recht. Unsere stärksten Rudelmitglieder – Garret, Jared und Tank – haben alle Gefährtinnen, für deren Schutz sie alles tun würden. Und sie ist zwar nicht meine Gefährtin, aber fuck, wenn nicht das Bild von Sheridan in ihrem gottverdammten Corsagenkleid in meinen Gedanken Gestalt annimmt, woraufhin ich meine Finger zu Fäusten balle. Ich würde, ohne nachzudenken, sterben, um sie zu beschützen.

Lautes Knurren schwillt in mehreren Wolfkehlen an. Garret schüttelt die Karte in seiner Hand wieder auf und das Rudel verstummt.

„Hier steht, dass ihr Phoenix als eure Futterstelle beanspruchen werdet.“ Garrett studiert das Papier in seinen Händen. „Habt ihr mit dem Rudel dort gesprochen? Ich bezweifle, dass sie glücklich sein werden, wenn ein neues Vampirnest in ihr Revier eindringt.“

„Das werden sie nicht.“ Eine klare Stimme hallt von der Seite der Schlucht und wir drehen uns alle um. Sheridan taucht an der Spitze des Hügels auf, schwingt ein Bein über die Betonabsperrung und macht sich auf den Weg nach unten, wobei Steine unter ihren großen Stiefeln knirschen.

„Wer ist das?“, fragt Frangelico scharf.

„Sie ist eine von uns“, platze ich heraus und beuge ich mich näher zu Garrett und Tank, um ihnen mitzuteilen: „Das ist Sheridan.“

„Was zum Teufel?“ Garretts Stirn legt sich in Falten, aber er bedeutet Jared und mir, zu ihr zu gehen. Wir kommen ihr auf halber Höhe des Abhangs entgegen.

„Hallo noch mal“, sagt sie ruhig, als hätte sie nicht gerade ein geladenes Treffen zwischen Erzfeinden unterbrochen. Sie trägt noch immer meine Jacke, dem Schicksal sei Dank. Das ganze Goth-Makeup und Korsett lässt sie wie eine verdorbene Tinkerbell aussehen.

„Hi.“ Ich knirsche mit den Zähnen und strecke eine Hand aus, um sie daran zu hindern, auf den lockeren Steinen auszurutschen. Sie riecht nach Bier und dem Vanille-Orange-Duft ihres Parfüms. Mein liebster Duft in der ganzen Welt. Mein Schwanz merkt auf.

Ich bin noch immer fuchsteufelswild. „Was zum Henker machst du hier?“

„Meinen Job“, informiert sie mich und marschiert nach vorne, um die Vampire zu begrüßen.

Die Blutsauger warten mit reglosen Pokergesichtern, die sie im Verlauf von hunderten von Jahren perfektioniert haben. Lucius regt sich als Erster und tritt mit einer leichten Verbeugung nach vorne. „Ich glaube nicht, dass wir einander schon vorgestellt wurden.“

„Ich bin Sheridan Green“, sagt sie und läuft einfach nach vorne, um sich neben Garrett zu stellen, als sei sie ihm ebenbürtig. Als gehöre sie hierher. „Ich vertrete das Phoenix Rudel.“

„Meine Leutnante haben mir von keinem Rudel in Phoenix berichtet.“ Lucius neigt den Kopf an Sheridan gewandt und sieht sie fragend an.

„Wolf Ridge“, antwortet Garrett für sie. „Es ist nördlich von Scottsdale. Mein Vater ist der Alpha.“

„Ach ja, Alpha Green. Ich habe von seiner Herrschaft und der kleinen Uneinigkeit zwischen ihm und seinem Sohn gehört. Du bist der Sohn?“

„Als wüsstest du das nicht“, brummt Jared und ich widerstehe dem Drang, mit den Augen zu rollen. Dieses ganze Getue von Lucius, als wüsste er von nichts, wird allmählich alt. Er versucht, entwaffnend zu sein. Aber wir wissen alle über Vampircharme Bescheid. Lass dich davon einlullen und du bist tot. Blutsaugerfutter.

Ich rücke näher zu Sheridan.

„Das bin ich“, antwortet Garrett. „Aber wie du sehen kannst, gibt es keine Uneinigkeit zwischen dem Rudel meines Vaters und meinem. Wir sind uns in jeder Hinsicht einig.“ In seiner Stimme schwingt eine Warnung mit. *Greif eines an und du wirst gegen uns alle kämpfen müssen.* Ein Punkt für unseren Alpha.

„Ich verstehe“, sagt Lucius freundlich. „Es ist gut, dass ein Vertreter aus Phoenix hier ist. Das vorgeschlagene Revier erlaubt meinen Kindern dort sowie hier zu speisen. Wir können unsere Beute aufteilen.“

„Die Toten aufteilen, meinst du wohl“, knurrt Tank.

Lucius macht eine ungeduldige Handbewegung. „Keine Toten. Und wenn unser Club erst einmal eröffnet ist, werden wir vielleicht gar nicht weit wandern müssen.“

„Club? Welcher Club?“, fragt Sheridan. Ich lege eine warnende Hand auf ihren Rücken, aber sie gibt nicht klein bei. Ich spüre ihre Anspannung, aber sie wendet sich mit einer ruhigen, fast schon gelangweilten Miene an die Vampire.

„Mein neuer Club *Toxic*.“ Frangelico neigt den Kopf in Sheridans Richtung. „Du musst uns einmal besuchen, meine Dame.“

„Auf keinen verdammten Fall“, schimpfe ich und trete vor Sheridan, wobei ich so viel von meinem Körper zwischen sie und den Vampirkönig schiebe, wie er zulässt.

Lucius lächelt Sheridan weiterhin an und zeigt seine Fangzähne. Sie erwidert das Lächeln, ihre Schneidezähne an vorderster Front. Ihr Wesen-der-Nacht Outfit hat einen Vorteil: das heiße Kleid und kunstvolle Makeup sind ein fantastisches Kostüm. Kombiniert mit ihrem Intellekt verdreht sie den Vampiren den Kopf. Zu gut. Aus dem Augenwinkel sehe ich, wie sich Nero über die Fangzähne leckt. Ich unterdrücke ein Knurren.

Ein Knistern von Papier und wir widmen alle wieder unsere Aufmerksamkeit dem vorliegenden Problem. Garrett hält die Karte hoch. „Zum Zweck eines vorübergehenden Abkommens stimmen wir diesem Revier zu“, sagt er. „Jeder Vampir, der außerhalb davon erwischt wird, wird bestraft werden.“

„Wenn irgendjemand meiner Leute dabei erwischt wird, wie er die Regeln bricht, werde ich mich selbst um denjenigen kümmern“, verspricht Lucius. Seine Stimme ist glatt, fast schon ein Schnurren. Der Blutsauger ist zufrieden.

Mir ist schlecht. Ich habe keinen Blick auf die Karte geworfen, aber ich wette, der Kampfklub liegt direkt im Revier des Vampirs. Was bedeutet, dass wir ihm einen Tribut zahlen müssen oder von Blutsaugern auf der Jagd nach Opfern überrannt werden. Nicht, dass das nicht ohnehin schon geschieht. Garrett erlaubte uns nicht, irgendwelche Vampire rauszuwerfen, bis wir uns mit Frangelico getroffen hatten.

„Wartet“, sagt Sheridan. „Was ist mit *sucre sang*?“

Es herrscht Schweigen, während Wölfe und Vampire gleichermaßen versuchen, sich einen Reim auf ihre Worte zu machen. Es klingt vage französisch.

„Was ist das?“ Lucius klingt überrascht.

Ich höre, wie sich Sheridans Herzschlag beschleunigt, als sich alle Augen auf sie richten, doch ihr Kinn hebt sich und ihre Stimme bleibt kräftig. „Ich habe in Verbindung mit Blutsaugern, ich meine Vampiren, davon gehört. Eine Art Droge, stimmt’s?“

Einige der Leutnante wechseln wissende Blicke. Nero verbirgt seinen Mund hinter einer manikürten Hand.

„Ahh", sagt Lucius. „Süßblut. Ich hatte den Namen, mit dem man es in den Straßen bezeichnet, noch nicht gehört. Es ist keine Droge. Nun, zumindest nicht für Menschen."

„Nicht ganz", murmelt Nero.

„Es ist nur für Vampire." Lucius breitet seine Hände aus und sieht selbstzufrieden aus. „Komm zu unserem Club und ich werde es dir zeigen. Ihr seid alle jederzeit willkommen."

Ein leises Knurren von Garrett veranlasst den Vampirkönig dazu, hinzuzufügen: „Dir oder den Deinen würde kein Leid geschehen. Ihr wärt unsere wertgeschätzten Gäste."

„In Ordnung", sagt Sheridan. Zuerst kann ich meinen Ohren nicht trauen – sie stellt den Vampir auf die Probe? Lucius neigt seinen Kopf und Sheridan ergänzt: „Ich werde gehen. Samstagabend." Dann blickt sie zu mir hoch und ihr Gesichtsausdruck… ist eine Herausforderung.

Das kratzende Geräusch sind meine Zähne, die aufeinander knirschen, weil ich mir eine Antwort verkneife, damit ich nichts sage, das ich bereuen werde und einen Krieg auslöst. Ich kann mich jedoch nicht davon abhalten, Nero finster anzuschauen, als er nach vorne gleitet und sich zu Sheridan beugt. „Du wirst viel Spaß haben, kleine Wölfin. Dafür werde ich sorgen."

„Das Treffen ist vorbei", knurrt Garrett, dem Schicksal sei Dank, und einer nach dem anderen drehen sich die Wölfe um und gehen den Weg zurück, auf dem wir hierhergekommen sind. Ich warte darauf, dass Sheridan ebenfalls geht, und funkle finster in Neros Richtung, ehe ich auf meinem Stiefel herumwirble. Das Gelächter des Blutsaugers setzt sein, sowie ich ihm den Rücken zukehre, rüttelt an meinen Nerven und folgt mir aus der Schlucht.

Oben bei den Autos ist Sheridan von dem Rudel umringt und spricht mit Garrett. Ich kann einfach nicht anders, als dorthin zu stapfen und ihren Arm zu packen. „Was zum Henker hast du dir dabei gedacht?“

„Verschwinde, Bikerboy“, spuckt sie aus und reißt ihren Arm aus meinem Griff. Scheiße, ich habe vergessen, wie stark sie ist. „Du bist nicht mein Boss.“

Ich ignoriere sie und wende mich an Garrett. „Sie ist hier nicht in Sicherheit. Mein Rausschmeißer hat mir gesagt, dass einer der Blutsauger – Nero – Interesse an ihr hat. Du musst sie zurück nach Phoenix schicken.“

„Ich stehe direkt neben dir, Vollpfosten“, giftet Sheridan. Jetzt ist sie diejenige, die meinen Arm packt und mich zu sich herumreißt. „Mir geht es ganz prima. Ich kann meine eigenen Schlachten schlagen.“

„Den Teufel kannst du“, knurre ich und spreche über ihren Kopf hinweg mit Garrett. „Hast du sie gehört? Sie wird in das Revier der Blutsauger gehen – in ihren Club!“

„Das habe ich gehört“, sagt Tank. „Ich halte das für eine gute Idee.“

„Was?“ Ich wirble zu ihm herum. Ich schwöre, ich werde jemandem die Fresse polieren. Mein Wolf windet sich unter meiner Haut und ist bereit, jemanden zu Kleinholz zu verarbeiten.

„Hör ihn an“, befiehlt Garrett.

„Wir wissen, dass Frangelico mächtig ist, stimmt’s? Aber wir wissen nicht viel über ihn. Wir müssen mehr wissen. Den Nachtclub zu besuchen, ist die perfekte Methode, um mehr herauszufinden.“

„Warum gehst dann nicht du hin?“, entgegne ich.

Tank schüttelt den Kopf. „Kann nicht. Ich stehe in der Rudelordnung zu weit oben. Außerdem bin ich eine Bedrohung.“ Er zuckt mit seinen massiven Schultern. „Wir brauchen jemanden, der weniger wie ein Schläger aussieht. Jemand professionelleren.“

„Einen Spion“, stimmt Garrett zu und wendet sich an Sheridan. Sie errötet, aber senkt den Blick nicht. „Was meinst du, Cousinchen? Du bist sowieso schon hier, um uns im Blick zu behalten.“

„So ist es nicht“, protestiert sie schwach und zum ersten Mal, seit sie hier aufgetaucht ist, sieht sie unsicher aus. „Ich bin nicht hier, um euch auszuspionieren.“

„Ne, klar.“ Garrett zieht eine Braue hoch. „Tu mir wenigstens den Gefallen und erzähl mir die Wahrheit.“

Sie senkt den Blick. „Sie machen sich Sorgen und nicht nur wegen der Blutsauger in unserem Revier. Dein Rudel hat eine Menge durchgemacht.“ Sheridan saugt die Innenseite ihrer Wange in den Mund. Das hat eine unglückselige Ähnlichkeit mit einem Blowjob und mein Schwanz wird sofort steinhart. Ich stöhne beinahe laut auf, als ich ihn in meiner Jeans verlagere.

„Ich weiß. Ich werde meinen Dad anrufen.“ Garrett schneidet kurz eine Grimasse, ehe er seine Miene glättet. Der Rest von uns wechselt mitfühlende Blicke. Wir wissen alle, wie Alpha Green sein kann. Immerhin wuchsen wir unter seiner Führung auf. Bis er uns rauswarf.

So wie einige der Rudelmitglieder Sheridan beäugen, bin ich mir sicher, dass sie nicht vergessen haben, welche Rolle sie bei unserem Verrat spielte. Unter dem Gewicht der finsteren Blicke des Rudels, erschlafft Sheridan leicht. Sie war eine von uns, bevor sie zur Verräterin wurde. „Wegen heute Nacht… ich habe nur versucht, zu helfen.“

„Wem wolltest du helfen?“ Seine Stimme ist schneidend.

Obwohl ich einer Meinung mit Garrett bin, regt sich mein Wolf darüber auf, wie er mit ihr spricht. Meine Brust streckt sich wie von selbst raus, meine Schultern straffen sich. Garrett blickt zu mir und nimmt die Veränderung meiner Haltung wahr.

„Euch helfen." Das Zittern in Sheridans Stimme stört mich weit mehr, als es das sollte. Ich trete näher zu ihr und lasse sie wissen, dass ich noch immer ihr Beschützer bin, sogar nach dem, wie es zwischen uns endete.

Garrett zuckt mit den Achseln. „Ich weiß, dass du die Befehle deines Alphas ausführen musst. Vielleicht kannst du uns beiden nützlich sein." Seine Stimme wird nachdenklich und mir gefällt der Ausdruck in den Augen meines Alphas nicht. „Was hast du noch mal über die Drogen gesagt, mit denen die Vampire dealen? Zuckerblut?"

„Ich kenne nur Gerüchte, von denen mir dein Dad erzählt hat. Leichen sind in den zwielichtigen Gegenden von Phoenix aufgetaucht. Drogenabhängige, die sich eine Überdosis mit einer verunreinigten Droge verpasst haben – das denken zumindest die Menschen. Worum es sich bei der Droge auch handelt, sie macht das Blut der Opfer giftig. Zu viel davon und sie sterben."

„Das reicht nicht, damit sich mein Dad einmischt", grollt Garrett. „Er hat kein Interesse an einem Menschenkrieg gegen Drogen."

„Nein", stimmt Sheridan zu. „Der Grund, dass sich Alpha Green Sorgen macht, besteht darin, dass sich jemand an den Leichen zu schaffen gemacht hat. Bissspuren. Benutzungsspuren… von Vampiren."

Alle im Rudel saugen scharf die Luft ein.

„Du denkst, dass Frangelico dahintersteckt?", fragt Tank, dessen Augen schmal werden, während er eins und eins zusammenzählt. „Seine Vampire fressen zu viel, zu oft und entsorgen die Leichen, wobei sie es so aussehen lassen, als wäre es eine Drogenüberdosis?"

„Das ist korrekt." Sheridan nickt. „Deswegen kam ich hierher. Wir hören den menschlichen Behörden gut zu, um sicherzugehen, dass wir früh von diesen Toten erfahren. Für den Fall, dass wir intervenieren müssen."

„Intervenieren", wiederholt Tank. „Du meinst, es vertuschen."

Sheridan reckt ihr Kinn. „Falls wir müssen. Je verdächtiger die Todesfälle, desto tiefer werden die Menschen nach der Existenz von Paranormalen graben."

„Gefährlich für uns alle", sagt Garrett. „Deswegen hast du dich also im Kampfklub umgesehen?"

„Nein." Sheridans Stimme ist trocken. „Der Kampfklub ist an und für sich ein Problem. Er ist in allen Nachrichtenkanälen der Menschenpolizei und des FBIs zu finden. Alpha Green ist darüber überhaupt nicht glücklich. Der Klub schien ein guter Ausgangspunkt für meine Nachforschungen zu sein. Dann lernte ich den Blutsauger kennen und realisierte, dass der Vampirdrogenhandel und der Klub miteinander verflochten sein könnten."

„Wir sind sauber", werfe ich ein. „Ich erlaube kein Dealen auf dem Gelände."

„Du weißt genauso gut wie ich, dass es keine Möglichkeit gibt, das zu überwachen, nicht zu einhundert Prozent", sagt Garrett. „Und selbst wenn du einen Vampir dabei erwischst, kannst du nicht mehr tun, als ihn rauswerfen. Du würdest die Sanktionen Lucius überlassen oder riskieren müssen, das Nest zu beleidigen."

Ich knirsche mit den Zähnen, weil es wahr ist.

„Falls es hilft", merkt Sheridan an, „ich glaube, die Vampire legen sich nicht mit Gestaltwandlern an. Nur mit Menschen, die sie als Opfer verführen können. Ich glaube, der Klub könnte sauberer sein als einer, der von Menschen geführt wird."

Nach Sheridans Verteidigungsrede für den Kampfklub lockert sich die Anspannung in meinem Magen und das nicht nur, weil ich meinen Klub retten will. Dass sie sich zu meiner Verteidigung zu Wort meldet, bedeutet mir etwas. Zu verdammt viel. Ich muss diese Schnur, die uns selbst nach all diesen Jahren so fest verbindet, durchtrennen.

„Noch eine Sache“, fügt Sheridan hinzu. „Ich bin hier, um Nachforschungen anzustellen und für die Sicherheit meines Rudels zu sorgen, aber ich will die Toten nicht vertuschen. Ich weiß, wir müssen Hinweise auf paranormale Aktivitäten an sämtlichen Leichen, die wir finden, verbergen, aber ich bin nicht hier, um die Drecksarbeit für die Vampire zu erledigen. Ich bin hier, um ihnen Einhalt zu gebieten.“

Mir sinkt der Magen in die Kniekehlen. Sheridan hat diesen Ausdruck in ihren Augen, der Ausdruck, der sagt, dass sie ihre Flagge in den Boden gerammt hat und neben dieser stehen bleiben wird, komme was da wolle. Ich kenne diesen Blick. Das letzte Mal war ich derjenige, neben dem sie stehen blieb. Es kostete mich alles, sie dazu zu bringen, ihre Meinung zu ändern. Wir überlebten die Konsequenzen kaum.

„Wie viel hast du bisher herausgefunden?“, will Garrett wissen.

„Rein gar nichts. Deswegen will ich auch den Club der Vampire besuchen. Direkt zur Quelle gehen.“

Garrett und Tank wechseln einen Blick. Der große Kerl, der Vize des Rudels, nickt unserem Alpha zu.

„In Ordnung.“ Garrett dreht sich zu Sheridan. „Du wirst in den Club gehen.“

„*Nein.*“ Ich schwöre beim Schicksal, ich bin bereit, mich an Ort und Stelle zu verwandeln und zu kämpfen. Der Gedanke, dass Sheridan dort ohne Schutz reinläuft? Vorher würde ich den Laden abbrennen.

„Ich kann das tun. Ich werde schon klarkommen“, sagt Sheridan rasch.

Garrett deutet auf mich. „Du wirst mit ihr gehen", befiehlt er.

„Nein." Jetzt ist es an Sheridan, sich zu beschweren.

„Doch", befiehlt Garrett. Ich bin mir nicht sicher, aber ich glaube, einen Augenblick lang blitzt ein Lächeln auf Garretts Lippen auf, bevor es verschwindet. „Ich kann dich nicht allein dort reinschicken, Cousinchen. Aber Trey wird dir prima Rückendeckung geben. Die Vampire werden wissen, dass du unter meinem Schutz und dem des Wolf Ridge Rudels stehst und sie werden es sich zweimal überlegen, bevor sie sich mit dir anlegen."

„Na schön." Sheridan nickt.

„Fuck, nein", blaffe ich.

Garrett wendet sich an mich. „Sieh zu, dass keiner Hand an sie legt."

Ich ächze erneut.

„Und du", knöpft sich Garrett Sheridan vor und zum ersten Mal zieht er eine Augenbraue wegen ihres skandalösen Outfits hoch, „ich weiß, dass du nicht meine Wölfin bist, aber das hier ist mein Revier und ich bin für dich verantwortlich. Das nächste Mal, wenn du vorhast, in ein Vampirtreffen zu platzen, warnst du mich gefälligst vor." In seiner Stimme schwingt die volle Wucht seines Befehls mit.

„Das werde ich tun." Sheridan zieht den Kopf ein. Wäre sie in Wolfgestalt, würde sie vielleicht den Schwanz einklemmen. Das würde mich überraschen, doch Sheridan ließ sich stets von Autorität einschüchtern und Garrett verfügt in rauen Mengen darüber, jetzt da er selbst Alpha ist.

„Ich weiß, dass du sehr gut auf dich selbst aufpassen kannst, aber tu mir einen Gefallen und bleib in Treys Nähe. Ich weiß, du wirst versucht sein, ihm das Leben schwer zu machen –"

„Wer, ich?“ Sie blinzelt unschuldig. Ich mache ein finsteres Gesicht.

„ – aber tu es nicht. Es ist schon gefährlich genug, in die Höhle eines Vampirs zu gehen, Rückendeckung hin oder her“, belehrt er sie. „Ihr müsst beide zusammenhalten und eine vereinte Front darstellen.“

„Natürlich“, sagt Sheridan, gerade als ich brummle, „Das ist ein Fehler.“

„Du denkst, ich sollte jemand anderen schicken?“, fragt Garrett. Sein Tonfall ist scharf, aber ich weiß, dass er wirklich nach meiner Meinung fragt.

„Nein.“ Ich trete mit meinem Stiefel mit so viel Präzision gegen einen Stein, dass er in die Luft fliegt. „Du hast recht.“

Auf gar keinen Fall werde ich sie mit irgendjemand anderem gehen lassen. Ich würde vollkommen durchdrehen, wenn ich nicht an ihrer Seite sein könnte, um sie zu beschützen.

Außerdem sind er und Tank zu weit oben in der Rudelordnung, als dass sie in den Club gehen könnten. Sie den Fängen der Vampire auszuliefern, könnte einer Einladung zu einem Attentat oder einer Entführung gleichkommen. Wir haben gerade ein Friedensabkommen geschlossen, aber es ist das Beste, die Vampire nicht in zu große Versuchung zu führen. Ein Angriff auf einen Rudelalpha oder seinen Vize könnte einen Krieg bedeuten.

Jared würde es vermutlich tun, wenn ich ihn darum bitte, aber er hat gerade seine Gefährtin gefunden. Ich bin single, entbehrlich. Und wenn ich die Fassung verliere und einen Blutsauger in Grund und Boden stampfe, kann das Rudel das einfacher abtun. Es auf meine schlechte Laune schieben, mich verwarnen. So lange ich nur einen der rangniedrigeren Blutsauger verprügle und mich nicht auf Lucius stürze.

„Ich werde es tun“, versichere ich meinem Alpha.

Sheridan wartet, bis Garrctt wegschaut, um an mich gewandt eine Braue hochzuziehen. Dass sie ein sexy Club-Outfit trägt anstatt eines steifen Kostüms, bringt ihre Keckheit zum Vorschein.

Ich muss sie aus diesem Outfit kriegen.

Aber nicht wieder in dieses Kostüm stecken.

Nackt.

Fuck. Nein. Nicht das.

Ich starre Sheridan an. Ihre Augen weiten sich, als wüsste sie, was ich gerade denke, aber sie erwidert meinen Blick nur düster mit einem Kopfschütteln und schneidet noch eine Grimasse.

Garrett erwischt sie dabei und schaut sie böse an. „Benimm dich."

„Natürlich." Sie lächelt wie ein böser Engel. „Tue ich das nicht immer?"

Trey

„WOHER WUSSTEST DU ÜBERHAUPT, dass wir hier sein würden?", frage ich Sheridan, als ich sie bei ihrem Auto auf dem Parkplatz des Kampfklubs absetze. Nach einigen Fragen erfuhren Garrett und ich, dass sie ihr Auto nicht bei sich hatte, weil sie zur Schlucht gelaufen war. Wir hielten ihr dafür abwechselnd eine Standpauke, bevor Garrett mir befahl, sie zu ihrem Auto zu fahren.

Was der Grund dafür war, dass ich mein Motorrad mit Sheridans Armen um meine Taille und ihrem weichen Körper an meinen Rücken gepresst zurückfuhr, während meine Eckzähne in meinem Mund ausfuhren und mein

Schwanz bereit war, die Vorderseite meiner Jeans zu sprengen.

Ich Glückspilz.

„Sheridan?“, frage ich erneut und rücke ihr dicht auf die Pelle, damit sie meiner Frage nicht ausweichen kann. „Woher wusstest du, dass wir uns mit den Blutsaugern in der Schlucht treffen würden?“

Daran wie sie zögert, bevor sie antwortet, kann ich erkennen, dass mir die Antwort nicht gefallen wird.

„Nero“, gesteht sie. „Es war der Blutsauger, Nero.“

Mein Fluch hallt über den Parkplatz.

„Trey, ich komme damit zurecht.“

„Ach ja? Warum sollte er dich zu so etwas einladen?“

Sie knabbert an ihrer Lippe. „Ich weiß es nicht.“

„Fuck, er steht auf dich.“

„Das weißt du nicht“, sagt sie schnell. „Er wollte vermutlich nur das Phoenix Rudel mit dabeihaben. Ärger machen.“

„Warum sollte er das tun?“

„Ich weiß es nicht.“ Sie schaut mich so böse an, als wäre ich das Problem. „Warum tun Blutsauger irgendetwas?“

Ich fluche noch etwas mehr und trete Schotter weg, wobei ich mir wünsche, es wäre Neros Kopf. Oder Lucius‘. Mir ist egal, dass es einen Krieg auslösen würde, wenn ich dem Vampirkönig ein Härchen krümme. Wenn er sich mit Sheridan anlegt, wäre es das wert, ihn zu töten. „Mir gefällt das Ganze nicht.“

Sheridan verdreht die Augen. „Ich bin auch nicht gerade scharf darauf, dass er sich in meiner Nähe aufhält. Das nächste Mal, wenn er mich anfasst, schleudere ich ihn gegen die Bar.“ Sie reibt sich das Handgelenk und mein Sichtfeld verengt sich. Mein Wolf ist so nahe, dass Fell über meinen Unterarm knistert.

„Hat er dich angefasst? Fuck, Sheridan, diese Kerle sind gefährlich –“

„Denkst du, das weiß ich nicht?“ Sie kommt meinem Gesicht so nahe, dass sich unsere Nasenspitzen beinahe berühren und gestikuliert zu dem Gebäude. „Du bist derjenige, der sie reinlässt. Dieser Laden ist voll von ihnen!“

„Dieses Gebiet ist Niemandsland. Wir befinden uns hier nicht auf Rudelgebiet, ansonsten müsste uns Garrett überwachen. Auf diese Weise können wir jeden willkommen heißen, aber das bedeutet auch, dass es Blutsaugern und Gestaltwandlern freisteht, ein und aus zu gehen. Mir passt das nicht, aber so muss es sein.“

„Und was hast du von dem Ganzen?“ Sie rückt näher und mustert mein Gesicht, als wolle sie es wirklich wissen. „Dieser Laden ist ein Drecksloch.“

Ich trete zurück, verschließe mich vor ihr. „Ich schätze, Abschaum wie ich gehört eben hierher.“ Ich glaube nicht, dass Sheridan mich wirklich so sieht – zumindest tat sie es nicht, als wir Kinder waren. Aber ich gebe ihren Dad wider, der nie wollte, dass ich Zeit mit ihr verbringe.

„Das habe ich nicht gesagt. Ich weiß, du kämpfst gerne, aber…“ Sie stoppt. „Aber dieser Laden mit dem gruseligen Rausschmeißer und Blutsaugern, die in den Ecken lauern, und den Betrunkenen. Es ist beinahe so, als hättest du einen Todeswunsch.“

„Ich werde nicht darüber sprechen. Das geht dich nichts an. Außerdem musst du gerade reden, nachdem du Einladungen von Vampiren angenommen hast. Was, wenn er vorhatte, dich allein zu erwischen und in die Ecke zu drängen?“

„Ich kann auf mich selbst aufpassen, Robson.“ Ihre Lippe kräuselt sich. „Du bist nicht der Einzige, der kämpfen kann.“

Ich verzichte darauf, mit den Augen zu rollen, aber nur

ganz knapp. Ja, sie ist ein starkes Alphaweibchen, aber sie ist nicht unbesiegbar. Es gibt dort draußen Gefahren, die über den Besuch eines Colleges in einem anderen Staat oder die Buchführung einer Brauerei weit hinausgehen.

„Willst du, dass ich es dir beweise?"

Ich versuche nicht einmal, meine Verzweiflung zu verbergen. „Nein, Sheridan. Ich will, dass du dich von der verdammten Gefahr fernhältst."

„Du und ich, im Ring", fordert sie mich heraus.

Oh um Himmels willen. Ich halte die Hände hoch. „Okay, Süße. Du musst nicht so angriffslustig werden."

Sie verschränkt die Arme vor der Brust. „Das ist keine Angriffslust. Das bin ich, wie ich mich bereit mache, dir in den Arsch zu treten. Sag mir die Zeit und ich werde hierherkommen und mit dir in den Ring steigen."

„Okay, okay, du kannst auf dich selbst aufpassen", lenke ich ein.

„Nenn mir einen Zeitpunkt, Robson." Ihre Stimme wird hart. „Ich dachte, du liebst Übungskämpfe."

Ich starre sie einen langen Augenblick an. Ich würde gerne so tun, als würde ich mir nicht vorstellen, wie wir beide in einem Wackelpuddingring kämpfen oder nackt im Schlamm ringen, aber mein Schwanz schwillt gegen meinen Reißverschluss an. „Okay, na schön. Morgen. Mittag."

Ihr Gesichtsausdruck versengt mich wie Säure. „Mach dich bereit, Robson. Du bist so gut wie erledigt."

„Ich freue mich darauf", erwidere ich und knurre wegen meiner lahmen Retourkutsche.

„Morgen also."

„Fick mich", fluche ich.

„Nein, Danke. Das hab ich schon gemacht und brauch es nicht noch einmal." Sie wirft die Haare nach hinten und schüttelt meine Jacke von ihren Schultern. „Hier." Orange und Vanille steigt von dem Leder auf und vermischt sich mit meinem Geruch. Es riecht gut. Richtig. Als wäre es vorherbestimmt.

Wir starren einander über dem Kleidungsstück an, wobei uns zwölf Jahre trennen. Es herrscht eine Menge Schmerz und Kummer zwischen uns, aber unter den Erinnerungen daran, wie wir einander wehtaten, ist mehr, so viel mehr.

„Behalte sie“, trage ich ihr heiser auf. Mir gefällt der Gedanke, dass sie etwas hat, das mir gehört. Nicht viel, aber es ist etwas.

Sie presst die Jacke an ihre Brust und nickt mir knapp zu. Etwas in mir bricht leicht auf, als wäre ich erleichtert, dass sie mir mein Geschenk nicht entgegengeschleudert hat. Beim Schicksal, ich bin immer noch in diese Frau verliebt.

Ich beobachte, wie sie zu ihrem Auto stolziert, wobei ihre Hüften einladend schwingen, und ich balle meine Hände zu Fäusten. Ich weiß nicht, was ich lieber tun möchte: sie erwürgen oder ficken. Vermutlich beides. Yeah, das wäre gut.

Ich halte die Luft an, als die Rücklichter ihres Wagens verschwinden. Als ich sie schließlich ausstoße, fühle ich mich erschöpft, als wäre ich meilenweit gerannt. Als hätte man mir in den Magen geboxt.

Sheridan Green. Fick mich. Fick mich verdammt noch mal.

KAPITEL 9

VOR ZWÖLF JAHREN

Sheridan

Ich laufe den Weg zu meinem Haus hoch, die Lippen zu einem geheimnisvollen Lächeln gebogen. Nach der Schule war die Zeit früher für Hausaufgaben reserviert und das Auswendiglernen der dicht beschriebenen Seiten meiner Schulbücher, bis mein Sichtfeld verschwamm. Trey hat das alles verändert.

Ich nehme die Stufen zwei auf einmal, fühle mich locker und geschmeidig und voller Licht. Mein Körper singt das Lied einer gut befriedigten Frau. Ich laufe rot an, nur weil ich das denke. Eine Frau, kein Mädchen. Trey sorgt dafür, dass ich mich lebendig fühle.

Mein Hoch dauert so lange an, wie ich brauche, um den Türknauf der Eingangstür zu drehen. Sowie ich sie öffne, taucht meine Mom vor mir auf.

„Sheridan!", kreischt sie. Mein Dad drückt sich hinter ihr herum.

Das Lächeln auf meinen Lippen erstirbt. Beim Schicksal, wissen sie, wo ich war?

„Mom? Dad?“ Ich blicke suchend in ihre Gesichter.

„Also, wann wollest du es uns erzählen?“, verlangt meine Mom zu wissen und einen Moment lang stehe ich kurz davor, in Ohnmacht zu fallen.

„Wovon?“, flüstere ich und mir wird ganz schlecht. Wie haben sie das mit Trey herausgefunden? Hat es ihnen jemand erzählt?

Ein strahlendes Lächeln breitet sich auf dem Mund meiner Mom aus und ich blinzle. Sie würde auf keinen Fall lächeln, wenn sie wüsste, was ich mit Trey nach der Schule gemacht habe.

„Von *Stanford*, Dummerchen. Mrs. Stefani, die Beratungslehrerin, hat heute angerufen, um von dir zu schwärmen. Wolf Ridge ist stolz darauf, eine Schülerin zu unterrichten, die auf dem Weg in ein Ivy League College ist!“

Das nervöse Beben, das ich in meinem Bauch verspürt habe, seit Trey den Brief fand, wird schlimmer, als würde sich ein Schwarm Aale in meinem Bauch winden. „Nun, ich weiß noch nicht, ob ich hingehen möchte.“

Das Lächeln meines Dads verzieht sich zu einem grimmigen Strich. „Wovon redest du?“

„Kalifornien ist nicht so weit weg, Schätzchen“, sagt meine Mom.

Ich fummle an dem Reißverschluss meines Rucksacks herum.

Die Augen meines Dads werden schmal. „Ist es wegen diesem Robson Jungen?“

Mir sinkt das Herz. „Nein“, lüge ich.

Meine Eltern hören beide die Unwahrheit in meiner Stimme.

„Deine Zukunft ist viel wichtiger als eine dumme Highschool-Romanze“, sagt meine Mom.

„Du wirst dort hingehen“, beharrt mein Dad. Es liegt ein eiskaltes Versprechen in seinen Worten, als würde er mich tretend und schreiend höchst persönlich bei dem College abliefern, wenn ich mich weigere.

Ich bemühe mich, unerschütterlich zu wirken, als wäre das noch immer meine Entscheidung, wie sie das sein sollte. Ich zucke beiläufig mit den Achseln. „Ich habe meine Einwilligung abgeschickt, aber ich denke noch darüber nach.“ Ich versuche, gerade so viel Unverfrorenheit in meine Worte zu legen, dass ich klinge, als würde ich meine eigenen Entscheidungen treffen, und mache auf dem Absatz kehrt, um in mein Schlafzimmer zu gehen.

„Lauf nicht weg, wenn wir mit dir reden.“ Und einfach so legt das Gespräch eine hundertachtzig Grad Wende von *wir sind stolz auf dich* zu *du steckst tief in der Scheiße, junge Dame* hin.

Zum ersten Mal in meinem Leben ziehe ich in Erwägung, wegzulaufen. Es ist ein unüberlegter und irrationaler Gedanke, aber er schießt mir sofort in den Kopf, als wäre er die einzige Lösung. Ich bin jetzt achtzehn – sie sollten mein Leben nicht auf diese Weise bestimmen. Würde Trey mit mir kommen, wenn ich es tun würde?

Ich stoppe und drehe mich mit knirschenden Zähnen um. „*Was?*“ Ja, ich kann auch perfekt die zickige Teenagerin mimen.

„Du gehst nach Stanford“, verkündet mein Dad. „Da gibt es nichts zu entscheiden.“

Ich will diskutieren und streiten, aber mein Dad spielt seine Alpha-Karte aus und ich weiß, dass ich nicht gewinnen könnte. Vielleicht hat mein Gehirn deswegen eine Flucht als einzige andere Option vorgeschlagen.

Tränen der Niedergeschlagenheit schießen mir in die Augen, aber ich lasse nicht zu, dass er sie sieht, sondern wirble stattdessen herum und renne in mein Zimmer, dessen Tür ich hinter mir zuknalle, als sei ich wieder dreizehn.

KAPITEL 10

GEGENWART

Sheridan

VIERTEL vor zwölf Uhr mittags bin ich wieder im Kampfklub. Das Tageslicht tut diesem Laden keinen Gefallen, aber ich komme nicht umhin, die Kosten eines richtigen Asphalts zu kalkulieren sowie neuer Farbe im Inneren, vielleicht einer Tribüne um den Käfig… der Laden könnte cool sein. Natürlich würde ich die Vampire rausschmeißen wollen oder sie vielleicht einfach nur dazu zwingen, etwas zu unterschreiben, das ihre Aktivitäten einschränkt. Ein Reiz dieses Ladens ist die Gefahr; die würde ich nicht vollkommen auslöschen wollen.

Meine Gedanken drehen sich um Verzichtserklärungen und Schanklizenzen und die Kosten regelmäßiger Reinigungen, als mein Blick auf Treys hochgewachsener Statur landet. Er steht in einem Lichtstrahl und Staubmotten tanzen um seinen kräftigen Körper. Seine Tattoos sind gar nicht so schlimm. Eigentlich sind es Kunstwerke. Ich will ihm die

Kleider vom Körper schälen und ihn dazu überreden, mir die Geschichten darüber zu erzählen, wie, wann und warum er sie sich hat stechen lassen. Doch das würde bedeuten, dass er nackt wäre.

Nein! Ruhig Mädel. Schlechte Idee.

„Bist du bereit für das hier?", ruft er und ich trotte zu ihm. Ich habe eine Yogahose und ein lockeres Oberteil an, meine übliche Kleidung fürs Fitnessstudio.

Seine Stirn legt sich in Falten, als er die Worte auf meinem Shirt liest. „Alle trainieren Bauch, Beine, Po? Aber du machst immer nur Kiefer?"

Ich grinse. „Ich hab das Shirt auf Etsy gekauft."

„Weißt du überhaupt, wie das verstanden werden kann?"

Ich strecke das Kinn raus und wünsche mir, dass sich meine Wangen nicht verfärben würden. „Ja. Und ich stehe zu der Aussage meines T-Shirts. Zumindest für den Moment." Ich beiße auf meine Wangeninnenseite, nachdem ich den letzten Teil hinzugefügt habe. Treys amüsierte Miene wechselt zu der eines verhungerten Tieres, das seine Beute in den Blick gefasst hat.

Ich räuspere mich und tue so, als würden wir gerade nicht um das Thema Oralsex tanzen. „Werden wir es im Ring tun? Kämpfen, meine ich?", stelle ich klar für den Fall, dass er denkt, ich rede noch immer darüber, was ich mit dem Mund tun könnte.

Trey blinzelt und gibt sich einen Ruck, als würde er aus einem Traum aufwachen. Hoffentlich kein Traum darüber, wie er mich auf die Knie drückt, seine großen Hände auf meinen Kopf legt und mich nach vorne schiebt, damit ich seinen Penis in meinen…

Wah! Hör auf, daran zu denken.

„Äh, yeah. Im Ring." Er winkt und ich marschiere in den

Käfig, froh um die Gelegenheit, ihm den Rücken zuzukehren und mein flammendrotes Gesicht zu verbergen.

In den letzten zwölf Stunden, seit ich ihn zuletzt sah, bin ich zu einer Erkenntnis gekommen. Trey Robson ist eine Sehnsucht, eine große, nervige, wundervolle Sehnsucht und früher oder später werde ich sie befriedigen. Ich weiß, dass er ein Player ist, ich weiß, dass es nicht überdauern wird. Vor zwölf Jahren verbrauchte er meine Liebe und warf mich weg.

Aber ich bin jetzt ein großes Mädchen und nun bin ich dran, ihn zu benutzen und zu gehen. Ich muss nur meinen Stolz und Würde bewahren. Und, wenn es endet, mein Herz.

„Hast du das schon mal gemacht?", erkundigt er sich, während er den eingezäunten Bereich betritt und die Maschendrahttür schließt.

„Mit dir gekämpft?"

„Nein." Er macht ein finsteres Gesicht. „Wir streiten die ganze Zeit."

„Das haben wir früher nicht getan." Ich versuche, mit unbeschwerter Stimme zu sprechen, aber versage.

„Wessen Schuld ist das?" Er zieht eine blonde Braue hoch. Seine Augen sind eiskalt.

Ich schlinge meine Arme um mich, um ein Zittern zu verbergen. „Schuld haben, meiner Meinung nach, immer zwei Parteien."

„Yeah."

Ich bin von seiner Zustimmung überrascht und wir blicken beide einen Moment auf den Boden.

„Wie wäre es damit?" Ich laufe zu ihm und strecke meine Hand aus. „Was geschehen ist, ist geschehen. Waffenstillstand?"

„Waffenstillstand", wiederholt er sanft und nimmt meine Hand. Und einfach so falle, falle ich in die Tiefen seiner Ozeanaugen, verfalle der Magie von Trey. Die Berührung seiner Finger durchströmt mich und weckt alle möglichen Erinnerungen daran, als ich mir noch wünschte, er würde mich für immer berühren. Zwölf Jahre, nachdem wir uns voneinander trennten und die Ruinen unserer Liebe hinter uns ließen, wünsche ich mir, er hätte weiter für uns gekämpft. Selbst nachdem wir einander so sehr wehtaten, könnte ich noch in seine Arme klettern und nie wieder gehen.

Trey lässt meine Hand fallen. Der Zauber bricht. „Bereit?"

„Jepp." Ich hüpfe auf meinen Fußballen. Wenn ich ihn nicht umarmen kann, kann ich ihn schlagen. Das würde ich auf lange Sicht ohnehin vorziehen.

Dann zieht er sein Shirt aus.

„Was…" Mein Mund ist plötzlich trocken. „Was machst du denn?"

Er lässt sein T-Shirt zu seinen Füßen fallen und reibt geistesabwesend über die Tattoos auf seinen Armen. Seine straffen Muskeln wölben sich und zucken, werden perfekt zur Schau gestellt, ohne dass er sich darum bemüht. „Ich mache mich zum Kämpfen bereit, Süße."

Ich verenge die Augen. Ich will Foul rufen, aber dann müsste ich zugeben, dass mir sein Anblick ohne Shirt zusetzt. „Sollte ich meins dann auch ausziehen?"

Sein Blick verdunkelt sich. „Wenn du willst."

Ich stelle ihn auf die Probe, schäle mir mein Oberteil vom Körper und lasse es neben seines auf den Boden fallen. Meine Mädels sind in einen knallpinken Sport-BH gequetscht, drängen sich gegen den Stoff und werden stolz zur Schau gestellt.

Jetzt ist Trey derjenige, der bedröppelt dreinschaut, während ich ihn angrinse. „Wie du mir, so ich dir."

„Rache ist zuckersüß", entgegnet er, aber ein Lächeln umspielt seinen Mund.

„Nope. Rache ist eine Wölfin namens Sheridan." Mit fantastischen Titten.

Ich wende mich von ihm ab und gebe vor, mich zum Aufwärmen zu dehnen. Ich beuge mich definitiv nicht vornüber und halte die Positionen länger, die meinen Hintern am besten zur Geltung bringen. Natürlich nicht. Das wäre grausam.

Als ich mich wieder umdrehe, hat er seine Augen geschlossen und zwickt sich den Nasenrücken, während er tief einatmet.

„Alles in Ordnung?", erkundige ich mich mit so viel Unschuld, wie ich aufbringen kann.

„Yeah. Einfach… yeah. Alles in Ordnung." Er lässt seine Hand fallen und schaut überallhin, nur nicht in mein Gesicht, auf meine Hüften oder mein Dekolleté. „Wir werden einfach anfangen. Ich komme auf dich zu und du versuchst, mich zu stoppen."

„So einfach?", frage ich trocken, aber zucke mit den Achseln. „Dann komm."

„In Ordnung." Er stößt einen Luftschwall aus. Im Anschluss kommt er mit blitzenden Augen auf mich zu. Muskeln erfüllen mein Sichtfeld und einen Moment gerate ich in Panik –

Dann besinne ich mich meines Selbstverteidigungstrainings. Ich trete auf ihn zu, packe seine linke Hand, drehe mich um und reiße ihn aus dem Gleichgewicht, bevor ich meinen Hintern in seine Hüften ramme und ihn über meinen Rücken abrolle. Er kracht auf den Boden. Noch ehe er sich von der Überraschung erholt, sinke ich mit einem Knie auf seine Brust und fixiere ihn auf dem Boden. „Ergib dich!"

Trey starrt zu mir hoch und unternimmt keinerlei Versuche, mich abzuschütteln oder die Oberhand zu gewinnen, obwohl ich weiß, dass er das könnte. Seine Nasenlöcher blähen sich, als würde er meinen Geruch einatmen, und ich sehe Silber in seinen Augen aufblitzen. Sein Wolf zeigt sich. Nach einem Herzschlag erhebe ich mich und rücke von ihm ab.

„Wo zum Henker hast du gelernt, wie man das macht?"

„College." Ich zucke mit den Achseln. „Ich habe ein paar Kurse belegt."

„Dann war es ja gut, dass du dorthin bist." Er verzieht das Gesicht, kurz bevor ich es tue.

Ich starre ihn an und etwas Altes und Tiefgreifendes verdreht sich in meinem Magen. Als er mit mir Schluss gemacht hatte, war ich mir sicher gewesen, dass er es nur getan hatte, um sicherzustellen, dass ich nach Standford ging. Damit ich mir die Gelegenheit nicht wegen ihm entgehen ließ.

Doch dann hatte er –

Argh. Das ist Schnee von gestern. Ich will nicht daran denken.

„Sorry. Ich kann nur nicht fassen, dass du –" Er sieht sich im Käfig um, als wüsste er nicht, wie er hier gelandet war. Ich würde ihm ja eine Hand reichen, aber ich bin mir nicht sicher, ob es eine gute Idee ist, seine Haut zu berühren. Sich an das Gefühl seiner Hand in meiner zu gewöhnen. Die Luft zwischen uns knistert. „Es ist, als wärst du eine andere Person."

„Nö. Ich bin immer noch ich." Ich erzähle ihm nicht, dass ich, nachdem wir uns getrennt hatten, mein Leben genauer unter die Luppe nahm. Nach außen hin ging ich aufs College und tat alles, um die perfekte Wölfin zu sein, zu der mich meine Eltern erzogen hatten, aber darunter grub ich tief und entdeckte, wer ich wirklich war. Ich musste Trey für diese Reise danken oder die Schuld in die Schuhe schieben. Er war der erste Wolf in meinem Leben, der mich sah, mein wahres

Ich, und mich dennoch liebte. Am Ende war unsere Beziehung ein Desaster, aber auch ein Geschenk. Ich musste Trey aufgeben, aber ich fand mich selbst.

„Ich glaube nicht, dass ich dich jemals in einem T-Shirt mit einem Spruch darauf gesehen habe.“ Er deutet auf das Sportshirt, das zerknittert auf dem Boden liegt. „Oder das Outfit von gestern Abend. Ich hätte nie gedacht, dass du so etwas besitzt.“

„Das ist nicht meine übliche Bürokleidung“, sage ich. „Aber ich habe gerne Spaß. Das hast du mir beigebracht“, füge ich hinzu und erröte. Bei seiner Art von Spaß ging es für gewöhnlich darum, dass wir auf einem Motorrad saßen oder irgendwo ohne unsere Klamotten waren.

„Ich glaube nicht, dass Garrett dich jemals mit so viel Makeup gesehen hat. Er hat dich fast nicht erkannt.“

„Ich dachte noch, er sah überrascht aus.“

„Überrascht? Er hat sich fast in die Hose gepisst.“

Ich kaue auf der Innenseite meiner Wange.

„Ach stimmt ja, du fluchst nicht“, neckt mich Trey. „Eines Tages werde ich dich dazu bringen, das ‚F‘-Wort zu sagen.“

Ich rolle mit den Augen.

„Komm schon“, beschwatzt er mich. „Nur einmal. Sag es.“

„In Ordnung, na schön.“ Ich werfe den Kopf nach hinten und verkünde: „Das ‚F‘-Wort.“

Trey ächzt. „Ich werde dich dazu bringen, es zu sagen.“

„Sagt der Mann, der gerade auf den Boden geworfen wurde.“

„Eines Tages. Ich werde dich überrumpeln. Ich werde dich dazu bringen, es zu schreien.“

Ich verenge die Augen zu Schlitzen. „Das wirst du nicht tun.“

„Das werde ich“, verspricht er, die Augen verschleiert und den Blick eindringlich auf mein Gesicht gerichtet. Meine Lippen kribbeln. „Fuck, es wird so heiß sein.“

Zing. Hitze erblüht auf Treys Geständnis hin zwischen meinen Beinen. Ich weiß nicht einmal, warum er es für scharf hält, wenn ich das ‚F‘-Wort sage, aber zu wissen, dass es so ist, törnt mich an.

„Träum weiter, Vollpfosten“, erwidere ich steif und wir brechen beide in Gelächter aus. Trey streckt sich auf der Matte aus und ich lege mich neben ihn, eine Armeslänge von ihm entfernt. Es fühlt sich natürlich an.

„Aber im Ernst“, sagt er. „Warum hast du solche Moves gelernt?“

„Du willst es wirklich wissen? Du musst versprechen, dass du nicht ausflippst.“ Auf seinen scharfen Blick hin seufze ich. „Ich hatte einen Stalker.“

„Was?“ Ein Ruck durchfährt seinen gesamten Körper und ich strecke eine Hand aus.

„Entspann dich. Es ist vorbei. Ich habe mich darum gekümmert.“

Seine Augen sind wolfhell. „Wer war er?“, knurrt er.

„Irgendein dummer Typ aus einer Studentenverbindung. Reiche, privilegierte Familie. Ich glaube, seine Mutter war Richterin. Er war offensichtlich daran gewöhnt, seinen Willen zu kriegen. Er hat mich eines Nachts allein in einem Zimmer abgepasst. Im Obergeschoss auf einer Party. Die Musik dröhnte laut durch das Haus, weshalb mich niemand schreien hörte. Er attackierte mich und schubste mich auf das Bett.“ Ich hielt inne, da ich mich an diese schreckliche Nacht erinnerte.

„Was ist passiert?“ Treys Stimme ist angespannt, sein Wolf nah an der Oberfläche.

„Ich warf ihn durch das Fenster.“

Trey blinzelt.

„*Was dich nicht umbringt, macht dich stärker*“, zitiere ich die heutigen Worte der Weisheit und zucke mit den Achseln. „Ich bin kein Opfer, Trey. Ich bin eine Wölfin. Ich muss mich schwach geben, um das Rudelgeheimnis zu schützen, aber ich wurde angegriffen. Und er verdiente es. Nach dem zu urteilen, wie er alles arrangiert hatte, hatte er das vermutlich schon bei anderen Mädchen abgezogen. Ich wollte ihn stoppen.“

„Also warfst du ihn aus dem Fenster eines Obergeschosses?“

„Es war nur der erste Stock“, verteidige ich mich. „Er brach sich lediglich beide Beine und einen Arm, ein paar Rippen. Wir konnten es als Unfall ausgeben.“

„Du warfst deinen Stalker aus einem Fenster“, sagt Trey.

Ich hoffe, dass ich mir den Funken Stolz in seinem Tonfall nicht einbilde. „Jepp.“ Ich recke das Kinn und stehe zu meinen Taten. „Ich defenestrierte ihn. Defenestrieren bedeutet, *aus einem Fenster schmeißen*“, erkläre ich, da mich Trey ausdruckslos anstarrt. „Das habe ich von einem ein-Wort-pro-Tag-Kalender gelernt.“

„Du und deine Kalender.“ Trey schüttelt den Kopf, aber sein Mundwinkel biegt sich nach oben.

„Bist du jetzt bereit, mir zu glauben, wenn ich sage, dass ich mit ein paar Vampiren fertig werde?“

Er lässt den Kopf hängen. „Ich schätze schon. Es gefällt mir nicht, aber… verdammt.“

„Was?“

„Du hast dich verändert. Ich mag es. Ich mag es. Sehr.“

„Danke.“ Ich will mich abwenden und verbergen, wie viel mir seine Meinung bedeutet. Bevor ich das tun kann, hebt er eine große Hand in Richtung meines Gesichts und stoppt auf halbem Weg. Ich erstarre und blicke auf ihn hinab. Nach einem Moment, schiebt er eine Haarsträhne von meiner Wange und steckt sie mir hinters Ohr.

„Sheridan", murmelt er. „Sheridan Green. Wo hast du dich nur versteckt?"

Genau dort, wo du mich zurückgelassen hast, will ich schreien. *Zu Hause in Wolf Ridge, wo ich die Stücke meines gebrochenen Herzens einsammelte.*

Anstatt zu schreien, erschaudere ich, als sein Daumen über meine Unterlippe reibt. Seine Berührung durchfährt mich und kribbelt weiter unten.

„Du warst schon immer so liebenswürdig. Aber auch wild", seine Stimme wird tiefer, „zumindest warst du das bei mir."

Das ist Trey!, brüllt der vernünftige Teil von mir. *Er ist ein Player! Er hat das Player Handbuch geschrieben!*

Der Rest von mir seufzt, als er meinen Nacken umfängt und mich näher zu sich zieht. Seine Augen haben das Blau weitentfernter tropischer Gewässer und mein Gehirn will einen Urlaub machen.

„So unartig. Und nett. Und…" Seine Lippen streifen meinen Mund und ich schließe die Augen. „Aufmachen, aufmachen", wispert er und ich gehorche. Meine Lippen suchen seine, mein Gehirn ist benebelt und greift nach seinen Befehlen, als wären sie eine Rettungsleine. „Ja, das ist es, Süße. Genau so." Er vertieft den Kuss, seine große Hand windet sich durch meine Haare und neigt meinen Kopf dorthin, wo er ihn haben will. Ich entspanne mich und lasse ihm die Kontrolle. Mein gesamter Körper singt, seufzt und trinkt jedes Wort und Berührung und Flüstern, bis ich schwebe.

„Trey", hauche ich und er antwortet mir mit einem weiteren kleinen Kuss. Das hier ist verrückt. Wir sollten doch eigentlich miteinander kämpfen. Wir haben gekämpft und was ist dann passiert? Trey-Magie. Er weicht zurück und ich stöhne leise und folge ihm mit meinem Mund. Ich sollte stark sein. Was habe ich hier nur gemacht? Ich kann stark sein.

Ich unterbreche den Kuss. Er erzwingt nicht mehr, sondern neigt meinen Kopf nach vorne, bis meine Stirn seine berührt, und schüttelt langsam den Kopf. So verharren wir einen Augenblick, in dem sich unser Atem vermischt und wir uns synchron bewegen.

Der starke Geruch meiner eigenen Lust trifft mich und ich ziehe mich zurück. Trey gibt mich frei und ich rapple mich in eine sitzende Position auf, wobei ich schwer atme, obgleich wir uns nicht bewegt haben. Ich wünschte, ich hätte jetzt einige Worte der Weisheit parat, aber mir fällt lediglich eine Variation von Konfuzius' *Gib einem Mann einen Fisch…* ein.

Gib einem Player einen Kuss und er besitzt dich. Lehre einem Player das Küssen und er küsst jede verfluchte Frau in einem Umkreis von hundert Meilen…

Ich räuspere mich auf der Suche nach meiner Stimme. „Also, bist du überzeugt?“

„Was?“ Er blinzelt.

„Dass ich auf mich selbst aufpassen kann. Denn wenn du das bist, ähm, muss ich gehen.“

Er stützt sich auf einen Ellbogen, sein hübsches Gesicht wirkt nach wie vor gefasst.

Ich schnappe mir mein Shirt, renne mehr oder weniger aus dem Käfig und stoppe erst, als ich ihn Sicherheit bin.

„Wir sehen uns dann Samstag. Bei dem Vampirclub. Zwanzig Uhr. Wenn du nicht dort bist, werde ich zehn Minuten warten und dann ohne dich reingehen.“

„*Den Teufel wirst du tun*“, knurrt er, als ich das Gebäude verlasse. Aber er ist nicht mein Boss.

Das muss ich mir nur immer wieder ins Gedächtnis rufen.

KAPITEL 11

VOR ZWÖLF JAHREN

Trey

Ich fahre mit meinem verbeulten Motorrad vor den Nebeneingang der Wolf Ridge High und verlagere mein Gewicht auf einen Fuß, während ich warte. Sheridan kommt allein raus und läuft schnurstracks zu mir, nicht als wäre sie glücklich, mich zu sehen, sondern eher so, als wäre sie scharf darauf, Distanz zwischen sich und die Schule zu bringen.

Ihre Miene ist verschlossen und sie lächelt nicht oder küsst mich, bevor sie einen muskulösen Schenkel über den Rücken meines Motorrads schwingt und aufsitzt.

Irgendetwas nagt an ihr.

Ich bin selbst ein ruhiger Typ, weshalb ich keine Worte darauf verschwende, mich jetzt danach zu erkundigen. Sie wird es mir erzählen, wenn sie bereit dazu ist.

Ich reiche ihr einen Helm und warte, bis sie ihn aufgesetzt hat, bevor ich losfahre. Ich beschließe, unsere üblichen Plätze

– Vitales Pizzeria oder das Wolf Ridge Café – links liegen zu lassen und direkt zu den Bergen zu fahren.

Ich weiß, dass es mich heilt, meinen Wolf rauszulassen, wenn ich neben der Spur bin. Nachdem wir die Abzweigung zu den Bergen genommen haben, beschleunige ich die Geschwindigkeit und lasse den Wind, der über unsere Gesichter bläst, das Rennen auf vier Pfoten simulieren. Ich denke, dass junge Wölfe deswegen Motorräder so sehr lieben. Wir sind körperlich veranlagte Wesen. Wir spüren alles mit unserem Körper und in Gebäuden oder Autos eingesperrt zu sein, sorgt mit der Zeit dafür, dass wir uns verspannen.

Ich fahre hinauf bis zum Gipfel des ersten Vorberges und parke. Sheridan steigt ab und wirft ihren Rucksack auf den Tisch, dann klettert sie hoch und setzt sich darauf, wobei sie ihre Füße auf der Bank platziert. Sie starrt hinaus auf das felsige Wüstenterrain.

Ich setze mich neben sie und stoße sachte mit meiner Schulter gegen ihre.

„Hey."

„Mein Bruder ist heute gestorben."

Oh.

Ich verstehe, was sie meint. Heute ist sein Todestag, nicht der tatsächliche Tag, an dem er starb. Ihr Bruder Zach war ein aufsteigender Stern im Rudel. Er war vier Jahre älter als wir, der Football-Quarterback und Jahrgangsbester und hatte ein volles Stipendium an der Pepperdine. Er starb bei einem Motorradunfall im Sommer nach seinem letzten Schuljahr. Nicht einmal ein Gestaltwandler kann es überleben, wenn ihm der Schädel zerquetscht wird.

„Vermisst du ihn?"

Ihr Gesicht verzieht sich und sie atmet hicksend ein. „Sehr. Wir standen uns nahe."

Ich verflechte meine Finger mit ihren und sitze einfach

nur mit ihr da, lausche dem Vogelgezwitscher, dem fernen Rauschen des Verkehrs unter uns.

„Machst du dir je Sorgen wegen meinem Motorrad?“ Ich habe zuvor schon darüber nachgedacht, aber wollte es nicht ansprechen. Sie gab sich nie verängstigt, weshalb ich annahm, dass es kein Problem sei. Aber da wir gerade über Zach sprechen, ist es wert, das zu besprechen.

„Nein. Um ehrlich zu sein, liebe ich es, dass du ein Motorrad fährst. Es erinnert mich auf gute Weise an ihn. Er fuhr mich früher, als er es noch lernte, ständig überallhin. Er hat mir sogar entgegen der Wünsche unserer Eltern das Fahren beigebracht.“

Ich drücke ihre Hand.

„Ich mache mir keine Sorgen um dich, weil du vorsichtig bist. Du trinkst nicht und fährst dann. Du trägst einen Helm. Du nimmst es ernst.“

„Hat er das nicht getan?“

Sie schüttelt den Kopf. „Er dachte, er sei unbesiegbar. Kein Helm, halsbrecherisches Fahren, nachdem er getrunken hatte – du kannst es dir sicherlich ausmalen.“ Sie steht auf, wirbelt herum und überrascht mich, indem sie sich rittlings auf meine Taille setzt.

Ich packe ihren Hintern und reiße sie näher, bevor ich darüber nachdenken kann, ob das angemessen ist angesichts dessen, was sie gerade durchmacht. Sie scheint jedoch damit einverstanden zu sein. Sie schlingt ihre Arme um meinen Hals und küsst mich.

Meine Hormone entfalten sofort ihre Wirkung und mein Schwanz wird zwischen ihren Beinen steif. Ich schiebe eine Hand unter ihrem T-Shirt nach oben, um ihren Busen zu umfassen.

Sie schaukelt auf mir vor und zurück. Wir spielen schon seit einer Weile auf diese Weise – hauptsächlich Fummeln.

Trockensex, etwas Grapschen. Einmal konnte ich fast einen Schritt weitergehen – ich brenne darauf, ihr mit meinem Mund Lust zu bereiten – aber sie wurde nervös und schubste mich weg. Das respektiere ich.

„Ich bin bereit, Trey“, wispert sie in mein Ohr.

Mein Kopf schnellt nach oben und mein Schwanz drängt sich schmerzhaft gegen meine Jeans.

„Ich habe Kondome gekauft.“

Wäre das hier ein Cartoon, würde ich jetzt wie ein verblüffter Idiot stottern. Nie in einer Million Jahren hätte ich mir erträumt, dass sie mich einfach so damit überfallen würde. Vor allem nicht an einem Tag wie diesem.

Ich schwor mir, nie irgendetwas zu versuchen, nachdem sie getrunken hatte, aber mein Mädchen ist stocknüchtern. Und traurig. Und sie will, dass ich es besser mache.

Das kann ich auf jeden Fall tun.

„Bist du dir sicher?“ Das kommt als heiseres Krächzen heraus.

Sie beugt sich nach vorne und beißt meinen Hals. „Yeah. Ich will *leben*. Ich kann nicht einfach sämtlichen Spaß ausschalten, um zu der Zukunft zu gelangen, die Zach nicht hatte.“ Sie schließt die Augen und schüttelt den Kopf. „Macht das Sinn?“

„Yeah.“ Ich atme schwer, mein Körper springt bereits in den Tiermodus. Ich wirble sie herum und lege meine Hand an ihren Hinterkopf, während ich sie mit ihrem Rücken auf den Tisch lege. Innerhalb einer Sekunde bin ich über ihr.

Es ist mein erstes Mal, aber mein Körper weiß, was zu tun ist. Oder vielleicht ist es mein Wolf. Ich küsse einen Pfad über ihren Hals. Knabbere an ihrem Busen.

Sie stöhnt und wölbt sich vom Tisch nach oben.

Ich schiebe ihr T-Shirt hoch zu ihren Achseln und befreie ihre Brüste aus ihrem knallpinken BH. Sie sind verdammt perfekt. Gerade genug, um meine Hände zu füllen, jugendlich und frisch. Ihre steifen Nippel werden sogar noch härter, als ich an ihnen sauge.

„Die Kondome sind in meiner Tasche“, flüstert Sheridan. „Außentasche.“

Verdammt. Sie kam vorbereitet hierher. Oder hatte sie es geplant? Wie lange waren diese Kondome schon dort drin? Ich erzähle ihr nicht, dass ich vor ein paar Monaten auch eine Schachtel gekauft habe für den Fall, dass dieser Moment jemals käme.

„Ich werde sie in einer Minute holen“, murmle ich und fahre mit meiner Zunge hinab zu ihrem flachen Bauch, wo ich sie in die Vertiefung ihres Bauchnabels tauche. Der Geruch ihrer Erregung kitzelt meine Nase und mein Körper reagiert, als wäre es eine Dosis Amphetamine.

KAPITEL 12

GEGENWART

Trey

Ich träume die ganze Nacht von Sheridan, aber es sind nicht die feuchten Träume meiner Jugend. Sie sind verdammt furchterregend und schmerzhaft. Sie dreht mich auf meinen Rücken und tritt mir schluchzend immer wieder in die Rippen. Sie wird von einem Nest Vampire gefangen genommen und weggeschleift und es gibt nichts, das ich tun kann, um sie zu beschützen. Ihr Dad erwischt mich mit ihr im Bett und foltert meine Mom, um mich zu bestrafen.

Ich wache mit angeschlagener und ramponierter Psyche auf. Das Verlangen, mich um Sheridan zu kümmern – die Lage zwischen uns ein für alle Mal zu klären – verzehrt mich. Aber was wird das schon nutzen? Yeah, ich trieb absichtlich einen Keil zwischen uns, weil ich das Beste für sie wollte. Es würde vielleicht helfen, wenn sie das wüsste. Wenn sie wüsste, dass ich nie aufgehört habe, sie zu lieben.

Zum Teufel, seit ihr war ich mit keinem anderen Mädchen

zusammen. Mein Wolf hätte das nicht akzeptiert. Er wollte Sheridan von dem ersten Tag an, an dem er sie sah, und er hätte mir nicht erlaubt, ihre Erinnerung mit jemand anderem zu beschmutzen. Das Rudel nennt mich ‚den Mönch'.

Aber warum soll ich in der Vergangenheit herumstochern? Nichts hat sich geändert. Sheridan ist noch immer die Rudelprinzessin. Ihr Vater wird mich nach wie vor nicht als ihren Gefährten akzeptieren. Dass ich sicherstellte, dass sie nach Stanford ging, hat mir weder bei ihr noch bei ihm Pluspunkte eingebracht. Es hat nur unsere Unterschiede verhärtet.

Ich steige aus dem Bett und in die Dusche. Sheridan ist überall in meinem Kopf – sie umzingelt mich, meine Gedanken drehen sich in einer endlosen Sorgenschleife um sie.

Und dann fällt mir der Grund wie Schuppen von den Augen.

Es ist der 25. Oktober. Der Todestag ihres Bruders. Meine Gefährtin leidet.

Ich schalte das Wasser aus und schnappe mir ein Handtuch. Mir ist scheißegal, was zwischen uns abgelaufen ist. Mir ist egal, ob eine Zukunft unmöglich ist. Wenn mich Sheridan braucht, würde es jedes Rudel auf der Erde brauchen, um mich von ihr fernzuhalten.

Ich ziehe eine Jeans und ein T-Shirt sowie eine meiner Lederjacken an und gehe nach draußen. Fuck sei Dank, habe ich Sheridan gefragt, wo sie untergekommen ist. Ich schwinge mich auf mein Bike und fahre zur Meyer Street, die ich hoch und runter fahre, bis ich ihr Auto vor einem der Häuschen stehen sehe.

Ich versichere mich anhand des süßen Vanille-Orange-Geruchs, dass es auch wirklich ihr Haus ist, und laufe zur Tür hoch.

Erst in diesem Moment kommt mir in den Sinn, dass sie

meine Unterstützung vielleicht gar nicht zu schätzen weiß. Aber scheiß darauf – ich muss sie wenigstens anbieten.

Ich klopfe. Sie kommt an die Tür und sieht herzerweichend hübsch aus. Ihre karamellfarbenen Haare fallen um ihre Schultern und sie hat ein weiches, malvenfarbiges T-shirt an, das sich an ihre üppigen Brüste schmiegt, sowie eine Skinny-Jeans, die an ihr verboten gut aussieht. Aber sie ist nicht ihr übliches giftiges, gefasstes Selbst. Sie wirkt geknickt und gedämpft, weshalb sich mein Herz zusammenzieht.

Es war gut, dass ich hierherkam.

„Trey?" Ihre honigweiche und pfirsichsüße Stimme klingt überrascht.

Ich lasse die Motorradschlüssel um meinen Finger kreisen. „Willst du eine Runde mit mir drehen?"

Sie reißt überrascht die Augen auf und Verwirrung sowie Verwunderung bekriegen sich auf ihrem Gesicht. Sie legt ihren Kopf zur Seite. „Warum?"

Ich zucke mit den Achseln. „Ich weiß, dass dieser Tag schwer für dich ist."

Ihr hübsches Gesicht verzieht sich sofort. Tränen schießen ihr in die Augen und sie fällt in meine Arme. „Ich kann nicht fassen, dass du dich daran erinnerst."

Ich streichle ihre seidigen Haare. „Ja, natürlich erinnere ich mich, Baby." Ich atme ihren Geruch ein. „Natürlich tue ich das."

Ihr Rücken bebt wegen eines stummen Schluchzers. „Ich vermisse ihn noch immer", würgt sie hervor, während ihre Tränen meinen Hals befeuchten.

Ich schiebe meine Hand unter ihre Haare und massiere ihren Hals. „Ich weiß", murmle ich.

Nach einem Augenblick reißt sie sich wieder zusammen, schnieft und rückt von mir ab, wobei sie den Kopf einzieht. „Ich werde meine Schuhe anziehen."

Mir ist fast schwindlig vor Erleichterung – sie kommt mit mir mit. Sie erlaubt mir, ihr heute diesen Trost zu spenden.

Ich bin nicht so dumm, zu glauben, dass das im Großen und Ganzen etwas bedeutet, sondern einfach dankbar, dass ich heute mit ihr zusammen sein darf.

Sie kommt in meiner Jacke und ihren sexy Stiefeln zurück. Sie hat Lipgloss aufgelegt, was meinen beschissenen Schwanz vergessen lässt, dass sie vor zwei Sekunden noch geweint hat.

Ich reiche ihr meine Hand und sie krümmt ihre Finger in meine und erlaubt mir, sie aus der Casita zu meinem Motorrad zu führen, das hinter ihrem Auto auf der Straße geparkt ist. „Wohin? In die Berge?"

„Hast du schon gegessen?"

Ich schüttle den Kopf. „Nope. Möchtest du, dass wir uns zuerst etwas zum Essen besorgen?"

Sie nimmt den Helm, den ich ihr anbiete, und wirft ihre Haare nach hinten, ehe sie ihn aufsetzt. „Definitiv."

Ich bringe sie zu einem neuen mexikanischen Restaurant am Broadway, wo wir uns beide große Teller mit Huevos Rancheros, Salsa Verde und Avocados bestellen. Sie schaufelt sich das Essen wie die gesunde Gestaltwandlerin, die sie ist, in den Mund.

„Ich hätte nicht gedacht, dass ich heute etwas essen könnte, aber ich bin plötzlich am Verhungern", sagt sie zwischen zwei Bissen.

Ich lächle. *Niedliche Wölfin*. „Gut. Iss auf."

Sie wischt sich mit einer Serviette die Lippen ab. „Also wie viel verdienst du in einer Woche mit dem Kampfklub?"

Oh Junge. Hier kommt MBA-Sheridan mit diesem brillanten Gehirn und laserscharfem Fokus, der direkt auf mich gerichtet ist.

Ich zucke mit den Schultern. „Genug."

Sie trinkt einen großen Schluck Eiswasser. „Nein ehrlich. Lass uns über die Zahlen reden. Ich wette, es gibt da noch Spiel, um die Profitabilität zu verbessern."

Ich ziehe eine Braue hoch. „Ich dachte, du würdest versuchen, meinen Laden zu schließen."

Etwas huscht über ihr Gesicht – Reue vielleicht. Sie senkt den Blick auf ihr Essen und belädt eine weitere Gabel. „Das wird vielleicht nicht nötig sein."

„Mmh", grunze ich zur Antwort.

„Du wirst es mir nicht verraten?"

„Was?"

„Deine Zahlen? Lass mal sehen, ich würde sagen, Luka und ich haben Mittwochabend ungefähr 900$ an Drinks verkauft und die Gewinnspanne liegt ungefähr bei dreißig Prozent. Also 600$ Gewinn. Fünf Leute, einschließlich mir, arbeiteten an dem Abend für dich. Wie viel verschlingt das?"

Ich bin nicht in der Lage, ihr dieses Kauspielzeug für ihr Gehirn zu verwehren. „Zweihundert. Fünfzig Kröten für jeden der Sicherheitstypen, fünfundzwanzig Grundlohn für die Barkeeper. Ich werde dein Frühstück bezahlen", sage ich trocken, da sie nie bezahlt wurde.

Sie verdreht die Augen. „Das ist mir egal. Ich habe ohnehin eine Menge Trinkgeld verdient."

„Also vierhundert, nachdem du das Personal bezahlt hast. Bezahlst du die Kämpfer?"

Ich schüttle den Kopf. „Das ist ein getrenntes Unternehmen."

„Finanziert durch illegale Wetten?"

Natürlich ist sie viel zu klug, um nicht zu kapieren, was vor sich geht. Ich zucke zur Bestätigung minimal mit den Schultern.

„Also vierhundert pro Abend. Wie hoch sind die Fixkosten für das Gebäude?"

„Es gehört uns, also sind es nur dreihundert pro Monat an Nebenkosten."

Ihre Brauen schnellen nach oben. Ich sollte nicht so zufrieden darüber sein, dass sie beeindruckt ist, aber es sind Lagerhäuser im Wert von einer halben Million. Ich bin nicht mehr der arme, rauflustige Teenager, dessen Mom den niedrigsten Job im Rudel innehat.

„Es gehört dir persönlich?"

„Jared und mir gehören beide Lagerhäuser auf dem Grundstück. Seine Gefährtin nutzt das andere als Tanzstudio und Aufführungsraum."

„Wirklich? Wow. Das würde ich gerne sehen."

„Ich bin mir sicher, Angelina würde dich gerne herumführen." Einen kurzen Augenblick stelle ich mir vor, dass Angelina und Sheridan sich sofort gut miteinander verstehen und wir vier eine glückliche Paarfreundschaft schließen.

Das wird nicht passieren. Sheridan wird nach Wolf Ridge zurückkehren, wo sie irgendwann den ganzen Laden schmeißen wird.

Ich werde hier sein und den Kampfklub leiten.

„Da dir das Gebäude gehört, ist die Gelegenheit für einen guten Profit jedenfalls riesig. Du musst nur die Anzahl der Gestaltwandler, die durch die Tür kommen, maximieren und ihnen einen guten Grund geben, zu bleiben – ob nun wegen der Kämpfe oder anderer Unterhaltung. Und natürlich musst du dich von Schwierigkeiten fernhalten." Sie macht ein finsteres Gesicht und mein Magen verkrampft sich.

Ich werfe etwas Geld auf den Tisch. „Bereit für eine Spritztour?"

Sie nickt. „So was von bereit. Wohin fahren wir?"

„Gates Pass." Auf ihren fragenden Blick hin grinse ich. „Du wirst es lieben, komm."

Sheridan

Dass ich den zweiten Tag in Folge hinten auf Treys Motorrad mitfahre, veranlasst mein Herz dazu, Purzelbäume zu schlagen. Ich war zu melancholisch, um auf der Fahrt zum Restaurant geil-ütend zu werden, aber jetzt bringen mich der riesige Vibrator zwischen meinen Beinen sowie der vertraute Geruch von Trey und seinem Leder dazu, auf dem Motorradsitz vor und zurück zu rutschen. Meine Brüste pressen sich an seinen Rücken, meine Arme schlingen sich um seinen Waschbrettbauch.

Ich kann noch immer nicht fassen, dass er daran gedacht hat.

Ich meine, ich weiß, dass heute auch der Jahrestag des Tages ist, an dem er mich entjungferte, aber ich bezweifle, dass er ihn sich im Kalender markiert hat, um ihn jedes Jahr zu feiern. Vor allem in Anbetracht dessen, wie mühelos er sich am Ende unseres Abschlussjahres von mir trennte.

Mein Gehirn will sich mit diesem Puzzle beschäftigen, bis ich es gelöst oder zerstört habe, aber ich schiebe es immer wieder von mir. Wenn ich zu angestrengt über Trey und seine Taten mir gegenüber nachdenke, werde ich zwölf Jahre in der Vergangenheit landen, wo mein Herz zu einem blutigen Klumpen gedroschen wurde.

Nein, es ist besser, einfach im Jetzt zu leben. Wertzuschätzen, dass Trey zu mir kam, als ich ihn brauchte. Der erstickenden Schwere des Tages zu erlauben, sich zu heben und von mir zu weichen.

Er fährt nach Westen zu der Tucson Bergkette und bringt mich auf einen wunderschönen Bergpass hoch. Die Luft riecht frisch und sauber. Saguarokakteen leuchten und glühen in der warmen Herbstsonne. Trey fährt über den Pass und auf der anderen Seite nach unten, dann parkt er am Anfang des Wanderweges in den King Canyon. Es ist Freitag – ein Arbeitstag für die meisten Einwohner Tucsons – weshalb der Parkplatz abgesehen von Treys Bike leer ist.

Meine Wölfin beginnt, voller Vorfreude darauf, draußen in der Natur zu sein, mit dem Schwanz zu wedeln.

Trey nimmt meine Hand und wir laufen den Wanderweg entlang, der sich durch die Wüste schlängelt. Er spricht nicht, und ausnahmsweise halte ich auch einmal den Mund. Plötzlich gibt es nichts, das ich vor Trey sein oder ihm beweisen müsste. Unser Schweigen ist kameradschaftlich. Feierlich.

Wir erreichen einen Bergsattel, von dem man eine unglaubliche Aussicht auf Tucson hat. Trey macht sich daran, seine Stiefel von den Füßen zu treten, während er sich sein Shirt über den Kopf zieht.

Eine dumme Sekunde lang denke ich, dass er Sex haben will – als würde er das erwarten, weil wir das auch beim letzten Mal am Todestag meines Bruders taten. Aber er grinst mich an. „Den letzten auf vier Beinen beißen die Wölfe."

„Das ist nicht fair", brülle ich, denn er hat bereits einen Vorsprung. Ich streife hektisch meine Kleider ab und verwandle mich. Dann springe ich über seinen Wolf, während ich zum Wassan Gipfel hochrenne.

Wir rennen stundenlang, wobei wir nacheinander schnappen und spielen, schnüffeln. Jagen.

Und dann endet alles, als meine Schnauze in einen Cholla-Kaktus gerät. Es ist idiotisch. Die erste Lektion, die ich als Welpe in Arizona lernte, war, mich von Cholla-Kakteen fernzuhalten – die auch als „springender Kaktus" bezeichnet werden, weil große Kaktusbälle förmlich vom

Mutterstamm wegspringen und ihre Dornen samt Widerhaken in Passanten schlagen.

Ich jaule vor Schmerz auf – hauptsächlich, weil es meine empfindliche Nase und das Gesicht so persönlich ist. Der Schmerz dort ist so intensiv. Innerhalb eines Wimpernschlags verwandelt sich Trey und geht neben mir in die Hocke, das Gesicht sorgenvoll verzogen.

Ich wimmere und versuche, das verdammte Ding mit meiner Pfote wegzukratzen, was nur dazu führt, dass noch mehr Kaktusbälle in meinen Pfoten steckenbleiben.

„Immer mit der Ruhe, Baby. Lass mich mal." Trey – der Idiot – packt das Ding mit seinen *Fingern* und löst es aus meiner Nase. Ich jaule erneut auf, aber nur zum Teil aus Schmerz und zum Teil aus Sorge um ihn, denn jetzt ist der Kaktusball fest in *seiner* Hand eingebettet, was bedeutet, dass er sich nicht verwandeln und dorthin zurückrennen wird können, wo wir unsere Kleider zurückließen.

Er ist jedoch völlig unbeeindruckt. Er krault einfach nur mein Ohr mit seiner unversehrten Hand. „Bist du okay?" Er beugt sich näher zu mir, um meine Schnauze und Pfoten zu begutachten. „Irgendwelche übrig?" Ich lecke sein Gesicht ab und er lacht und streichelt meine Wange.

Ich setze mich hin und warte, während er den Kaktusball mit einem Stock aus seiner Hand löst. Daraufhin nutzt er seine Zähne, um die restlichen Dornen rauszuziehen.

„Alles wieder gut." Er hält seine blutige Handfläche für mich hoch und ich lecke auch diese ab.

Im Nu ist er wieder auf allen vieren und rennt den Berg hinab.

Ich gebe ein empörtes, freudiges Bellen von mir und springe hinter ihm her den Berg nach unten. Kurz bevor wir den Bergsattel erreichen, überhole ich seine weiße und silberne Gestalt.

Ich verwandle mich lachend zurück und ziehe meine Kleider an. „Gewonnen."

Er verwandelt sich und schlüpft ebenfalls in seine Jeans. „Natürlich hast du das." Die Befriedigung in seinem Tonfall verrät mir, dass er mich gewinnen ließ, genauso wie er mir gestern im Fitnessstudio erlaubte, ihn auf den Boden zu werfen.

Genauso wie er dich in dem Glauben ließ, er wäre daran interessiert, mit anderen Mädchen zu schlafen, wispert meine Wölfin.

Doch nein. Das ist gefährliches Wunschdenken. Ich verbrachte hunderte Stunden im College damit, in meinem Wohnheimzimmer zu sitzen und mich dazu zu bringen, das zu glauben. Doch es spielte keine Rolle. Denn selbst wenn es wahr gewesen wäre, ich hatte dafür gesorgt, dass er nie wieder mit mir sprechen würde.

Aber er ist jetzt hier, flüstert sie.

Ja. Er ist jetzt hier. Bedeutet das, dass er mir vergeben hat?

Habe ich ihm vergeben?

Hör mit dem Denken auf. Hör mit dem Denken auf. Genieße einfach diesen Moment.

Wir wandern in dem gleichen kameradschaftlichen Schweigen zurück zum Motorrad. Fahren zurück zu meiner Casita. Trey steigt nicht von seinem Motorrad, als würde er mich nur absetzen. Er erwartet definitiv keinen Sex.

Die Enttäuschung, die meine Mitte durchfährt, verrät mir, dass ich darauf gehofft habe.

„Möchtest du reinkommen?" Oh Mist. Klinge ich verzweifelt? Er sollte mich anflehen, nicht anders herum.

Seine Augen blitzen silbern auf. „Fuck, Sheridan. Natürlich will ich das."

„Aber?"

Er schüttelt den Kopf. „Ich kann nicht." Er klingt gequält.

„Warum nicht?"

Seine Atmung hat sich beschleunigt, die Adern an seinem Hals treten hervor. „Ich muss zum Kampfklub gehen. Wir haben dort ein Event."

„Möchtest du, dass ich arbeite?"

„Nein." Seine Antwort kommt schnell und entschlossen, was mich mehr verletzt, als ich zugeben möchte. „Nope, wir sind auf alles vorbereitet", sagt er, als würde er versuchen, seiner Absage die Schärfe zu nehmen.

„Aber wir sehen uns morgen wegen dem Blutsauger-Ding."

Etwas in meinem Magen zieht sich zusammen. „Richtig. Klar." Ich drehe mich um und laufe den Pfad zu meiner Casita hoch, ohne Tschüss zu sagen.

Trey führt etwas im Schilde. Er will mich heute Abend nicht im Club haben. Warum? Geht es um eine Frau? Oder etwas mit den Vampiren?

Was auch immer es ist, ich werde es herausfinden.

Ich will verdammt sein, wenn er mich fernhalten kann.

Trey

OH HEILIGER STROHSACK.

Hat mich Sheridan tatsächlich in ihr Haus eingeladen, um… *Sex* mit mir zu haben?

Verdammt, das Mädel hört nie auf, mich zu überraschen.

Es hat mich sämtliche Willenskraft gekostet, sie nicht hochzuheben, ins Haus zu tragen und für immer als die Meine zu markieren. Denn genau das wird geschehen, wenn wir jemals wieder gemeinsam nackt sind.

Aber heute ist sie schwach. Sie trauert. Ich mag als Teenager nicht stark genug gewesen sein, um ihrem Angebot zu widerstehen, aber jetzt werde ich das auf keinen Fall ausnützen.

Vor allem nicht, wenn ich keine Chance habe, sie als die Meine zu behalten.

Denn ich bin definitiv nicht mit Sex zum Spaß einverstanden. So etwas gibt es für meinen Wolf nicht. Er will, dass ich Anspruch auf Sheridan erhebe. Sie markiere. Für immer zur Meinen mache.

Was bedeutet, dass ich eine sehr gesunde Distanz zu ihr wahren muss. Bevor ich alles zwischen uns vermassle.

Wieder.

KAPITEL 13

VOR ZWÖLF JAHREN

Sheridan

TREY KNURRT, als ich den Knopf meiner Jeans öffne und sie anschließend über meine Hüften nach unten schiebe. Junge Wölfinnen werden davor gewarnt, mit pubertierenden Jungen herumzumachen – sie können sehr leicht die Kontrolle verlieren, aber Trey ist kein Junge.

Er ist ein hübscher Mann und abgesehen von dem Knurren legt er eine große Beherrschung an den Tag angesichts dessen, dass ich ihm gerade grünes Licht gegeben habe.

Er küsst meine Pussy durch meinen Slip und beißt meinen Innenschenkel sachte. Er reibt mit seinem Daumen über den Satin und findet die Stelle, die dafür sorgt, dass ich mich winde. Es ist unglaublich intensiv. Ich bin dort noch nie von einer anderen Person berührt worden und der Drang, ihn von mir zu schubsen, bevor ich mich selbst verliere, ist fast so groß wie die sengende Wonne, die mir seine Berührung verschafft.

„Trey“, stöhne ich.

„Fuck yeah, Baby. Du kannst meinen Namen jederzeit so sagen.“ Er schiebt seinen Daumen in meinen Slip und streichelt über meine Spalte.

Mein Bauch erschaudert beim Einatmen und ich zapple. Trey schlingt einen Arm um einen meiner Schenkel und taucht zwischen meine Beine. Ich bin völlig unvorbereitet für den Schock, seine Zunge auf meiner empfindsamsten Stelle zu fühlen.

Ich kreische und zucke zusammen, aber er hält mich fest und foltert mich mit kurzen Zungenschlägen gegen eine Stelle, die meine Klit sein muss – ich sollte vermutlich wissen, wo sie ist, aber ich weiß es nicht – dann macht er seine Zunge flach und leckt in mich. Er fährt meine inneren Lippen nach und penetriert meine Öffnung.

Ich stöhne und seufze und winde mich unter ihm. „Trey, die Kondome.“

Er hebt seinen Kopf und gluckst. „Hast du es eilig, die Ziellinie zu erreichen, Baby?“

Mein Lachen dient der Freisetzung nervöser Anspannung. „Vielleicht. Ich habe große Erwartungen an das hier.“

Er bohrt einen Finger in mich und ich schieße mit einem Schrei vom Tisch. Die Passung ist eng und leicht intensiv, aber es fühlt sich auch so richtig an. Er gleitet langsam rein und raus und ich lasse meinen Kopf nach hinten kippen. Meine Augen rollen unter meinen geschlossenen Lidern nach hinten.

Ich wusste, Sex würde sich gut anfühlen. Ich wusste nur nicht, dass es sich so gut anfühlen würde. Und wir sind noch nicht einmal beim Hauptgang angelangt.

Trey fügt einen zweiten Finger hinzu und ich wimmere, nicht weil es wehtut, sondern weil sich die Intensität verdoppelt. Als er jetzt in mich pumpt, beginne ich, bei jedem Ausatmen zu stöhnen.

Trey zieht mit seiner freien Hand meinen Rucksack heran, woraufhin ich diesen packe und die Schachtel mit den Kondomen herausfische, bevor ich sie ihm reiche. Er ist jedoch noch immer nicht in Eile. Er senkt den Kopf und saugt an einem Nippel, während er seine Finger in mir rein und raus bewegt.

Ich reiße das Kondom aus seiner Hand und auf. „Bitte, Trey", stöhne ich.

Er knurrt und nimmt den Gummi, dann schiebt er seine Jeans so weit nach unten, dass seine Erektion befreit wird. Für einen schlanken, muskulösen Kerl scheint sein Glied überproportional groß zu sein. Nicht, dass ich Vergleichsmaterial hätte.

Er rollt das Kondom über und klettert über mich. Ich spreize meine Knie weit und greife nach ihm. Er erobert meinen Mund mit Leidenschaft, küsst und saugt an meiner Lippe und – oh beim Schicksal! Er spießt mich mit seiner Erektion auf und dringt mit einem schnellen Stoß in mich.

Ich schreie wegen des Schmerzensstichs auf, aber sowie er in mir ist, bewegt er sich nicht, abgesehen davon, mir die Haare aus dem Gesicht zu streichen und mir in die Augen zu blicken. „Bist du okay, Baby?"

Mein ganzer Körper zittert und Hitze durchströmt mich. Ich nicke zittrig. Er lächelt und schaukelt mit den Hüften, wodurch er nur ein bisschen aus mir gleitet, ehe er sich wieder in mich schiebt.

Ja.

Dieses Mal fühlt es sich richtig an. Befriedigend. So gut.

„Noch einmal", dränge ich.

Er wiederholt die Bewegung und meine Zehen krümmen

sich. Ich stöhne. Er fährt fort, schaukelt sachte in mich, füllt mich und streichelt mein Inneres mit seiner dicken Länge.

Ich bin beinahe von Sinnen, aber irgendwie ist er immer noch in der Lage, seinen Kopf zu senken und einen Nippel mit seiner Zunge sowie seinen Zähnen zu stimulieren.

Ich bohre meine Nägel in seine Schultern, hake meine Füße um seinen Rücken, um ihn enger an mich zu ziehen, und fordere: „Schneller."

Er flucht und stützt seinen Oberkörper über mir ab, ehe er sich mit mehr Wucht in mich stößt.

Es ist schockierenderweise zu viel und so köstlich zugleich. Seine Schwanzspitze stößt gegen etwas in mir – meinen Muttermund? – aber ich ignoriere den dumpfen Schmerz, den das verursacht, und ziehe Trey weiter in mich.

„Sheridan", krächzt er. Seine Stimme ist heiser und gequält. Seine Augen schimmern silbern, sein Wolf schießt an die Oberfläche. Ich frage mich, ob sich meine Augenfarbe auch verändert hat.

Treys Rücken- und Schultermuskeln spannen sich zu harten Felsen an. Die Welt dreht sich um mich herum. Ich schließe die Augen und werfe meinen Kopf vor Lust zurück.

Trey brüllt, hämmert sich härter in mich und dann stößt er sich tief in mich und bleibt. Sein muskulöser Hintern zieht sich zusammen, als er kommt. Ohne ganz zu verstehen, was hier vor sich geht, kennt mein Körper die genau richtige Reaktion. Ein Orgasmus explodiert in mir, meine inneren Muskeln verkrampfen sich um seine Härte und melken noch mehr Sperma aus ihm.

Einige Augenblicke bin ich nirgendwo. Ich schwebe einfach nur, drehe mich, genieße den Nachhall der Lust, während mein Atem allmählich langsamer wird und mein Herz nicht mehr ganz so heftig hämmert.

Trey streichelt mir die Haare aus dem Gesicht und liebkost meine Wange. Ich öffne blinzelnd meine Augen und bin schockiert, als ich feststelle, dass seine Iriden nach wie vor silbern leuchten und seine Fangzähne ausgefahren sind, als wolle er mich markieren. Ich realisiere, dass sein Körper über mir zittert und sich die Muskeln angespannt haben, als würde ihn das Bemühen umbringen, sich davon abzuhalten, mich zu markieren.

Und dennoch fährt er damit fort, mir nur Zärtlichkeit zu zeigen. Er besitzt die Beherrschung, den Schritt nicht zu machen, der uns für den Rest unseres Lebens aneinanderbinden würde.

Der mich für immer zur Seinen machen würde.

Mein Herz schlägt schneller wegen des Wissens, dass mich sein Wolf als seine Gefährtin erwählt hat. Pflichtet meine Wölfin dem bei? Woher soll ich das wissen? Wölfinnen markieren ihre Gefährten nicht. Es gibt kein spezielles Serum, das wir in der Haut unseres Gefährten einbetten.

Ganz gleich, was meine Wölfin denkt, ich weiß ohne jeden Zweifel, dass die Vorstellung, dass mich Trey markiert, einfach nur aufregend für mich ist. Tatsächlich schwebe ich auf einem Hoch, als hätte er mir gerade seine unsterbliche Liebe gestanden. Als hätte er mir sein Leben und Seele versprochen.

Ich berühre seinen verkrampften Kiefer. „Ich glaube, dein Wolf mag mich." Ich sage es leichthin, aber nehme die Tatsache zugleich zur Kenntnis, um jeglicher Verlegenheit vorzubeugen.

Er zieht sich aus mir und rollt sich von mir, ehe er aufsteht, um das Kondom zu entfernen und den Reißverschluss seiner Hose zu schließen. „So verdammt sehr." Er schiebt meinen Slip nach oben, dann meine Jeans, anschließend zieht er mich in eine sitzende Position. Er steht zwischen meinen Schenkeln und hält mich fest, während seine Handflächen über meinen Rücken und Haare streicheln. Er küsst meinen Kopf. „Dankeschön, Sheridan."

Das Herz stockt mir in der Brust. Jedes Kind oder Erwachsene in Wolf Ridge, der denkt, dass Trey wegen seiner Kämpfe nur irgendein abgehärtetes Arschloch ist, oder nur vor Augen hat, wer sein Dad war, oder an seine fehlenden Erfolge denkt, sollte diese Seite von ihm kennenlernen. Zärtlich, dankbar. Liebenswürdig.

Ich hebe meine Lippen zu ihm, damit er sie küssen kann, und denke mir, wenn wir Katzengestaltwandler wären, würde ich jetzt definitiv schnurren.

KAPITEL 14

GEGENWART

Sheridan

Ich kreuze in einem kurzen roten Kordminirock und einer schwarzen Seidenbluse, die eine Schulter freilässt, vor dem Kampfklub auf.

Jared steht an der Eingangstür und bewegt sich so, dass er den Eingang mit seinem Körper blockiert. „Oh nein. Auf keinen Fall lasse ich dich heute Nacht dort rein."

Genau wie ich es mir dachte – irgendetwas geht hier vor sich.

„Warum nicht?" Ich versuche, mich an ihm vorbeizuschieben, aber er rückt zur Seite, um mich erneut abzublocken. Ich stemme die Hände in die Hüften.

„Nope. Trey braucht es nicht, dass du ihn ablenkst. Sorry, Sheridan. Komm an einem anderen Abend zurück."

Ich recke das Kinn. „Ich werde dort reingehen. Trey ist ein großer Junge, er braucht es nicht, dass du ihn vor mir beschützt."

Jared kämpft gegen ein Lächeln an. „Yeah, ich glaube schon, dass er es braucht. Und ich habe heute Abend Geld auf Trey gesetzt, also beschütze ich in Wahrheit nur meine eigenen Interessen."

Ich erstarre. „Trey kämpft?"

Jared schließt die Augen, dreht sich um und rammt seinen Kopf gegen den Türrahmen. „Ich bin mir sicher, du hättest das eigentlich nicht erfahren sollen. Jetzt dreh dich um und fahr wieder nach Hause, Sheridan."

„Warum will er nicht, dass ich Bescheid weiß?" Mein Herz schlägt schneller, aber ich weiß nicht warum.

Jared reibt sich über seinen Kiefer. „Das müsstest du Trey fragen – aber nicht heute Abend", fügt er rasch hinzu. „Du kannst ihn morgen fragen. Nachdem er seinen Kampf gewonnen hat."

Grizz kommt raus und wirft einen Blick auf uns beide. „Fünf Minuten", murmelt er Jared zu.

Fünf Minuten, bis der Kampf beginnt? Ich muss dort rein. Der Gedanke an Trey in dem Käfig jagt mir schreckliche Angst ein und törnt mich zugleich an. Und unter gar keinen Umständen werde ich mir das entgehen lassen.

Ich unternehme noch einen Versuch, an Jared vorbei zu schlüpfen, während er mit Grizz beschäftigt ist, aber er ist viel zu schnell.

„Jared!", knurre ich.

Er zuckt mit einem selbstgefälligen Lächeln mit den Achseln. „Hier unten hast du niemanden, bei dem du Petzen gehen kannst, oder? Vielleicht solltest du wieder nach Hause gehen."

Ich ignoriere den Seitenhieb. Ja, ich muss bei dem Tucson Rudel eindeutig Widergutmachung leisten, aber das wird nicht heute Abend geschehen. Heute Abend werde ich in den Kampfklub gehen, um Trey im Ring zu sehen.

„Was bringt dich auf den Gedanken, dass Trey nicht gewinnt, wenn ich dort drin bin?“, verlange ich zu wissen. Ich kann nicht entscheiden, ob ich deswegen sauer sein oder mich geschmeichelt fühlen soll.

Jared stützt eine Hand gegen den Türrahmen und atmet entnervt aus. „Sheridan, wenn du dort drin bist, wird sich Trey um deine Sicherheit sorgen – wer mit dir redet, wer dich anfasst, wessen Kehle er rausreißen muss. Er wird sich nicht auf seinen Gegner konzentrieren und den Kampf gewinnen.“

„Ich werde dafür sorgen, dass er mich nicht sieht“, beschwatze ich ihn. „Ich werde bis nach dem Kampf in einer der hinteren Ecken bleiben. *Lass mich einfach nur rein*, Jared.“

Das Knirschen eines schweren Stiefels erklingt hinter mir und ich drehe mich um, woraufhin ich meinen Cousin Garrett den Weg hochkommen sehe. „Was ist hier los?“

Ich schlucke. Die Lage wird immer schlechter.

Jared deutet mit dem Kopf zu mir. „Sie will rein. Ich sagte Nein.“

Ich knirsche mit den Zähnen.

Garretts Lippen zucken. „Ist beschissen, wenn ausnahmsweise mal nicht du das Sagen hast, was?“

Mein Gehirn hat einen Geistesblitz. Ich lege meine Hand auf Garretts riesigen Arm. „Ich werde an Garretts Seite bleiben“, verspreche ich. „Ich werde mich nicht von Trey sehen lassen, aber wenn er mich doch sieht, wird er wissen, dass ich bei eurem Alpha vollkommen sicher bin.“

Jared blickt zu Garrett, der mit den Achseln zuckt. „Na schön“, murrt er. „Aber wenn Trey diesen Kampf verliert, weil du hier bist, werde ich meinen Verlust bei *dir* einsammeln.“

„Prima.“ Ich eile hinter Garrett her und bleibe wie versprochen dicht an seiner Seite.

Trey ist bereits im Käfig und Grizz stellt die Wettkämpfer vor.

Garrett erkämpft sich mit den Ellbogen einen Weg zu einem Bartisch in der hintersten Ecke. „Ich würde dich ja fragen, ob du einen Drink möchtest, aber dann müsste ich dich hier unbeaufsichtigt zurücklassen, und so wie es klingt, bin ich heute Abend dein Babysitter."

Ich rolle mit den Augen. „Geh und hol dir einen Drink. Ich kann auf mich selbst aufpassen."

Die Menge brüllt, als Grizz in eine Pfeife bläst, und die ersten Schläge werden ausgetauscht und ich vergesse die Spannungen zwischen mir und meinem Cousin oder Jared oder dem Rest des Rudels. Meine gesamte Aufmerksamkeit liegt auf dem hübschen Kämpfer, der sich in dem Käfig dreht und zuschlägt. Trey ist ein großer Mann, aber nicht wuchtig wie Jared oder Garrett oder Grizz. Er ist schlank und sehnig. Pure Eleganz. Pure konzentrierte Energie. Er bewegt sich schnell und seine langen Arme teilen Schläge aus, die seinen Gegner, einen kleinen, stämmigen Katzengestaltwandler, wenn ich mich nicht irre, zu Boden befördern.

Käfigkämpfe sind wild und brutal. Als der Katzengestaltwandler aufspringt, wirkt er, als würde er sich jeden Moment verwandeln – seine Augen leuchten grün und seine Nackenhaare sind aufgerichtet. Er stürzt sich auf Trey und rammt ihn mit einer Wrestling-Attacke auf den Boden.

Trey dreht ihn um, schneidet ihm mit einem Arm an der Kehle die Luftzufuhr ab und wartet, bis der Kerl auf den Boden haut, ehe er ihn hochlässt.

Ich halte die Luft an, aber ich habe keine Angst.

Ich staune.

Sie stehen beide auf und Trey tänzelt auf seinen Fußballen, während in seinen Augen die höchste Konzentration funkelt. Doch es sind seine Lippen, die meine Aufmerksamkeit erregen. Sie kräuseln sich an den Winkeln.

Trey hat Spaß.

Natürlich hat er das.

Wie hatte ich vergessen können, was ihm Kämpfen bedeutet? Das ist seine Methode, um Dampf abzulassen.

Ich lächle ebenfalls und mein Körper kribbelt, weil ich mir seiner Männlichkeit, seiner ungezügelten Kraft nur allzu bewusst bin.

Der Kampf ist viel zu früh zu Ende. Ich hätte Trey die ganze Nacht lang beim Kämpfen zuschauen können, aber sein Gegner ging zu Boden und stand nicht wieder auf.

Grizz nimmt Treys bloße Faust – keine Boxhandschuhe für diesen ungehobelten Haufen – und hält sie in die Luft.

Die Menge jubelt, klatscht und springt hoch, um über die Köpfe sehen zu können. Garrett packt meine Taille und hebt mich hoch in die Luft. Als mein Kopf über der Menge auftaucht, sieht mich Trey. Unsere Blicke verhaken sich und ich beobachte, wie sich ein Grinsen auf seinem Gesicht ausbreitet, kurz bevor mich Garrett wieder auf den Boden stellt.

Ich eile davon und dränge mich durch die Menge. Garrett flucht und bleibt hinter mir, bis sich die Menge für Trey teilt – oberkörperfrei, blutig, umwerfend.

Trey

Nie in einer Million Jahren hätte ich gedacht, dass es Sheridan Spaß machen würde, mir beim Kämpfen zuzuschauen. Es muss ihr jedoch gefallen haben, denn sie stürzt sich sofort auf mich. Ich hebe sie hoch, schlinge diese muskulösen Beine um meinen Rücken und trage sie wie ein Wikinger auf einem Feldzug zu meinem Büro.

Sie lacht in mein Ohr, leise und heiser. Ihr Geruch steigt mir in die Nase – Vanille, Orange und der weibliche Moschusduft ihrer Erregung.

Scheiße.

„Warum hast du es mir nicht erzählt?“, haucht sie an meinem Hals, während ich die Tür zutrete.

Ich schiebe sie rückwärts gegen die Wand und reibe mich an ihrer Mitte. „Dir was erzählt?“

„Dass du heute kämpfst. Warum wolltest du nicht, dass ich es weiß?“

Ich schiebe meine Hände nach oben unter ihr Shirt und stöhne, als ich feststelle, dass sie keinen BH anhat. Ich drücke ihre üppigen Brüste und streiche mit meinen Daumen über ihre Nippel. „Ich wusste nicht, dass es dir gefallen würde.“ Meine Stimme klingt selbst in meinen Ohren rau. Ich kratze mit den Zähnen über ihren Hals und sauge ihr Ohrläppchen in meinen Mund.

Ihre Hüften rucken nach vorne und sie reibt sich an meinem pochenden Schwanz.

„Tatsächlich dachte ich, dass du es hassen würdest.“

„Warum?“

Ich stoße mich blindwütig gegen die Stelle zwischen ihren Beinen, als wolle ich sie direkt zum Orgasmus trockenvögeln. Ihre Bluse landet auf Höhe ihrer Achseln, wodurch das hübscheste Paar Titten überhaupt entblößt wird. Sie sind etwas größer als damals in der Highschool und fuck, wenn das nicht noch eine Rakete der Lust durch mich schickt.

Ich lasse ihre Füße langsam auf den Boden gleiten, damit ich meine Finger zwischen ihre Beine führen kann. *Oh süßer*

Honig – sie ist so feucht für mich. Ich schiebe ihr Höschen zur Seite und streichle über ihre prallen Falten.

„Kondom?“, keucht Sheridan.

Kondom. Fuck!

Ich knurre und bohre einen Finger in ihren engen Kanal. Also werde ich einfach nur sie zum Höhepunkt bringen müssen. „Ich habe keines“, gestehe ich.

Sie wimmert.

„Es ist okay, Baby.“ Ich pumpe meinen Zeigefinger in sie rein und raus, dann krümme ich ihn gegen ihre vordere Scheidenwand in dem Versuch, ihren G-Punkt zu finden. „Ich kann mich trotzdem um deine Bedürfnisse kümmern.“

Sie krallt sich an meine Schultern und bohrt ihre Nägel in meine nackte Haut.

Ein Knurren löst sich aus meiner Kehle und mein Sichtfeld wird kuppelartig. Irgendwie gelingt es mir, einen tiefen Atemzug zu nehmen und mich zu konzentrieren. Ich schiebe einen zweiten Finger in sie und schmiege meine Hand an ihren Venushügel, ehe ich den Ballen auf ihre Klit presse. Ihre Muskeln verkrampfen sich, während ich meine Finger rein und raus stoße. Ich suche erneut nach dem G-Punkt und dieses Mal finde ich ihn, die Stelle, wo sich das Gewebe versteift.

Ich schlucke ihren Schrei mit meinem Mund und küsse sie, als hinge mein Leben davon ab. Als würde mich ihr Geschmack heilen. Mir neues Leben einhauchen.

Vielleicht wird er das ja tun.

Vielleicht wird es auch mein Untergang sein. Schwer zu sagen. Ich weiß im Moment lediglich, dass Sheridan beim Kommen zuzuschauen, die einzige Droge ist, nach der ich mich verzehre. Ich bewege meine Lippen auf ihren und erobere ihren Mund mit vernichtender Intensität. Unterdessen stimuliere ich sie weiterhin mit meinen Fingern und meinem

Handballen. Als ich ihren Nippel finde und – fest – zwicke, wirft sie den Kopf zurück und schreit.

Ich fahre damit fort, meine Finger in sie rein und raus zu bewegen und auf ihre Klit zu drücken, bis ihre Muskeln die Zuckungen einstellen und sie keuchend nach vorne gegen mich fällt.

„Trey."

Ich fahre mit meinen Fingern durch die Haare an ihrem Hinterkopf und atme Sheridans Geruch ein. Meine Finger sind noch immer in ihr gekrümmt, als gehören sie dort dauerhaft hin. Langsam ziehe ich sie heraus und führe sie an meinen Mund, um ihre Essenz von einem Finger nach dem anderen zu lecken, wobei ich ununterbrochen in ihre Augen blicke.

„Du hast kein Kondom?" Ihre Stimme ist kratzig vom Schreien und ihr Blick ist leicht glasig, was meinen Wolf dazu veranlasst, stolz die Brust zu schwellen.

Ich habe sie in diesen Zustand versetzt.

Aber anscheinend war es nicht genug. „Nein, Baby. Möchtest du, dass ich mir eines von Jared erbettle?"

Sie errötet und schüttelt den Kopf. „Beim Schicksal, nein." Sie bedenkt mich mit einem nachdenklichen Blick – sieht viel zu viel. „Warum hast du keines, Trey?"

Ich erstarre. Ich will es ihr erzählen, aber meine Wunden sind noch immer zu roh. Meine Absichten in Bezug auf sie reichen zu tief.

„Bist du nicht der große Player?"

Ich taumle zurück, als hätte sie mir einen Schlag verpasst. Reue schwappt sofort über ihre Miene.

Ich schüttle nur den Kopf.

Sie tritt nach vorne. „Nein?"

„Tu das nicht, Sheridan."

Schmerz huscht über ihr Gesicht. „Richtig. Tun wir das

nicht.“ Sie zieht ihre Bluse wieder nach unten über ihre Brüste und rückt ihren Rock gerade.

„Nun… danke. Es war schön, dich kämpfen zu sehen. Und ähm, das hier“, sie läuft rot an und schwenkt ihre Hand kurz durch den Raum, „war, äh…“

Ich presse meine Lippen wieder auf ihre. „Nicht.“

Sie schaut mit aufgerissenen Augen erwartungsvoll zu mir hoch. Als sollte ich die Richtung anführen, in welche auch immer wir gerade unterwegs sind.

Und ich habe keinen blassen Schimmer.

Ich küsse sie noch einmal. Es ist nicht der gleiche erobernde Kuss wie zuvor. Eher ein festes Siegel. Als würde ich etwas den letzten Schliff verleihen. Wir haben das getan.

Jetzt ist es vorbei.

Wir sollten es vermutlich nicht noch einmal tun.

„Danke, dass du hergekommen bist und mir zugesehen hast.“ *Ich liebe dich.* „Ich werde dich nach draußen zu deinem Auto bringen.“ *Ich lasse dich gehen.*

KAPITEL 15

VOR ZWÖLF JAHREN

Trey

Sheridans Haus ist keine Villa, aber für ein Kind, das in einem Wohnwagen in einem der schlechtesten Viertel aufwuchs, könnte es genauso gut eine sein. Meine abgewetzten Stiefel tapsen leise über die glänzenden Fliesen, obwohl niemand außer uns hier ist. Ihr Dad ist auf der Arbeit und ihre Mom hat ihre Schwester zu einem Turnwettkampf gebracht, der den ganzen Tag dauert. Ich hasse es irgendwie, hier zu sein, weil ich weiß, ihr Dad würde mir in den Arsch treten, würde er mich hier finden, aber ich glaube, das gibt Sheridan gerade einen Kick. Sie mag das Tabu, unter dem Dach ihrer Eltern zu vögeln, und ich werde ihr keine einzige ihrer Fantasien verwehren.

Ich laufe durch ihr Schlafzimmer und betrachte die Schätze aus ihrer Kindheit sowie die Jugendbücher. Ich sehe ein Blatt Papier, das unter ihren Schreibtischkalender geklemmt ist, als wäre es etwas Geheimes, und ziehe es hervor.

„Oh!“ Sheridan sieht es zur selben Zeit, in der ich realisiere, worum es sich handelt.

Eine Collegezusage. Von Stanford.

„Heilige Scheiße, Sheridan – warum hast du mir nichts davon erzählt?“

Wir sprechen nie über das nächste Jahr – darüber, was geschehen wird, wenn sie aufs College geht und ich hierbleibe, Pot verkaufe und mit Garrett und Jared an Motorrädern herumschraube. Ich habe ein paarmal versucht, es anzusprechen, aber sie macht immer dicht und wechselt das Thema.

„Warum hast du das hier noch nicht angenommen?“ Ich sehe ein leeres Formular unter dem Brief. Das Formular, das sie eigentlich zurückschicken sollte, um ihren Platz zu bestätigen.

Sie reißt mir das Blatt aus den Händen. „Ich werde nicht hingehen.“ Ihre Brauen sind gesenkt. „Ich habe ein Stipendium für die ASU.“

„Yeah, aber das hier ist ein Ivy League College, Baby. Du solltest dir den Platz sofort schnappen.“

Sie verengt die Augen zu Schlitzen. „Warum sollte ich Arizona verlassen wollen?“

Luft entweicht mir in einem Schwall, denn – yeah – ich will auch nicht, dass sie den Staat verlässt. Aber ich will auch nicht, dass sie für mich ihr Leben aufgibt. Oder vielleicht ist es gar nicht für mich. Ich schätze, das muss ich rausfinden.

„Warum willst du nicht gehen?“, bohre ich nach.

Sie atmet schnell, ihr Brustkorb hebt und senkt sich, lenkt meine Augen auf ihr Dekolleté, aber ich knicke nicht ein. „Wegen dir.“

Fuck. Sie hat es gesagt. Ich kann die Wärmeexplosion in

meiner Brust nicht stoppen, genauso wenig kann ich mir das alberne Grinsen verkneifen, das sich auf meinem Gesicht ausbreitet.

„Gib mir das." Ich reiße den Brief aus ihrer Hand und klatsche ihn auf den Tisch. Dann ziehe ich an ihrem Arm, um sie davor zu positionieren. Sie rechnet nicht mit dem, was als Nächstes geschieht. Vielleicht bin ich verrückt, weil ich das tue, aber ich drücke ihren Oberkörper nach unten und schlage ihr auf den Hintern.

Da ist ein schockiertes Keuchen – vielleicht von uns beiden – und ich rühre mich nicht. Ich schätze, ich warte ab, ob sie sich umdreht und mir ins Gesicht schlägt. Als sie reglos verharrt, verpasse ich ihr noch einen Schlag und noch einen.

„Das ist dafür, dass du mir nicht erzählt hast, dass du vom verdammten Stanford angenommen wurdest", belehre ich sie, während ich ihr den Hintern versohle, wobei ich die Intensität erhöhe, da ich Zutrauen fasse.

„Und das ist dafür, dass du versucht hast, eine unglaubliche Gelegenheit auszuschlagen." Ich trete ihre Füße auseinander und schlage zwischen ihre Beine. Mein Schwanz ist jetzt steinhart und ich liebe es, sie so zu bestrafen. „Ich werde immer hier sein, Sheridan. Ich werde an Weihnachten und in den Semesterferien hier sein. Und an jedem langen Wochenende. Oder, zum Teufel – ich werde dorthin gehen. Ich wollte schon immer mal nach Kalifornien. Der Punkt ist, ich werde auf dich warten. Du weißt bereits, dass es für mich keine andere gibt. Mein Wolf würde niemals eine andere Gefährtin akzeptieren. Er hat dich gewählt. Du bist es." Die ganze Zeit, in der ich meine Seele vor ihr bloßlege, versohle ich ihr den Hintern.

Ich mache mir keine Sorgen darum, ihr wehzutun, weil Gestaltwandler sofort heilen, weshalb meine einzige Sorge ist, dass ich sie wütend mache, und sie scheint nicht wütend zu sein.

Ich stelle die Hiebe ein und drücke ihren Po.

„Mehr", stöhnt sie.

Fick *mich.*

Wie du wünschst, Süße.

Ich knöpfe ihre Shorts auf und reiße sie samt ihrem Höschen nach unten, ehe ich in die Hocke sinke, um ihr dabei zu helfen, sie von ihren Beinen zu schieben. Nachdem ich wieder aufgestanden bin, überziehe ich ihren Hintern mit Schlägen, wobei ich bei den Stellen variiere, damit sie nie weiß, wo der nächste fallen wird – einmal auf die Rückseite ihres Oberschenkels, den nächsten auf ihre andere Pobacke, dann ihre Pussy. Ich schlage sie, bis ihr Hintern rötlich wird und ihre Pussy feucht und geschwollen ist.

Dann nehme ich einen Stift in die Hand und drücke ihn ihr in die Hand. „Füll die Zusage aus."

„Nein. Ich bin noch nicht bereit, diese Entscheidung zu treffen."

Ich dränge die Schwere zurück, die sich auf mich zu senken droht. Glaub mir, ich verstehe es. Getrennt von Sheridan zu leben, wäre das Beschissenste aller Zeiten. Aber wir reden hier von *Stanford.*

„Füll es aus. Schick es ab. Du kannst deine Meinung später immer noch ändern." *Nicht, dass ich dir das erlauben werde.*

Sie seufzt übertrieben und weigert sich weiterhin, den Stift zu halten, um den ich ihre Finger schließe.

Ich sehe mich auf ihrem Schreibtisch um und schnappe mir ein Lineal aus ihrem Stifteglas.

„Füll es aus, Baby, oder du wirst das Lineal zu spüren bekommen."

Sie lacht mir ins Gesicht. „Ach bitte. Das wird kaum etwas anrichten."

Sie hat recht. Es ist nur ein dünnes, kleines Holzstück. Würde ich es fest genug einsetzen, würde es vermutlich zerbrechen. Dennoch fasse ich ihre Worte als Herausforderung auf und lasse das Lineal mit Wucht nach unten krachen, erst auf eine Pobacke, dann die andere.

Sie kreischt und tritt von einem Fuß auf den anderen – ich glaube, es funktioniert. Das Lineal hinterlässt hübsche rote Streifen. Zu schade, dass sie so schnell heilen werden – ich mag die Vorstellung, Male auf ihr zu hinterlassen. Etwas, das sie an mich erinnert.

„Füll es aus."

Sie lacht. „Okay, okay. Ich fülle es aus."

Ich massiere ihren geröteten Hintern und drücke ihn grob. Mein Schwanz ist so hart, dass er abbrechen wird und ich weiß bereits, dass diese Szene die nächsten Jahre häufig in meinen Wichsfantasien auftauchen wird.

Ich ziehe ein Kondom aus meiner Tasche und reiße es auf, während Sheridan das Kästchen ankreuzt und mit ihrem Namen unterschreibt.

Ich schlage ihr noch zweimal auf den Hintern, einmal auf jede Pobacke. „Steck das Formular in den Umschlag."

Sie kichert und tut wie geheißen. Ich liebe es verdammt nochmal, dass sie mir so sehr vertraut, dass sie sich von mir auf diese Weise dominieren lässt, dass sie so sehr wie ich davon angetörnt wird.

Ich befreie meine Erektion und streife das Kondom über. „Jetzt zum Sex", sage ich, als wäre das auch eine Bestrafung.

Sie biegt den Rücken durch und hebt mir ihren errötenden Hintern entgegen. Zum Teufel yeah. Ich stoße mich in sie, zuerst langsam, aber sie ist reichlich feucht, vollkommen bereit.

Okay, dann kann es losgehen.

Ich werde sie hart rannehmen.

„Geheimnisse vor mir zu haben, hat Konsequenzen", sage ich und drücke ihren Oberkörper noch weiter nach unten, bis sie flach auf dem Schreibtisch liegt. Ich presse meine Hand in ihren Nacken, um sie an Ort und Stelle zu fixieren.

„Ach ja? Welche sind das?" Ihre rauchige Stimme lässt mich beinahe hier und jetzt in das Kondom abspritzen.

„Du wirst es gleich rausfinden, Süße." Ich packe ihren Nacken und benutze meinen Griff, um mich zurück und in sie zu rammen, wobei ich hart zustoße.

Sie grunzt, dann stöhnt sie.

„Heute werde ich dich hart rannehmen, kleine Wölfin. Ich werde dich ficken, bis du nicht mehr laufen kannst."

Sie lässt ein süßes kleines Wimmern verlauten und ich fahre damit fort, mich in sie zu rammen und mit meinen Lenden gegen ihren heißen Arsch zu klatschen, sowie ihre Füße weiter auseinander zu schieben.

„Wirst du noch einmal Dinge vor mir geheim halten, Baby?"

„Argh, nein", stöhnt sie.

Ich hämmere mich schneller in sie. „So ist's recht. Das wirst du nicht tun. Denn jetzt weißt du, was dann passiert."

Ich fühle mich wie ein Pornostar, die Sorte, die ihren Partner auf die schlimmste Weise benutzt und demütigt, aber ich stelle fest, dass ich deswegen kein schlechtes Gewissen habe, weil Sheridan total darauf abfährt. Tatsächlich ist es schwer, zu sagen, wer angetörnter ist – wir stehen beide kurz davor, einen so heftigen Orgasmus zu haben, dass es das Dach vom Haus pusten wird.

Ihre Laute werden drängender, ihre Schreie bedürftiger und Sterne tanzen hinter meinen Augenlidern.

Meine Schenkel zittern, meine Hoden ziehen sich fest

zusammen. „Fuck, Sheridan, fuck!“ Ich kann den Drang, sie härter zu ficken, mich tiefer in sie zu stoßen, so tief, dass sie sich jedes Mal an mich erinnert, wenn sie sich bewegt, nicht stoppen.

„Bitte, Trey“, stöhnt sie.

„Ich werde kommen“, warne ich, denn jetzt kann ich mich nicht mehr zurückhalten.

„Ja, komme!“

Ich ramme mich in sie, spritze meine Ladung in sie und sie kreischt, während ihr Körper unter mir zuckt. Ich ziehe ihren Oberkörper nach oben, bis ihr Rücken auf meine Brust trifft, und zwicke ihre beiden Nippel, während wir beide nach wie vor kommen und kommen, als gäbe es keinen Morgen.

Wie jedes Mal, bevor ich mich verwandle, wird mein Sichtfeld kuppelartig und meine Fangzähne länger. Wenn ich sie nicht bald markiere, werde ich verdammt nochmal mondverrückt werden. Aber ich bleibe stark für sie. Sie ist zu jung. Ihr Dad würde mich umbringen. Ich werde warten, bis die Zeit reif ist und wir beide dem Ganzen zustimmen. Ich knirsche mit den Zähnen und halte meinen Wolf in Zaum. Meine Muskeln zittern vor Anstrengung.

Als ich wieder die Kontrolle habe, drücke ich ihre festen Brüste und stoße meinen Schwanz rein und raus. „Das ist es, Süße. Du kannst mir nicht entkommen. Du könntest aufs College auf der anderen Seite der Erde gehen und ich würde trotzdem auf dich warten. Oder ich würde dich suchen, wenn du fertig bist. Du bist mein.“

„Markiere mich“, wispert sie.

Fuck! Meine Zähne werden noch länger.

„Noch nicht“, bringe ich zähneknirschend hervor und ziehe mich aus ihr, da ich mir nicht zutraue, sie weiterhin zu berühren, wenn sie mich so verdammt hefig in Versuchung führt.

„Warum nicht?“ Sie dreht sich, um mich infrage zu stellen.

Ich trete zurück. „Du musst dir sicher sein. Wenn ich erst einmal Anspruch auf dich erhoben habe, gibt es kein Zurück mehr.“

Sie zieht den Kragen ihres T-Shirts nach unten, um mir ihre Schulter für den Biss anzubieten.

„Baby“, krächze ich. Ich sterbe hier verdammt nochmal. Mein Schwarz ist wieder steinhart und Serum überzieht meine Zähne, bereit, in ihre Haut eingebettet zu werden, damit ich sie für immer für mich beanspruchen kann.

Aber das hier ist genauso wie die College-Sache. Ich werde nicht zulassen, dass sie sich ihre Zukunft ruiniert aus dem Impuls einer Achtzehnjährigen heraus, sich mit dem ersten Kerl zu paaren, mit dem sie gevögelt hat.

„Wir werden später darüber reden.“ Ich wende mich von ihr ab, als würde es irgendwie das tobende Verlangen meines Wolfs dämpfen, wenn ich den Anblick ihres hübschen Gesichtes aus meinem Sichtfeld entferne.

„Ich liebe dich, Trey“, sagt sie leise zu meinem Rücken.

Ich falle fast auf die Knie.

Wie mich dieses Mädchen gleichzeitig zu einem Mann machen und in die Knie zwingen kann, übersteigt meine Vorstellungskraft.

Ich wirble herum, werfe sie mir über die Schulter und trage sie zum Bett. Ich muss sie noch einmal erobern. Ich werde sie nicht beißen, aber ich kann auf keinen Fall meinen Schwanz von ihr fernhalten.

KAPITEL 16

GEGENWART

Sheridan

Der Club der Vampire befindet sich im Stadtteil El Mercado in der Nähe der Straßenbahnhaltestelle am Rand ihres Reviers. Ein unscheinbares Stuckgebäude mit einem hübschen Garten und steinernen Fußweg. Ich bin pünktlich zur Abenddämmerung dort, sitze in meinem Auto, dessen Dach ich geöffnet habe, und beobachte, wie die Sonne in einem Sturm aus Farben hinter dem Horizont untergeht.

Das Einzige, was wir zu fürchten haben, ist die Furcht selbst. Ich tippe mit dem Finger auf mein Armaturenbrett und mache mich dafür bereit, in die Festung der Vampire zu laufen. Dass dieser Lucius, der Blutsaugerkönig die Einladung aussprach, beruhigt mich kein bisschen. Vampire lieben Einladungen – und sie brauchen keine Erlaubnis, um in den Kopf eines Opfers zu dringen. Lucius hätte mich nicht eingeladen, wäre er sich nicht sicher, dass er die Oberhand hat. Er führt etwas im Schilde. Vielleicht hat es mit dem mysteriösen schwarzen Auto zu tun, das ich immer wieder in meiner Straße sehe.

Jemand klopft an mein Fenster und ich fahre mit einem Schrei auf meinem Sitz zusammen, bis ich Treys babyblauen Augen begegne, meine Beunruhigung wird in ihren Tiefen gespiegelt.

Trey bedenkt mich mit einem besorgten Blick, während ich mein Fenster runterlasse. „Alles okay?"

„Yeah. Nur, du weißt schon, nervös." Ich erwähne das mysteriöse schwarze Auto, das diese Woche schon ein paarmal vor meinem Haus stand, nicht. Nach der Geschichte von meinem Stalker wird er diese Information vermutlich nicht so gut auffassen.

Trey öffnet meine Tür und ich springe nach draußen. Er steckt in seinem üblichen Biker-Outfit: noch eine Lederjacke, weißes Hemd und schwarze Jeans, wobei seine Brieftasche von einer Kette baumelt. Seine Haare sind mit frischem Gel zu Spitzen geformt und seine Stiefel etwas weniger staubig und abgewetzt als üblich.

Er starrt mich finster an.

„Was?" Ich schaue an meiner Brust hinab. „Habe ich etwas auf meinem Shirt?"

„Das ist kein Shirt."

„Du hast recht." Ich fummle an dem Reißverschluss zwischen meinen Mädels herum und ziehe ihn noch einen Millimeter nach unten, bevor ich auf meinen Louboutins herumwirble, damit er mich von allen Seiten betrachten kann. „Ich glaube, technisch gesehen, nennt man es einen Catsuit." Ich streiche mit den Händen den scharfen Winkel von meiner Taille zu meinen breiteren Hüften hinab und nehme eine Pose ein. „Miau."

„Fuck", flucht Trey. „Woher kriegst du diese Outfits überhaupt?"

„BDSM-R-Us.“ Ich lehne mich an ihn und inhaliere seinen Geruch, eine maskuline Mischung aus Aftershave und Motoröl. Seine Arme legen sich automatisch um mich. Ich kann mich nicht davon abhalten, näher zu ihm zu rücken. „Ist das ein Bleirohr in deiner Jeans oder bist du glücklich, mich zu sehen?“

„Fick mich.“ Er hält mich dicht an sich, vergräbt sein Gesicht in meinen Haaren und ich würde wetten, er genießt die Vermischung unserer Gerüche. Ich weiß, ich tue es.

„Ich habe etwas zum Anziehen für dich“, murmle ich.

„Ach ja?“ Sein Atem weht über mein Ohr, während er seine Nase an meinem Hals reibt.

Ich trete zurück und er lässt mich los, folgt mir mit einem begehrlichen Blick.

Dann sieht er, was ich aus der Einkaufstüte ziehe. „Fuck nein!“ Er springt zurück, als hätte ich ihm einen Elektroschock verpasst.

Ich halte die Leine und ein mit silbernen Nieten besetztes Halsband hoch. „Nein? Es wird prima zu deinem Outfit passen“, trällere ich und stolziere auf meinen Heels vorwärts, während er zurückweicht. „Eigentlich nein. Du musst nackt sein.“ Sein Stöhnen vertieft sich, als ich mit der Tüte vor ihm wedle und mich an den Folgen meines Scherzgeschenkes erfreue. „Willst du nicht mein kleines Hündchen sein?“

„Wirklich verdammt witzig.“

„Das heißt, *Nein, Mistress*“, belehre ich ihn mit einem selbstgefälligen Lächeln.

Mit einem Knurren nähert sich Trey. Ich weiche mit großen Augen zurück, während seine ganzen ein Meter achtzig auf mich zukommen, geil-ütend und wie ein rachsüchtiger Biker-Gott aussehend. Er reißt mir die Leine und das Halsband aus der Hand. „Ich nehme das hier.“

„Du wirst es tragen?“ Mein Mund klappt leicht auf. Ich habe beides nur als Scherz gekauft.

Er bedenkt mich mit einem Blick reiner bösartiger Versprechen. „Einer von uns wird es heute Nacht tragen. Aber das werde nicht ich sein.“ Er tut so, als würde er die Lederware inspizieren. Die Verruchtheit in seinen Augen schickt kleine Lustblitze direkt zu meinen Innenschenkeln. Meine Knie zittern.

Vielleicht habe ich den Wolf zu weit getrieben.

Meinen Blick in seinem eisblauen gefangen nehmend, zieht er mir die Tüte aus der Hand. „Was hast du noch gekauft?“

„Ei-ein, ähm, Scherzgeschenk“, stottere ich. „Buchstäblich.“

Er hält den roten Ballknebel hoch. „Nett.“ Er dreht ihn um, bevor er ihn zusammen mit der Leine und Halsband in seine Tasche steckt. „Sollte nützlich sein.“

Er fängt meinen Ellbogen ein, kurz bevor meine Beine einknicken. „Lass uns gehen.“

Die letzten Sonnenstrahlen tauchen hinter die Berge, während wir zum Club hochlaufen. Ein bleicher Mensch begrüßt uns an der Tür, um dessen Hals ein schwarzes Band gebunden ist. Er ist dünn und anämisch, aber sieht auf eine Boy Band Art und Weise gut aus.

„Willkommen im Club Toxic.“

Ich atme zum letzten Mal frische Luft ein, ehe meine Nackenhärchen wegen des Vampirgeruchs kribbeln, als ich in ihre Höhle trete.

Der Empfangsportier bietet uns an, unsere Jacken zu nehmen, und ich schenke ihm ein breites Grinsen. „Ich habe keine.“

Trey verschränkt die Arme vor seiner Brust, sein finsterer Blick ist eine eindeutige Ablehnung. Der Mensch scheut nicht zurück – verzieht eigentlich überhaupt keine Miene. Ich suche seinen Hals mit den Augen auf Bisswunden ab, aber kann unter dem Satinchoker, der ein provisorisches Halsband zu sein scheint, nichts entdecken. Vermutlich trägt er es deswegen.

„Wir sind früh dran", murmelt Trey, der sich auf der leeren Tanzfläche umsieht. Einige Leute sitzen an Tischnischen oder stehen an hohen Tischen, aber es ist kaum jemand hier.

„Absichtlich. Ich will unser Revier abstecken, bevor hier eine Menschenmenge auftaucht." Während wir durch das Zimmer laufen, bleibe ich so nah ich kann bei ihm, ohne mich tatsächlich an ihn zu lehnen. Er scheint nichts dagegen zu haben. Der Geruch von Vampiren verstopft meine Nase.

Trey schnuppert verächtlich. „Riecht wie ein Abfluss."

Darüber lache ich beinahe – der leere, erdige Geruch erinnert mich an ein Abflussrohr oder einen Rübenkeller. Oder eine Gruft.

Der Barkeeper – noch ein Mensch mit einem leeren Gesichtsausdruck und Satinchoker – schenkt uns Drinks ein, ohne ein Wort darüber zu verlieren, wie früh wir da sind.

„Kannst du Frangelico Bescheid geben, dass wir hier sind?", frage ich unseren Führer. Der bleichgesichtige Mensch blinzelt zu uns hoch, nickt jedoch und verschwindet im hinteren Bereich. „Hast du irgendwelche Bissspuren an ihm gesehen?", frage ich Trey flüsternd.

„Nein. Aber er könnte ein Junkie sein. Er riecht falsch."

Trey nimmt seinen Drink, aber probiert ihn nicht. Sein Blick schweift durch den Raum wie der einer Wache in einem Wachturm. „Das ist also ein Vampirclub? Irgendwie öde."

„Wir sind Stunden zu früh hier."

„Denkst du, dass sich Frangelico mit uns treffen wird?"

„Vielleicht. Oder vielleicht schickt er auch einen seiner Leutnante. Julius Caesar oder was auch immer."

„Oh yeah." Trey schüttelt den Kopf. Eine Gruppe Personen betritt den Club und er richtet sich gerade auf. Wir verstummen beide und scannen jede einzelne Gestalt. Sie sind alle dünn und hübsch und sehen wie Plastikfiguren aus, aber keiner von ihnen ist ein Vampir.

Wir stehen über eine Stunde in der Ecke und geben vor, an unseren Drinks zu nippen, ohne sie tatsächlich anzurühren, und beobachten, wie sich der Laden füllt. An irgendeinem Punkt taucht ein DJ auf und beginnt, die aktuellen, beliebten Tanzsongs zu spielen. Körper, die gegeneinanderstoßen und sich aneinander reiben, drängen auf die Tanzfläche. „Die Blutsauger haben kein Problem damit, diesen Laden bekannt zu machen", raunt mir Trey ins Ohr, damit ich ihn über den sündigen Beat hören kann.

„Ich frage mich, ob einer von ihnen spürt, dass sie Beute sind", sinniere ich, während meine Augen einem besonders hübschen Rotschopf folgen. Sie ist sommersprossig und kurvig und hat eine Liebenswürdigkeit an sich, die ich bisher an keinem in der abgebrühten Menge entdeckt habe. Eine dunkel gekleidete Gestalt löst sich aus den Schatten, nimmt ihre Hand und verbeugt sich darüber. Von meinem Standpunkt aus kann ich das Gesicht des Mannes nicht sehen, aber der Rotschopf schaut mit einem Ausdruck des Staunens, in den ein Hauch Lust gemischt ist, zu ihm hoch. Der große Mann steckt ihre Hand unter seinen Arm und führt sie nach hinten zu der Tür, nur um dann einen Umweg zu machen und hinter dem Garderobenbereich zu verschwinden.

„Trey." Ich stoße ihn an. „Ich glaube, ich weiß, wo die echte Party stattfindet."

Er folgt meinem Blick. „Verstanden. Führ den Weg an. Ich gebe dir Rückendeckung."

Wir stellen unsere Drinks ab und schlendern über die Tanzfläche. Die Menge teilt sich für uns.

Der Mensch an der Tür wirkt nicht überrascht, uns zu sehen. „Er erwartet euch“, sagt er höflich und tritt zur Seite, um einige Stufen zu enthüllen, die hinab zu einer weiteren Tür führen die schwarz gestrichen ist, damit sie zu den Wänden passt. Die Tür steht offen und gibt den Blick auf eine lange Treppe frei, die zu einer Art Keller führt.

Ich verberge meine Abscheu – wie lange wollte er uns warten lassen, bevor er uns zum echten Toxic holte, dem Club unter dem Club?

„Dämliche Blutsauger. Immer müssen sie Spielchen spielen“, gibt Trey schimpfend genau das wieder, was ich gerade denke. Seine große Hand in meinem Rücken beruhigt mich, während wir in die schattigen Tiefen hinabsteigen. Die dunklen Wände zittern wegen des wummernden Basses der Musik über uns. Als wir die letzte Treppenstufe erreichen, halten wir eine Sekunde an, damit sich unsere Augen an die veränderten Lichtbedingungen gewöhnen können. Eine lila Neonröhre verläuft in der Nähe der Decke um den Raum und taucht alles in ein gruseliges Licht. Dunkle Formen und Monolithen ragen aus den Schatten.

Vor uns leuchtet die helle Haut des Rotschopfs wie ein Leuchtfeuer. Sie ist wie ein Gespenst, das von einem schwarzgekleideten Abgesandten geführt wird, der sie zu Hades bringt. Der Anzugträger, der ihre Hände hält, dreht sich um, und ich keuche, als ich die hübschen Gesichtszüge des Vampirs erkenne. Nero grinst mich an, bevor er seine Menschenbeute zu einem wuchtigen Holzmöbelstück führt, das mit glänzendem Leder überzogen ist. Ein Strafbock.

„Leck mich am Arsch“, brummelt Trey, der sich im Raum umsieht. „Ist es das, was du erwartet hast?“

„Jepp“, wispere ich. „Bist du bereit, dieses Halsband zu benutzen?“

„Nur, wenn du es tragen wirst“, informiert er mich. Ich beiße mir auf die Lippe, um die Aufregung zu verbergen, die mich durchströmt. Ich meine mich zu erinnern, dass in Trey mehr als ein bisschen sexuelle Dominanz schlummert, die nur darauf wartet, herauszukommen. Sogar als Teenager wusste er genau, was er zu tun hatte. Das Funkeln in seinen Augen verrät mir, dass er meine unterdrückte Erregung wahrnimmt.

Weitere Leute kommen die Treppe runter und wir treten zur Seite, um sie vorbeizulassen. Vampire lösen sich aus den Schatten des Dungeons, erheben Anspruch auf ihre Menschen und führen sie weg. Überall im ganzen Raum beginnen Dominante Submissive zu fesseln, mit Handschellen zu versehen oder sie an Wände zu ketten oder an verfügbare Strafböcke und Tische. Die Clubmusik wird durchbrochen von Peitschenknallen und den klagenden Schreien der erpichten Opfer. Keiner der Vampire spielt die Rolle des Subs.

„Das ist verrückt“, merkt Trey an, aber seine Stimme ist tiefer, belegt. Ich nicke, froh darüber, dass niemand sehen kann, wie fest sich meine Brustwarzen zusammengezogen haben, wie heiß und erhitzt sich mein Unterleib anfühlt.

„Willkommen Wölfe“, sagt eine weiche Stimme hinter uns, woraufhin wir herumwirbeln und die Lippen zu einem halben Fauchen zurückziehen. Lucius, der Blutsaugerkönig, steht in einer angestrahlten Ecke und posiert vor einem riesigen Portrait von sich selbst. Er sieht wie der verfluchte Dorian Gray aus, trägt das gleiche sündige Lächeln und rote Samtrobe wie sein gemaltes Ebenbild.

„Hallo“, sage ich, bevor Trey knurren oder unserem Gastgeber eine Beleidigung an den Kopf werfen kann. „Danke, dass du uns eingeladen hast.“

„Du bist hier immer willkommen, meine Liebe“, säuselt er wie der lüsterne Bösewicht in einem schlechten Film. Das Einzige, das ihm fehlt, ist eine Pfeife und Playboy Zwillinge.

Der Vampirkönig gleitet nach vorne und ich muss mich zwingen, nicht zurückzutreten. An meiner Seite knurrt Trey. Lucius bewegt sich noch einen Zentimeter näher zu mir und stoppt, womit er deutlich macht, dass er sich von Trey nicht einschüchtern lässt. „Du hast mich nach Süßblut gefragt.“

„Ja.“ Ich starre auf das Revers seiner Samtrobe.

„Es ist keine Droge, auch wenn wir Vampire es berauschend finden. Schau dort.“

Wir folgen seinem Finger zu der Wand, wo ein Vampir in schwarzen Hosen und einem Hemd – dessen lange Ärmel hochgerollt sind, um seine straffen Unterarme zu präsentieren – eine erschlaffende Frau mit dem Flogger traktiert. Die Lederbänder zischen durch die Luft und fallen, gefolgt von Stöhnen. Sie klingt allerdings nicht, als hätte sie Schmerzen.

„Es gibt einen gewissen Personentyp, der Schmerz genießt, stimmt's?“ Die Stimme des Vampirs dringt direkt in mein Ohr, wodurch es klingt, als stünde er sehr viel näher bei mir, als er es tatsächlich tut. „Der Körper verfügt über Möglichkeiten solchen Gleichmut zu belohnen.“

„Endorphine“, stimme ich zu. Meine Gedanken fühlen sich träge an. Ältere Vampire können einen allein mit ihrer Stimme kontrollieren. Meine Hand zappelt an meiner Seite, findet Treys und drückt seine Finger fest. Er erwidert den Druck und mein Verstand klärt sich.

„Ja. Für eine solche Belohnung verzehren sich manche Menschen nach Schmerz. Man nennt sie Masochisten.“ Lucius nickt zu der Frau an der Wand. Ihr Vampir-Dominanter hat den Flogger gegen eine längere, teuflisch aussehende Peitsche ausgetauscht. Ich kann ihre Erregung von hier riechen. „Wir nennen sie Süßblüter.“ Seine Stimme sinkt zu einem gruseligen Flüstern. „Der Schmerz macht das Blut süßer.“

Nach einem Schlag mit der Peitsche sackt die Frau in ihren Fesseln zusammen. Der Vampir gleitet an ihre Seite und fährt mit einer Hand über die frischen roten Male an ihrer Seite. Die Sub erschaudert, der Vampir tritt näher und murmelt leise. Er löst die Manschetten von den Verankerungen und stützt ihren erschlafften Körper. Mit einem Arm hält er sie aufrecht, während die andere Hand die Haare aus ihrem Gesicht sowie von ihrem Hals streicht und sie näher zieht. Das Licht reflektiert von seinen Fangzähnen.

Ich keuche und drehe mich schweratmend zu Trey.

„Sheridan.“ Treys Stimme ist wie ein Schwall frischer Luft, süß und erfrischend. Seine Arme schieben sich um mich und halten mich so aufrecht, wie der Vampir sein Opfer hält. „Geht es dir gut?“

Ich nicke und neige meinen Kopf nach hinten, damit er mein Gesicht sehen kann. Sein besorgter Blick löst sich auf. „Dir gefällt das.“

Ich nicke und er berührt verwundert mein Gesicht.

Lucius‘ Lachen hallt um uns. „Ich werde euch beide meinen kleinen Club erkunden lassen. Viel Spaß.“

Ich drehe mich nicht um, um zu beobachten, wie er geht, aber ich erkenne den Moment, in dem er fort ist. Das Vampir/Opfer-Pärchen ist ebenfalls verschwunden, vielleicht in einen der Alkoven, die von Vorhängen verdeckt werden und den Raum säumen.

Trey drückt mich dicht an sich. „Wenn das hier zu viel ist, können wir gehen.“ Seine Brust vibriert unter meinem Ohr.

„Mir geht’s gut.“ Ich drücke ihn noch einmal. Er ist so warm und stark, ein lebender Fels.

„Bist du dir sicher?“

„Mir geht es prima“, wiederhole ich. „Ich will bleiben.“

Sein Blick sucht mein Gesicht ab und ich zucke zurück. Ich will nicht, dass er diese Seite von mir sieht, roh und verletzlich. Ich stoße mich von ihm, doch er umschließt mich weiterhin mit seinen Armen.

„Du kannst gehen, wenn du möchtest“, murmle ich und sein Blick wird kalt.

„Ich bleibe.“

„Bist du dir sicher?“, äffe ich seine Frage nach, die er mir noch vor einem Augenblick gestellt hat. Ich mache mich über ihn lustig, weil ich nicht will, dass er zu genau hinsieht. Ich will nicht, dass er entdeckt, wie sehr mich dieses Zeug antörnt.

Sein Gesichtsausdruck verrät mir, dass er das bereits weiß.

„Trey, lass mich los“, wispere ich.

„Bist du dir sicher?“ Er verspottet mich nicht. Sein Daumen streichelt über meine Fingerknöchel und ich realisiere, dass ich mich an ihn klammere, fest.

Uups.

Als ich von Trey zurücktrete, stelle ich fest, dass Nero dicht, viel zu dicht, bei mir steht.

„Hallo, kleine Wölfin“, sagt er und ich versteife mich. Treys Arme schieben sich um meine Taille, aber ich trete von ihm weg, bevor er mich wieder an seine Brust ziehen kann. Es ist an der Zeit, dass ich mich den Vampiren selbst stelle.

Was mich nicht umbringt…

„Ich habe keine Angst vor dir“, bricht es aus mir hervor und ich hebe mein Kinn in die Luft.

„Natürlich nicht. Ich kann dich von hier riechen. Du riechst… gut.“ Er lässt es obszön klingen. „Du magst diesen Laden.“

„Er wächst mir ans Herz“, antworte ich.

„Hier gibt es viel zu genießen.“ Nero grinst und zeigt

seine Fangzähne. Von dem Rotschopf, mit dem er hier runterkam, ist weit und breit keine Spur zu sehen. Ich frage mich, ob sie in einem Alkoven ist und sich ausruht, ein Glas Orangensaft und einen Schokoladeriegel in der Nähe. Nachsorge nach einem BDSM-Spiel oder einer Vampirfütterung?

Nero fährt mit einer Hand über das Lederpolster einer erhöhten Bank. „Ich werde dein Führer sein, wenn du es wünschst. Der Virgil zu deinem Dante."

„*Die ihr eintretet, lasst alle Hoffnung fahren*?", zitiere ich Dantes *Göttliche Komödie* und das Grinsen des Vampirs wird breiter.

„Genau. Bist du bereit, mit mir zu kommen?"

Bevor ich antworten kann, knurrt Trey: „Nur über meine Leiche." Trey tritt zwischen mich und den Vampir. „Willst du das hier?"

Ich erstarrte, als er das Halsband hochhält. „Willst du das hier ausprobieren? Hier spielen?"

„Trey", flüstere ich.

„Sheridan." Sein Tonfall warnt mich, keine Spielchen mit ihm zu treiben. „Verrat es mir."

„Ja." Ja, ich will das hier ausprobieren. „Aber nicht mit dir." Nicht nach gestern Abend. Ich bin viel zu roh, um mich ihm wieder anzubieten, nur um dann zu meinem Auto gebracht zu werden und eine Gute Nacht gewünscht zu bekommen. Nein, es ist besser, mich sexuell nicht auf Trey einzulassen. Das heißt, nicht noch mehr.

„Keine Option", knurrt er und drängt mich rückwärts an die Wand, womit er mich von jedem abblockt, der sich nähern könnte. „Wie lautet dein Stoppwort, Süße?"

Ich lecke mir über die Lippen. Mist. Mein Körper unterwirft sich ihm bereits. Er erkennt seinen Meister bereits. „Tabelle." Ich habe Finanzwirtschaft im Hauptfach studiert und einen MBA und ich nehme Buchhaltung ernst. Jede

Erwähnung von Arbeit wird die Stimmung ziemlich sicher töten.

Er schüttelt den Kopf und grinst auf eine Weise, die mir verrät, dass er den Witz versteht. Ich weiche zurück, als er näher kommt, aber nach einem Moment hebe ich meine Haare und erlaube ihm, mir das Halsband umzulegen. Trey fährt mit einem zärtlichen Finger um meinen Hals, um den Sitz zu überprüfen, und ich bin hilflos. Meine Beine verflüssigen sich, meine Mitte schmilzt und meine Lippen teilen sich, um seine willkommen zu heißen, während ich in seine Augen starre.

„Perfekt“, murmelt er und senkt seinen Kopf so weit, dass er mir ins Ohr flüstern kann: „Du hast das Halsband nicht für mich gekauft, oder?“

Schluckend schüttle ich den Kopf. Er führt mich nach vorne, dann dreht er sich um und treibt mich rückwärts gegen einen stabilen Rahmen. Die Holzstäbe eines Andreaskreuzes breiten sich über meinem Kopf aus. Es ist ein wuchtiges Teil mit silbernen Beschlägen und Lederpolsterung und Manschetten, die auf Höhe der Knöchel und Handgelenke baumeln.

Trey befestigt einen Arm, dann den anderen und kniet sich hin, um meine Beine zu fixieren. Hinter ihm sieht Nero zu, dessen Gesicht im Schatten liegt.

Als sich Trey erhebt, macht mein Magen einen Salto wegen der befehlenden Aura, die ihn einhüllt. Als hätte er einen Schalter umgelegt und an Stelle des stumpfsinnigen Bikertypen habe ich jetzt Trey, den Dominanten, der bereit ist, meine. Welt. Zu. Erschüttern.

„Trey, warte“, sage ich, als er die Manschetten erneut überprüft.

Er zwickt in meine Fingerspitzen und prüft meine Blutzirkulation. „Fühlst du dich gut?“

„Ja.“ Ich winde mich. Ich habe Träume davon, so fixiert zu werden, aber ich will nicht, dass Trey es tut. Ich meine, ich habe davon fantasiert, dass er es tut, aber jetzt da es geschieht, will ich, dass es aufhört. Oder nicht?

„Warte eine Sekunde“, flehe ich, als er meine andere Hand unter die Lupe nimmt. „Lass uns stoppen und darüber reden.“

Trey zögert mit gerunzelter Stirn. „Wenn du aufhören willst, sag dein Stoppwort.“

Das Wort *Tabelle* liegt mir auf der Zungenspitze. Ich muss es nur sagen und ich werde frei sein. Ich kann Trey und den Club hinter mir lassen, nach Hause gehen und mich zu der Erinnerung an das hier für den Rest meines Lebens zum Höhepunkt bringen. Das ist es doch, was ich will, stimmt’s?

Nach einem langen Moment der Stille murmelt Trey: „Yeah, das dachte ich mir. Sag dein Stoppwort und das hier hört auf. Ansonsten ziehen wir das hier durch. Du willst es. Ich weiß, dass du es willst.“

„Lass mich gehen“, zische ich.

Er schüttelt langsam den Kopf. „Auf keinen Fall, Süße. Nicht, wenn ich dich genau dort habe, wo ich dich haben will.“

~

Trey

Ich habe keine eigenen Werkzeuge. Ich bemerke, dass die anderen Doms Taschen mit Ausrüstung bei sich tragen, weshalb ich einfach nutze, was ich an mir habe. Ich ziehe meinen Ledergürtel aus den Schlaufen und wickle das Ende mit der Schnalle um meine Faust.

Sheridan starrt mich mit aufgerissenen Augen an, halb nervös, halb erregt. Mein Wolf ist tatsächlich ruhiger, als ich es erwartet hätte – es ist, als würde er die Gefahr hier spüren und wissen, dass ich einen klaren Kopf bewahren muss.

Fuck sei Dank, denn ihr Geruch treibt mich in den Wahnsinn.

Sheridan sieht in ihrem hautengen Lederoutfit tierisch sexy aus und so gerne ich auch beobachten würde, wie ihre Haut unter meinem Ledergürtel rosa wird, so werde ich auf keinem Fall irgendeinem Arschloch hier erlauben, sie nackt zu sehen. Ich mag ohnehin die Vorstellung, dass sie diese Schutzschicht hat. Ich würde sterben, wenn ich ihr tatsächlich wehtun würde.

Ich wickle den Gürtel auf, bis weniger als dreißig Zentimeter übrig sind, und dann trete ich vor sie. Ihre prächtigen Titten heben und senken sich, während sie keucht. Ihre Iriden wechseln von grün zu bernsteinfarben. „Hübsche Wölfin", murmle ich und lasse den Gürtel auf die Vorderseite ihres Oberschenkels schnalzen. Sie zuckt zusammen, aber lächelt.

„Nochmal."

Ich streiche mit meinem Daumen über ihre Unterlippe. Sie knabbert daran. „Niedlich, Süße, aber du hast hier nicht das Sagen. Ich bin derjenige, der heute Abend die Befehle erteilt."

Ihre Augen weiten sich und sie wirft ihren hübschen Kopf hin und her. Ich trete zurück, um sie mit einer übertrieben nachdenklichen Miene zu betrachten, dann schlage ich mit dem Gürtel direkt zwischen ihren Beinen nach oben.

Sie kreischt, ihr Körper versteift sich an dem Kreuz, dann erschlafft er. Ihr Bauch bebt beim Ausatmen.

Ich schlage mehrere Male auf ihren Innenschenkel, anschließend gehe ich zur anderen Seite über.

Die leisen Laute, die sie von sich gibt, bringen mich

schier um. Mir wird schwindlig und ich fühle mich selbst benommen, was nicht gut ist.

Bewahre einen kühlen Kopf. Bleib gelassen.

Ich will diesen sexy Catsuit aufreißen und sie gleich hier am Kreuz vögeln. Und eins kannst du glauben: heute habe ich Kondome gekauft. Ich stürze mich auf sie und quetsche ihre Brüste grob, während ich ihren Mund erobere.

Sie stöhnt an meinen Lippen, knabbert und leckt, als würde sie sich wie wild nach mehr sehnen.

Ich trete zurück und entziehe ihr die Befriedigung, nach der sie sich verzehrt.

Noch ein Schlag zwischen die Beine. Das Geräusch des Leders, das auf ihre Haut trifft, ist köstlich. Ich peitsche ihre Pussy wieder und wieder aus.

„Härter", stöhnt sie. Sie scheint vollkommen von Sinnen zu sein. Ich kann mir gut vorstellen, dass eine Frau in diesem Zustand für einen Blutsauger anders schmecken könnte. Sie ist definitiv high. Aber ich schwöre beim Schicksal, wenn irgendeiner von ihnen in die Nähe dieser Wölfin kommt, werde ich sie alle umbringen, und den Krieg aller Kriege vom Zaun brechen.

Aus dem Augenwinkel sehe ich, dass sich Nero in der Nähe herumtreibt und die Szene beobachtet. Ich blecke die Zähne und knurre, warne ihn, aber er wirft lediglich den Kopf in den Nacken und lacht aus vollem Halse.

„Trey", jammert Sheridan. Verlangen schwingt in ihrer Stimme mit.

„Noch nicht, Baby. Ich bin noch nicht damit fertig, deine Vorderseite auszupeitschen. Und wenn ich damit fertig bin, muss ich dich umdrehen und deinen Hintern aufwärmen. Du hast Glück, dass du diesen Catsuit anhast und ich zu besitzergreifend bin, um irgendjemandem zu erlauben, dich ohne seinen Schutz zu sehen."

Sie leckt sich über ihre Lippen und ihr glasiger Blick zeichnet mein Gesicht nach. „Und dann?“

Ich schenke ihr ein breites Grinsen. „Dann werde ich darüber nachdenken, ob ich dich kommen lasse.“

Sie knurrt und kämpft gegen die Fesseln an, ein Teil ihrer Unterwerfung verebbt. Ich lache und schlage erneut gegen jeden ihrer Innenschenkel.

Ich verpasse ihrer Pussy einen Hieb. „Du willst dort mehr von meinem Gürtel haben, kleine Wölfin?“

Sie rollt den Kopf von einer Seite auf die andere, während sich ihre Brust hebt und senkt. „Ja! Fuck, Trey.“

Die Augen quellen mir aus den Höhlen. „Heilige Scheiße! Du hast es gesagt.“

Sie beugt sich nach vorne und bäumt sich gegen die Fesseln auf. „Ich habe es gesagt. Jetzt tust du es.“

Ich lache in absoluter Verwunderung und belohne sie mit einem harten, fordernden Kuss. Ich umfange ihren Venushügel mit meiner freien Hand und übe in Wellenbewegungen festen Druck auf diesen aus.

Ihr Atem wird sogar noch kürzer, schneller. „Bitte, Trey.“

„Und wenn man bedenkt, dass du bloß ein wenig sexuelle Stimulation dazu gebraucht hast.“

Sie versucht, in meine Lippe zu beißen. „Hör auf, mich zu reizen. Ich brauche es.“

Ich wölbe eine Braue. „Was brauchst du, Hübsche?“

„Das hier. Mehr. Dich“, stöhnt sie. „Ich brauche alles. Bitte, Trey.“

Ich greife nach oben und befreie ihre Handgelenke, dann ihre Knöchel. Ich drehe sie an dem Kreuz um und drücke ihr Gesicht zuerst gegen die gepolsterte Vorderseite. Ich bringe die Manschetten wieder an und sie wackelt mit den Hüften, als würde sie versuchen, sich Erleichterung zu verschaffen, indem sie sich an dem Kreuz reibt. Es ist das verdammt nochmal Schärfste, das ich jemals gesehen habe.

„Ungezogenes Mädchen“, schimpfe ich und schlage sie auf ihren Hintern. Ich kann erkennen, dass sie es liebt, denn sie biegt den Rücken durch und streckt ihren Po noch weiter raus.

Ich lasse etwas Leder von meiner Faust ab, sodass meine provisorische Peitsche länger wird, und lasse sie immer wieder auf sie krachen, wobei ich mich auf die untere Hälfte ihres Hinterteils konzentriere, dann arbeite ich mich nach unten zu jedem individuellen Schenkel.

Ihr Stöhnen wird lauter und schneller, als würde sie kommen, nur weil sie ausgepeitscht wird. Mein Schwanz drängt sich gegen meine Jeans. Mein Sichtfeld wird kuppelartig und meine Zähne länger. Sie sind bereit, sie zu markieren. Fuck, ich werde das hier vielleicht nicht zu Ende bringen können.

Ich blicke abermals zu dem Blutsauger in den Schatten, um wieder einen klaren Kopf zu bekommen. Es hilft. Ich atme langsam durch meine Nasenflügel ein und peitsche stetig Sheridans Hintern aus. Als ihre Schreie eine verzweifelte Note annehmen, schlage ich zwischen ihre Beine.

Sie würgt an einem Atemzug.

Einem jammernden Jaulen.

Noch ein Schlag auf ihre Klit.

Sie kreischt und ihre Muskeln verspannen sich, ehe ein glorreicher Schauder ihre sexy Gestalt durchfährt.

„Das ist es, Baby.“ Ich lasse den Gürtel fallen und schlage mit meiner Hand zu – nur weil ich ihr näher kommen muss – da ich spüren muss, wie sich diese Muskeln zusammenziehen, während sie kommt, weil ihre Pussy ausgepeitscht wurde. Ich schlage und schlage – leichte, schnelle Hiebe – bis sie von der Klippe in ihre Erlösung stürzt, erschlafft und in ihre Fesseln sackt.

In dem Moment, in dem ich das sehe, befreie ich sie aus den Fesseln und lege meine Lederjacke um ihre Schultern. „Das ist es, Baby. Du warst so wunderschön." Ich schwinge sie in meine Arme und ignoriere die hungrigen Blicke der Blutsauger um uns herum.

Momentan sind mir die Rudel-Vampir-Beziehungen scheißegal genauso wie unsere Mission, den Laden auszuspionieren. Ich muss Sheridan einfach hier rausschaffen. Sie nach Hause und ins Bett bringen.

Nackt.

Mit mir über ihr.

~

Sheridan

Auf der gesamten Heimfahrt bin ich betrunken von Endorphinen – ich bemerke kaum, dass mich Trey auf den Beifahrersitz meines Autos setzt und mir die Schlüssel abnimmt, damit er fahren kann. Als wir aussteigen, lege ich den Kopf in den Nacken, als wäre ich in Wolfgestalt und würde gleich den Mond anheulen.

Der Mond badet mich in seiner Schönheit – er ist voll und prall, seine weibliche Kraft verstärkt meine.

Treys Augen leuchten ebenfalls silbern und plötzlich kann ich nicht fassen, dass er mich nie markiert hat. Unsere Wölfe wurden füreinander gemacht. Wie konnten wir das all die Jahre leugnen? Ich stürze mich auf ihn, verdrehe sein Shirt in meinen Fingern und drücke meine Lippen auf seine.

Er taumelt nach hinten und ein überraschtes Glucksen breitet sich zwischen uns aus. Daraufhin reißt er mich nach oben, damit ich rittlings auf seiner Taille sitze. Ich beiße in seinen Hals, lecke an seinem Ohr und reibe mit meinen Brüsten über seine Brust. Irgendwie schafft er uns nach drinnen und dann reißen wir an den Kleidern des jeweils anderen. Ich zerfetze sein Shirt. Er reißt mir den Catsuit vom Leib. Seine Jeans und Boxerbriefs weichen.

Meine Haut ist noch warm und kribbelt von den Hieben, die er mir im Toxic verpasst hat, das Pochen zwischen meinen Beinen hält beharrlich an. Er nähert sich, groß, nackt, männlich. Tattoos krümmen sich um seine Unterarme, über seine Schultern und seine Brust. Sein Glied ragt hervor, riesig und erigiert.

Ich greife danach. Es ist lange her, seit ich Sex hatte – zwölf Jahre, um genau zu sein – aber mein Körper erinnert sich. Mein Körper weiß es.

Trey fängt meine Handgelenke ein, bevor ich seine Länge packen kann. Mit seiner anderen Hand greift er meine Haare und zerrt meinen Kopf nach hinten. „Vorsicht, Baby“, knurrt er und bringt seine Lippen an meinen Kiefer. „Wenn du mich zu sehr erregst, wird alles vorbei sein, bevor wir überhaupt angefangen haben.“

Ich stoße ein zittriges Lachen aus. Trey verlagert sein Gewicht, um mich um die Taille festzuhalten, und läuft mit mir zum Bett, auf das wir stolpern, wobei er auf mir landet.

Ich kann nicht warten. Ich will nicht langsam machen. Ich ziehe ihn zu mir, über mich, und meine Nägel sinken in seinen Rücken. Seine Härte stupst gegen meinen Eingang und ich schaukle mit den Hüften in dem Versuch, ihm beim Eindringen zu helfen.

„Warte… warte kurz“, würgt Trey hervor. Er weicht von mir zurück und holt ein Kondom aus der Tasche seiner Jeans. Ich zwicke meine Brustwarzen und trete mit den Beinen auf dem Bett um mich, während ich warte, was seinen Lippen ein eindeutig tierisches Knurren entlockt. Er reißt das Folienpäckchen mit den Zähnen auf.

Wird er mich markieren?

Ich kann nicht einmal darüber nachdenken und dennoch breitet sich Gänsehaut auf meiner Haut aus, während ich zusehe, wie seine Reißzähne länger werden und das silberne Leuchten seines Wolfes in seine Augen tritt. Auf irgendeiner Ebene weiß ich, dass es das ist – er wird sich nicht zurückhalten.

Ich habe seine Selbstbeherrschung zu viele Male auf die Probe gestellt.

Er rollt das Kondom über seinen Penis und ich stemme mich auf die Knie, um ihm entgegenzukommen, doch er schubst mich zurück. Er hält seinen Daumen an meinen Hals, würgt mich nicht, aber drückt mich nach unten.

Zeigt mir, wer hier das Sagen hat.

Meine Knie spreizen sich weit und ich nehme ihn zwischen meinen Beinen auf. Er reibt mit seiner Schwanzspitze über meine Spalte und ich wölbe mich nach oben, atme zittrig ein. Ich bin gerade so verflucht empfindlich, dass ich beim Schicksal schwöre, dass ich noch einmal kommen könnte, nur weil er mit meiner Klit *spricht*.

Er drängt sich gegen meinen tropfnassen Eingang und dehnt mich, als ich die Spitze aufnehme. Ich atme scharf ein, als er mich mit einem einzigen Stoß aufspießt und erstarrt.

„Warst du bereit, Baby?“ Seine Sorge bringt mich beinahe zum Weinen. Er ist der gleiche zärtliche, rücksichtsvolle Mann, der er vor zwölf Jahren war, als er meine Jungfräulichkeit nahm.

Ich packe seinen Hintern und halte ihn fest, während ich mich an seine Größe gewöhne. „Ja“, keuche ich. „Es ist nur eine Weile her.“

Untertreibung.

Meine Augen huschen zur Seite, doch als ich einen Blick zurück in sein Gesicht wage, starrt er mit einer solchen Intensität auf mich hinab, dass ich den Blick nicht mehr abwenden kann. Ich schaukle mit dem Becken nach oben, um ihn in mir zu bewegen.

„Es hat für mich nie eine andere gegeben." Seine Stimme ist rau und tief. Er hält meinen Blick, während er sich zurückzieht und wieder in mich rammt.

Ich keuche wegen der Intensität – der seiner Worte und seines Stoßes. „Du meinst… du hast nie eine andere *geliebt*?" Ich versuche, mir einen Reim auf das zu machen, was er mir zu erzählen versucht. Er kann nicht von Sex reden, oder? Kein Mann lebt zwölf Jahre lang enthaltsam.

Seine Oberlippe zuckt wegen eines Knurrens, während er wieder zurückgleitet und sich dann in mich stößt, womit er mir den Atem raubt. „Geliebt. Gefickt. Gedatet. *Nur dich.*"

Es ist lächerlich, aber unkontrollierbar. Ich breche in Tränen aus.

Denn… *Trey.*

Mein Trey.

Er ist noch immer mein. War nie nicht mein.

„Was ist mit –" Ich will nicht, aber ich muss fragen.

Er schüttelt rasch den Kopf und verändert den Rhythmus zu kurzen, harten Stößen. „Ich musste es tun. Dich zum Gehen bringen. Du solltest aufs College gehen. Etwas aus deinem Leben machen."

Jetzt schluchze ich hemmungslos und dennoch bin ich irgendwie noch immer vollkommen beim Sex engagiert, brauche ihn noch immer, bin noch immer davon angetörnt.

„Ich war auch mit keinem anderen zusammen", gestehe ich mit einem Schluchzen. Ich passe meine Hüftbewegungen seinen Stößen an und nehme ihn tiefer auf. „Für mich gab es auch nur dich."

„Fuck", flucht Trey und schließt die Augen. Die Adern an seinem Hals treten hervor, als er sich schneller und härter in mich hämmert. „Fuck, Sheridan. Es tut mir leid. Ich wollte dir nie wehtun."

„Mir tut es auch leid, dass ich dir wehtat. Ich war so ein Miststück."

Die Zeit verlangsamt sich. Ordnet sich neu an. Oder wir betreten einen Ort, an dem keine Zeit existiert. Ich bemerke nur das köstliche Gleiten und Klatschen seiner Stöße, die Empfindung, gefüllt zu werden und leer zu sein. Und während alldem werde ich innig umarmt, verehrt, geehrt.

Magie knistert zwischen uns. Unsere Wölfe treffen sich auf der gleichen Ebene wie unsere menschlichen Ichs – perfekt aufeinander abgestimmt, perfekt synchron.

Und dann brüllt er und bockt so heftig, dass mein Hintern bei jedem Stoß vom Bett hüpft und das Bett gegen die Wand gerammt wird.

Da ist ein Knurren und ein scharfer, befriedigender Schmerz.

Der Geruch meines Blutes mischt sich mit dem Geruch seiner Essenz. Meiner Erregung. Sex.

Markierung.

Liebe.

Der Geruch von Liebe.

Er fällt auf mich hinab und ich schluchze an seinem Hals – glückliche, glorreiche Schluchzer.

Er hat mich beansprucht. Er wollte mir nie wehtun.

Ich bin endlich dort, wo ich hingehöre. Wo wir hingehören.

Zusammen.

KAPITEL 17

GEGENWART

Sheridan

Ich bin noch nie zuvor neben einem Mann aufgewacht. Es ist wundervoll. Treys warme Gliedmaße sind um mich geschlungen und sein Geruch füllt meine Nasenlöcher. Ich drehe mich in seiner Umarmung und drücke meine Nase an seinen Hals. Dann erinnere ich mich daran, dass er mich markiert hat, und berühre meinen Hals.

Die Wunden haben sich bereits geschlossen. Ich fahre mit dem Finger über die erhobenen Stellen. Trey verflicht seine Finger mit meinen und zeichnet die Male mit seinem Daumen nach. „Sag mir, dass es kein Fehler war." Sorge schimmert in seinem Blick.

Er war schon immer ein Denker.

Er dachte sogar *zu viel*, wenn es um mich ging.

Er ließ zu, dass ich ihn hasste, nur um sicherzustellen, dass ich nach Stanford ging!

Süßer, wütend machender Mann.

Aber mein Mund wird trocken, als ich darüber nachdenke – richtig nachdenke – was das bedeutet. Meine Eltern werden ausrasten. Einer von uns wird umziehen müssen. Wir haben kaum eine Beziehung, auf der wir aufbauen können. Yeah, vielleicht hat er etwas voreilig gehandelt.

Wenn voreilig handeln bedeutet, dass man sich zwölf Jahre lang zurückhält.

„Kein Fehler“, sage ich jedoch. Denn ich kann nicht glauben, dass es einer war. Das werde ich nicht tun. Auf keinen Fall würden wir beide zwölf Jahre lang auf jemanden warten, der uns hasst, wenn es nicht sein sollte.

Er lehnt seine Stirn an meine.

„Es verändert nichts. Ich trug dein Mal bereits – auf meinem Herzen.“

Trey entspannt sich. „Ich habe deines auch getragen.“ Er tippt sich auf die Brust. Wir schweigen einen Augenblick und seine Hand gleitet über meine nackte Haut, meine Hüfte hoch und wieder nach unten.

„Ich bin noch immer nicht über das Outfit hinweg, das du gestern Abend anhattest“, sagt er plötzlich. „Oder, Scheiße, das, das du beim Kampf anhattest.“

„Ach ja?“ Ich stemme mich nach oben. „Gefallen dir meine kleinen Kostüme?“

„Aber sind sie das? Kostüme?“ Seine Augen bohren sich in meine.

Ich blinzle. „Nun, ja. Ich meine, es ist nicht so, dass ich diese Sachen zur Arbeit anziehe.“

Er starrt mich bloß an und ich schlucke. Natürlich sieht Trey zu viel. Direkt durch meine Lügen, geradewegs in meine Seele. Nach langem Schweigen schlucke ich. „All diese Outfits sind nur zum Spaß. Sie sind nicht mein wahres Ich.“

„Sind sie das nicht?“

„Nein.“ Ich runzle die Stirn, wende den Blick ab und er

legt eine Hand auf meine Wange, um mein Gesicht zu sich zu drehen. „Sie sind nur zum Spaß“, flüstere ich.

Er presst seine Lippen zusammen, stößt geräuschvoll Luft aus und dann ist er es, der den Blick abwendet. Direkt auf meinen Schrank, als verfüge er über einen Röntgenblick und könne all die freakigen Kostümen entdecken, die ich dort drin verstecke.

„Was?“, frage ich.

„Ich sehe das Ganze anders. Die Geschäftsanzüge, die du trägst, das ‚Daddys Mädchen‘ Gehabe – ich denke, das ist das Kostüm. Vielleicht bist du in den Nächten, in denen du dich gehen lässt, dein wahres Ich.“

Ich lege mich auf meinen Rücken und schnappe mir ein Kissen. Ich will mein Gesicht verdecken. „Ich glaube nicht.“

Trey hat sich nicht bewegt. Er ist nach wie vor auf einen Arm gestützt und blickt auf mich hinab. Nur jetzt nehmen seine Augen einen zärtlichen Ausdruck an. „Ich schon.“

Ich rolle mich von ihm weg und hebe das Kissen, um meine Worte zu dämpfen. „Was auch immer.“

Seine Hand klatscht auf meine linke Pobacke.

Ich rolle mich wieder herum und fauche: „Hey!“

Er lacht und packt meinen Hintern einen Augenblick fest, bevor er ihn kräftig massiert. „Du kannst dich nicht vor mir verstecken.“

„Ich verstecke mich nicht“, schmolle ich.

„Nicht vor mir. Nie vor mir.“ Er zieht eine blonde Braue hoch. „Ich kenne all deine Geheimnisse.“ Indem er seinen Kopf senkt, gibt er meiner Schulter einen Kuss. „Sie“ – seine Lippen dringen einfach zu der empfindsamen Stelle unter meinem Ohr – „gehören“ – er fängt mein Ohrläppchen mit den Zähnen ein und zieht – „alle“ – er tut so, als würde er an meiner Ohrmuschel knabbern. Meine Augen schließen sich flatternd. Meine Ohren sind so empfindlich – „mir.“

Seine Zunge stößt hinein und die Empfindung schießt wie eine Feuerwerksrakete durch mich und explodiert zwischen meinen Beinen. Ich versuche, mich von ihm wegzudrehen, woraufhin mich seine Hände fester packen und nach unten drücken, sodass ich hilflos bin. Ich winde mich auf den Laken und werde mit jeder Sekunde schärfer auf ihn.

Er krabbelt tiefer, spreizt meine Schenkel und drückt meine Knie nach hinten zu meinen Schultern. Ein langer Schleck und er sorgt dafür, dass ich mich gegen seinen Griff aufbäume. Nach mehr bebe.

„Trey", krächze ich.

„Du schmeckst so gut, Baby." Er schmatzt und taucht wieder nach unten, leckt in mich und wirbelt mit seiner Zunge zwischen meine Schamlippen und nach oben um meine Klit.

Ich stöhne und zapple und drücke meine Knie in seine Hände, aber er fährt mit seiner Folter fort, lässt seine Zunge über meine Klit schnellen und umschließt sie anschließend mit seinen Lippen, um daran zu saugen. Gerade als ich kurz davor bin, meinen Höhepunkt zu erreichen, stoppt er und weicht zurück. „Roll herum."

Es liegt mir auf der Zungenspitze, zu verlangen, warum ich das tun soll, oder deswegen mit ihm zu streiten, aber ich erinnere mich daran, wie sehr ich seine Dominanz gestern Nacht liebte, und tue, worum er bittet. Sofort werde ich in ein leicht kicherndes, zitterndes Bündel der Erwartung verwandelt. Ich höre das Reißen eines Kondompäckchens und Trey klettert über mich, ehe er meine Beine auseinanderschiebt.

„Ich muss zwölf Jahre nachholen", knurrt Trey, als würde es eine Bestrafung werden, und stößt sich in mich. Er ist noch immer zu groß, aber ich bin eine Gestaltwandlerin, weshalb ich nicht wund bin, und ich liebe die Position. Treys Lenden drücken gegen meinen Po, seine Schwanzspitze trifft eine Stelle in mir, die mich zum Stöhnen bringt.

Ich kralle meine Finger in die Laken und packe sie fest, um mich an ihnen festzuhalten, während er sein Tempo beschleunigt und jedes Mal tiefer taucht.

„Trey – beim Schicksal – Trey", stöhne ich.

Er flucht und wird schneller, klatscht mit seinen Lenden gegen meinen Hintern und vögelt mich härter und härter.

Obwohl ich mich an den Laken festhalte, treibt er mich zum Kopf des Bettes, wo ich meine Arme gegen das Kopfbrett stütze.

„Oh das ist heiß, Baby." Trey zieht sich aus mir und hebt meine Hüften an, sodass ich auf den Knien bin und meine Brust auf das Bett gepresst wird. Er dringt in dieser Position in mich und ich stöhne sofort, bin absolut bereit, zu kommen.

Scheinbar ist das auch für ihn gut, denn seine Finger graben sich in meine Hüften und sein Atmen wird zu einem Knurren.

„Sheridan – fuck!" Er greift um meine Vorderseite und schlägt auf meine Klit.

Ich komme mit einem Schrei. Er brüllt und drückt mich flach auf das Bett, kommt und kommt mit wilden, pulsierenden Stößen. Er küsst meinen Hals, schaukelt langsam und zärtlich gegen meinen Hintern. „Wie konnte ich dich nur gehen lassen?", murmelt er.

Mein Herz zieht sich zusammen. Ich habe es ihm noch nicht vollständig verziehen, auch wenn ich es verstehe.

Er steht auf, um das Kondom zu entsorgen, und ich rolle mich herum. Mein Magen knurrt laut und ich lege eine Hand darauf und kichere.

„Muss mein Baby füttern." Er drückt einen sanften Kuss auf meine Lippen.

„Ich liebe einen Mann, der kocht." Er stolziert davon,

wobei das Spiel seiner Rückenmuskulatur wirklich faszinierend ist.

Da trifft es mich wie ein Schlag. Ich muss mich vor Trey nicht verstecken. Er mag mich so, wie ich bin.

Ich steige aus dem Bett und schlüpfe in einen Slip.

Er mag also meine wilden Outfits? Da kann ich ihn genauso gut mit einem weiteren erfreuen.

Ich stehe im Schrank und stelle ein neues Outfit zusammen, das ich „Sheridan vorne seriös, hinten nuttig" nennen werde, als mich ein komisches piepsendes Geräusch von der Entscheidung wegholt, welchen Cardigan ich über den abgeschnittenen Shorts und dem Crop Top tragen soll. Ich gehe unter den Decken auf die Jagd und finde das klingelnde Handy – Treys – gerade, als er ins Zimmer schlendert.

„Essen ist fertig."

„Klasse." Ich reiche ihm das Telefon. Es hört zu klingeln auf, nur um sofort wieder damit anzufangen. „Jemand ist gefragt. Man würde meinen, dass derjenige zu dieser frühen Stunde eine Sprachnachricht hinterlassen würde."

Er starrt finster auf das Display. „Das ist Grizz. Warte kurz." Lichtstreifen von den Jalousien ruhen auf seinem Gesicht, als er den Anruf entgegennimmt. Ich krümme mich um ein Kissen und bemühe mich, nicht zu lauschen.

„Yeah." Seine Schultern versteifen sich, jede Faser seines Körpers ist in Habachtstellung und ruhelos. Er wendet sich ab, als wolle er mich vor dem beschützen, der am anderen Ende der Leitung ist. „Nein. Hab's kapiert."

„Was ist los?" Ich strecke meine Hand aus und er zuckt zurück. Er ist nah genug, dass ich ihn berühren kann, aber so weit weg.

„Ich muss los", sagt Trey. „Im Kampfklub ist eine Leiche."

Sämtlicher Sauerstoff weicht aus dem Raum. „Gestaltwandler?"

„Nein." Treys blaue Augen sind freudlos. „Mensch."

ALS WIR VOR den Klub fahren, steht Grizz dort Wache, sein vernarbtes Gesicht ist so reglos wie ein Stein. Er ist ein lebensgroßer Gargoyle, bis wir uns nähern und er sich bewegt, um uns abzufangen. „Boss."

„Wo ist die Leiche?", fragt Trey grimmig.

Grizz bringt uns zur Hintertür. Die Leiche ist ein schlaffer Haufen, der halb an der Tür lehnt und über deren Gesicht sich rote Haare ergießen. Ich beiße mir in die Faust, um einen Schrei zu ersticken. Der Rotschopf aus dem Club – konnte sie es sein? Hatte sie eine Session mit einem Vampir und verschwand anschließend, ein Opfer von Neros Blutdurst? Peitschte er sie in einer wütenden Raserei aus und schleifte sie in einen Alkoven, um sie auszusaugen, weil er sauer auf mich war?

Hatte ich das hier verursacht?

Dann geht Trey in die Hocke und streicht die Haare beiseite. Es ist keine Frau, sondern ein junger Mann mit ähnlich roten Haaren. Das hilft kein bisschen. Sie hätte es sein können.

Ich schließe die Augen und atme tief ein, um mich zu beruhigen. Meine Nase füllt sich mit dem Geruch des Toten. Abgesehen von dem Leichengeruch nehme ich ein subtiles Rasierwasser wahr, das den kalten Geruch eines Vampirs nicht ganz übertünchen kann.

„Bissspuren am Hals", bestätigt Trey. Trey sieht zehn Jahre älter aus, als er den Körper begutachtet, wobei seine großen, schwieligen Hände unendlich sanft vorgehen. „Bereits steif. Die Totenstarre setzt ein."

„Muss bis zur Dämmerung gewartet haben, um ihn hier abzulegen", sagt Grizz. „Ich warf um zwei Uhr dreißig alle raus. Ging eine Stunde später, da ich dachte, ich würde heute Morgen fertig saubermachen. Wenn sie diesen Laden überwacht haben, wissen sie, dass ich früh aufstehe und vor acht hierherkomme, sogar nach Kampfnächten. Sie hatten ein Zeitfenster von zwei, vielleicht drei Stunden."

„Habt ihr Kameras?", frage ich, während Furcht und Galle nach wie vor meine Kehle blockieren.

„Nein." Beide schütteln die Köpfe.

„Wir brauchen sie nicht", brummt Grizz. „Wir wissen, wer das getan hat." *Vampire.*

„Wir müssen wissen, welcher es war", protestiere ich. „Frangelico schien zu denken, dass sein Nest weiß, wie man frisst, ohne zu töten. Er hat das hier vielleicht gar nicht abgesegnet."

Grizz schüttelt den Kopf. „Der einzig gute Vampir ist ein toter", knurrt er, bevor er mir seinen Rücken zuwendet.

Ich fahre zusammen, als ein Motorrad auf den Klubparkplatz knattert und Schotter durch die Luft fliegt. Jared steigt ab und marschiert zu uns. Je näher er kommt, desto düsterer wird seine Miene. Er geht vor der Leiche in die Hocke und hebt die Nase in die Luft. Einmal Schnuppern ist das Einzige, das es braucht.

„Fuck." Er schießt in die Höhe und tigert weg, während er sich mit einer Hand durch die Haare fährt. Treys große Hände ziehen mich dicht an ihn. Ich lehne mich an ihn und erschaudere, obwohl es nicht kalt ist. „Geht's dir gut?", murmelt er.

„Ich komme schon klar", antworte ich, während Jared wieder zu uns tigert.

„Das ist verdammter Bullshit", blafft er. „Verdammte

Vampire, die ihre Spielchen mit uns treiben. Ich wusste, wir hätten ihnen nicht vertrauen sollen."

„Wir wissen nicht, ob es Frangelico war", mahne ich zur Vorsicht.

„Natürlich war er es", explodiert Jared. „Er hat uns zu sich gelockt, damit wir einem Waffenstillstand zustimmen, und zieht dann diese Scheiße ab, um zu beweisen, wie allmächtig er ist."

Ich will einwenden, dass es ein abtrünniger Vampir sein könnte, der entgegen Frangelicos Anweisungen handelt, aber beiße mir auf die Lippe. Jetzt ist nicht der richtige Zeitpunkt dafür.

Ein Knurren rumpelt in Treys Brust und ich spreize meine Hand über seinem Herzen, ehe ich mich an Jared wende. „Es spielt keine Rolle, wer es getan hat. Wir müssen handeln. Die Cops werden Fragen stellen, falls sie die Leiche finden."

„Wir müssen sie loswerden", sagt Jared.

„Ich kann es tun", sagt Grizz. „Ich habe meinen Truck hier."

„Ich werde helfen." Trey drückt mich, bevor er sich von mir löst.

„Warte. Hört ihr das?", fragt Jared. Wir spitzen alle die Ohren. Trey beginnt, zu fluchen, und hört nicht damit auf, als die heulenden Sirenen immer lauter werden.

Trey

ICH STEHE in der Mitte des Kampfklubparkplatzes, balle und öffne die Hände an meinen Seiten. Es ist am besten, keine Fäuste zu machen und wütend auszusehen, während so viele

Cops in der Nähe sind. Entspannt zu bleiben, ist eine echte Anstrengung.

Hinter mir befragen die Polizisten Grizz und Jared. Sheridan und mich haben sie bereits befragt. Ich rief Garrett an, damit er seine Gefährtin Amber, eine Anwältin, hierherschickt für den Fall, dass sie einen Grund finden, uns mitzunehmen. Von uns allen haben sie Grizz am meisten ins Visier gefasst, bedenken ihn mit finsteren Blicken und besprechen sich leise. Der Bär ist höchstwahrscheinlich ihr Verdächtiger Nummer Eins – er kommt aus einem anderen Staat, fand die Leiche und hat Vorstrafen.

Jemand hat uns eine verdammte Falle gestellt. Der Hinweis ging um 08:02 Uhr per Telefon ein, gerade als Sheridan und ich hier ankamen. Keine Zeit, um die Leiche zu entfernen. Ich hatte kaum Zeit, die Müllsäcke in die Müllcontainer zu stopfen, bevor die Autos mit heulenden Sirenen auf den Parkplatz fuhren. Wir hatte keine Zeit, uns zu bewegen oder zu fliehen oder uns auch nur eine Geschichte auszudenken.

Sheridan tritt von hinten an mich heran. Ich erkenne sie an ihrem weichen Vanille-Orange-Geruch, der mit der Brise zu mir weht. „Ich habe meinen Dad angerufen." Sie schlingt ihre Arme um sich. „Er und Alpha Green werden an ein paar Strippen ziehen und versuchen, sich eine Erklärung für die Bissspuren an der Leiche zu überlegen."

Ich nicke knapp. Ich hasse es, um Gefallen zu bitten, aber das Phoenix Rudel hat größeren Einfluss auf die menschlichen Behörden, als ich jemals haben werde.

„Wir sollten auch Frangelico Bescheid geben." Ich reibe mir über den Nacken. Ich bekomme Kopfschmerzen, wenn ich nur daran denke, dieses kleine Gespräch zu führen.

„Yeah, und Garrett sollte bald hier sein. Er bringt Amber mit." Sheridan reibt sich über die Arme. Sie zittert in ihrer

Jacke – die, die ich ihr gab. Ich will sie in meine Arme ziehen, aber ich glaube nicht, dass sie es erlauben wird. Wenigstens ist sie in etwas von mir gewickelt.

Wir beobachten beide, wie die Polizei ein gelbes Band über die Tür klebt.

„Das ist es also." Es liegt mehr Bitterkeit in meinem Tonfall, als ich beabsichtige. „Ich schätze, du hast bekommen, weswegen du hergekommen bist."

Ihre Augen weiten sich. „Was?"

„Der Kampfklub ist bis auf Weiteres geschlossen, bis sie weitere Ermittlungen angestellt haben. Das ist es doch, was du wolltest, oder? Du und das Phoenix Rudel."

Es ist eine fiese Bemerkung und eine, die ich definitiv nicht machen sollte, nachdem ich sie als meine Gefährtin markiert habe. Die Wölfe haben ihren Anspruch gestellt und akzeptiert, aber die Wunden zwischen unseren menschlichen Seiten… sie sind noch nicht komplett verheilt. Und wir müssen uns immer noch über eine ganze Menge Dinge klarwerden.

„Das ist nicht fair", erwidert sie, wobei Kälte in ihrem Tonfall liegt. „Denkst du etwa, ich wollte das hier?"

Fuck.

„Nein", seufze ich. Ich bin erschöpft und angepisst, aber es ist nicht richtig, das an ihr auszulassen. „Ich denke, es war nur beschissenes Timing."

„Ich wollte nicht noch eine Leiche. Ich wollte, dass das nicht mehr passiert." Sie beißt auf ihre Lippe und blickt zurück zum Tatort.

„Yeah." Ich sacke leicht zusammen. Die Polizisten schafften die Leiche weg, aber vor meinem inneren Auge sehe ich noch immer das Opfer, das an der Tür des Ladens lehnte, an dessen Aufbau ich so hart arbeitete.

„Hey", ruft Garrett, der den Parkplatz mit seiner

Gefährtin Amber an seiner Seite überquert. Er stoppt vor uns und streichelt seine Gefährtin kurz, während sie zu Grizz deutet und etwas murmelt. Er nickt und sie eilt davon, wobei sie schnurstracks zu dem Grizzly läuft, der einen Kopf größer ist als die Polizisten, die ihn wütend umschwirren. Amber kämpft sich mit den Ellbogen einen Weg in das Gewühl und ihre Stimme ruft Dinge über ‚meinen Klienten' und ‚Zuständigkeitsbereich' und anderen Rechtskauderwelsch.

„Danke, dass du gekommen bist." Ich packe die Hand meines Alphas und akzeptiere seinen Schlag auf den Rücken.

„Selbstverständlich. Wir werden das durchstehen."

Sheridan steht gerade außerhalb der Reichweite meiner Arme.

„Mein Dad weiß Bescheid?", erkundigt sich Garrett.

„Yeah. Sheridan hat ihn angerufen." Wir zucken beide zusammen.

„In Ordnung." Er seufzt. „Ich bringe ihn besser aufs Laufende. Kopf hoch. Wir klären das hier."

„Yeah", brumme ich. Ich weiß genauso gut wie er, dass ich alle in Gefahr gebracht habe. Falls sich herumspricht, dass das Opfer Bissspuren am Hals hatte, könnte es sein, dass alle Paranormalen entdeckt werden. Das wäre eine Katastrophe, wie wir sie uns nicht ausmalen könnten.

Fick mich. Wie konnte das alles so schnell bergab gehen?

„Hey", murmelt Sheridan an meinem Ellbogen. Obwohl wir nur wenige Minuten hatten, um uns umzuziehen und hierher zu eilen, sieht sie hübsch und perfekt aus, nicht ein Haar ist zerzaust. Sie gehört definitiv nicht auf diesen beschissenen Schotterparkplatz, an einen Tatort.

Ich tat das. Ich brachte sie hierher, machte das hier zu einem Teil ihres Lebens. Markierte sie und band sie für immer an mich. Zog sie in meinen Dreck, wie ich das zuvor schon tat. Bald wird sie aufwachen und realisieren, dass sie genug davon hat, sich mit dem gemeinen Volk abzugeben. Es ist nur eine Frage der Zeit.

„Bist du okay?“ Sie blickt forschend in mein Gesicht.

„Yeah.“ Ich kann es nicht mehr ertragen, sie anzuschauen.

„Nun“ – sie zögert, dann legt sie eine Hand auf meinen Bizeps. Bei ihrer leichten Berührung wird mein Schwanz hart – „Ich schätze, ich gehe mal besser.“

Ich will sie stoppen und in meine Arme ziehen. Mich dafür entschuldigen, dass ich ein Arschloch bin. Aber es ist wieder wie in der Highschool – ihr Dad weist darauf hin, was für ein schlechter Einfluss ich für sie bin. Jetzt bin ich hingegangen und habe sie markiert und wir müssen noch so viel Scheiß zwischen uns regeln. Es ist schwer vorstellbar, wie wir das jemals auf die Reihe kriegen sollen.

Ich seufze. „Yeah, das tust du wohl besser.“

Sie atmet scharf ein, als hätte sie nicht erwartet, dass ich ihr zustimme. Ich nehme ihr Gesicht in die Hände und streichle ihre Wange. „Du solltest nichts von diesen Abscheulichkeiten sehen.“

Ihre Miene wird weicher. „Ich bin ein großes Mädchen“, murmelt sie und drückt meinen Arm, aber ich schaue nicht auf sie hinab oder beobachte, wie sie langsam davongeht.

Meine ganze Welt stürzt ein und wieder einmal ist sie hier, um das zu bezeugen. Falls es jemals einen Grund gab, dass wir nicht zusammengehören, dann ist es das hier.

KAPITEL 18

GEGENWART

Sheridan

Das schwarze Auto ist wieder zugange und fährt langsam an meinem Haus vorbei, während ich durch die Jalousien zuschaue. Ich weiß, dass es Nero ist. Der dämliche Vampir hat einen Todeswunsch.

Er wird noch herausfinden, dass ich kein Opfer bin.

Mein Handy klingelt und zeigt mir eine unbekannte Nummer aus Tucson an. Könnte das Trey sein? Ich habe ihn heute mehrere Male angerufen, aber er hat mir nur kurze SMS als Antwort geschickt, in denen er mir erklärte, dass er bis über beide Ohren in Arbeit stecke und mich später anrufen würde.

„Hallo?“, antworte ich atemlos.

„Sheridan.“

Meine Schultern sacken herab. „Dad.“

Warte. Ich ziehe das Handy vom Ohr, um noch einmal auf

das Display zu schauen. „Was machst du mit einer Nummer aus Tucson?“

„Ich bin geschäftlich in der Stadt. Rudelangelegenheiten. Kümmere mich um den Schlamassel, den Garretts Wölfe angerichtet haben.“

„Hey“, verteidige ich sie. „Das hatte nichts mit Rudelgeschäften zu tun. Das waren die Vampire, die sich mit ihnen angelegt haben. Gib nicht Garrett oder seinem Rudel die Schuld. Das verdienen sie nicht.“

„Das behauptest du“, schnaubt mein Dad. „Aber wir sind jetzt alle involviert. Ich rufe tatsächlich an, weil mir beunruhigende Gerüchte über dein Verhalten zu Ohren gekommen sind.“

„Mein Verhalten?“ Mir wird heiß, dann kalt. *Hör auf damit, Sheridan.* Ich bin eine Erwachsene. Ich sollte mir keine Sorgen darüber machen, ob ich meinen Daddy aufgeregt habe.

„Ja, Sheridan. Gerüchte, dass du dich mit diesem Robson Jungen triffst.“

„Er ist kein Junge, Dad. Er ist ein Mann.“ Ein großer Mann. „Und ich bin eine erwachsene Wölfin. Ich kann mich treffen, mit wem ich will.“

„Nicht, wenn du in den Augen des Rudels verantwortungsbewusst wirken willst.“

„Was für eine Rolle spielt es, wie ich wirke? Ich bin verantwortungsbewusst. Außerdem geht das niemanden etwas an.“

„Es geht mich etwas an.“ Mein Vater setzt seine strenge *sitz und bleib, wenn ich es dir sage* Stimme ein. „Ich bin dein Vater.“

„Ja, aber du kannst mir nicht vorschreiben, mit wem ich mich paare.“

Er atmet scharf ein. „Dann ist es also ernst?“

„Vielleicht." Trey hat den ganzen Tag meine Anrufe nicht beantwortet, aber mein Dad muss das ja nicht wissen. „Ich dachte, du wolltest Enkelwelpen."

„Von einem guten, aufrechten Wolf aus einem respektablen Rudel. Nicht einem… einem…"

„Sohn eines Fabrikarbeiters?"

Mein Vater knurrt an Stelle einer Antwort.

„Eigentümer eines Gestaltwandler-Kampfklubs?" Meine Wut kocht. Es wird Zeit, dass ich meinen Dad auf seine Besessenheit der Rudelhierarchie anspreche. „Oder stört es dich, dass er tätowiert ist und ein Motorrad besitzt? Denn weißt du, wer Tattoos hatte und Motorrad fuhr? Dein eigener Sohn, genau der." Ich verkneife mir weitere Worte, bevor ich etwas sage, das ich nicht zurücknehmen kann. Es ist nicht die Schuld meiner Eltern, dass mein Bruder eine wilde Ader hatte, dass er auf seinem Motorrad starb, während er tat, was er liebte.

„Das weiß ich", blafft mein Dad. „Es ist nichts von diesen Dingen. Dieser Robson Junge ist nicht gut genug für dich."

„Vielleicht nicht." Ich erschlaffe an meinem Schreibtisch, bin plötzlich müde. Warum verteidige ich jemanden, der mich markiert, mir aber noch immer nicht vergeben hat? „Er ist ein Geschäftsinhaber und loyales Rudelmitglied, der etwas riskiert hat, um seine Träume zu realisieren. Ist das nichts wert? Besser als ich. Ich bin nur aufs College gegangen und habe eine Stelle übernommen, die mir mein Dad besorgt hat, indem er einige Strippen zog. Es ist bedeutungslos, welche Abschlüsse ich habe. Dass ich deine Tochter bin, hat mir die Anstellung verschafft und sorgt für meine Beförderungen. Ich arbeite hart, aber wenn ich keine Green wäre, würde ich zweimal so hart arbeiten müssen, um auf der Karriereleiter aufzusteigen." Was genau das ist, was Trey getan hat. „Vielleicht sollte ich die Brauerei verlassen und mir eine Anstellung in einer anderen Firma besorgen. Dann müsste ich vielleicht in der untersten Etage anfangen, aber wenigstens wüsste ich dann, dass ich es mir verdient habe."

„Du wirst deine Bildung nicht einfach wegwerfen", faucht mein Dad.

Ich verlagere mein Gewicht auf dem Schreibtisch und lasse die Stille für mich sprechen.

Nach einer Minute seufzt mein Dad. „Schatz, du weißt, dass ich dich liebe. Ich will nur das Beste für dich."

„Ich weiß." Ich registriere, dass ich mit dem Weisheiten-Zitate-Kalender spiele. Seit einer Woche habe ich die Seiten nicht mehr abgerissen. Stattdessen werfe ich ihn um. „Schau, lass mich einfach meinen Job hier machen. Ich gebe mein Bestes. Vertraust du mir?"

Als ich endlich das Telefonat mit meinem Dad beende, schicke ich Trey eine SMS. „Kommst du heute Abend vorbei?" Ich warte eine Minute und starre das Handy an, aber er schreibt nicht zurück. Der Biss an meiner Schulter schmerzt und ich massiere ihn besänftigend. *Entspann dich, es ist erst eine Minute vergangen. Er ist nicht sauer auf dich. Er hatte nur noch keine Gelegenheit, auf sein Handy zu schauen.*

Auf meiner Lippe kauend, blicke ich aus dem Fenster. Das schwarze Auto ist fort. Was mich daran erinnert – jemand sollte ins Toxic gehen und Frangelico offiziell darüber in Kenntnis setzen, was heute passiert ist. Auch wenn ihm seine Spione sämtliche Einzelheiten berichtet haben, sollte das Rudel den Kontakt herstellen, und weil ich das Toxic bereits besucht habe, sollte ich das übernehmen. Garrett ist vermutlich voll und ganz damit beschäftigt, sich mit seinem Dad herumzuschlagen. Ich schicke meinem Cousin eine kurze SMS. Als ich mir schließlich ein Outfit ausgesucht habe – einen praktischen schwarzen Rock und

Oberteil, das ich auch zu einem UNO-Treffen anziehen könnte – oder einem paranormalen Äquivalent – hat mir Garrett zurückgeschrieben und grünes Licht gegeben. „Klingt gut. Nimm Verstärkung mit."

Natürlich. Verstärkung. Ich werde einfach Trey anrufen. Es ist nicht so, als würde zwischen ihm und mir irgendetwas kompliziert sein.

Mein Paarungsbiss pocht, während das Handy klingelt und ich auf die Mailbox weitergleitet werde. Mailbox? Im Ernst?

Ich lege auf und das Handy ab, anstatt es quer durch den Raum zu schleudern. So. Schön professionell. Kein Grund, emotional zu werden. Es ist ja nicht so, als würde er mir aus dem Weg gehen.

Ich verbringe eine lange Zeit damit, meine Haare zu föhnen. Ich mache mich gerade daran, Makeup aufzulegen, als mich ein Piepsen von meinem Handy dazu veranlasst, hinzurennen, um nachzuschauen, wer etwas von mir will. *Wirklich, Sheridan? Du bist gar nicht verzweifelt, was?* Es ist eine E-Mail von Garrett an das Rudel, in dem er uns über ein Rudeltreffen informiert. Ich wurde als BCC hinzugefügt. Nett von ihm, mich einzuschließen. Ich leite die Mail an meinen Dad weiter und setze ihn darüber in Kenntnis, dass ich daran teilnehmen werde, um das Phoenix Rudel zu vertreten. Geschäft abgeschlossen.

Trey hat noch immer nicht geschrieben. Sollte ich es noch einmal bei ihm probieren? Oder ihm noch ein paar Minuten geben, auf meine vorherigen Kontaktversuche zu reagieren? Ich scrolle durch die SMS des Tages, meine werden immer mehr und klingen besorgter, seine angespannter, bis er schließlich gar nicht mehr antwortet.

Das ist der Moment, in dem es mir wie Schuppen von den Augen fällt. Man hat nur mit mir gespielt. Trey hat nur mit mir gespielt. Ich kann ihn praktisch hören: *Ich mache gerade eine Menge durch, Babe. Wir müssen es langsam angehen lassen. Ich bin noch nicht bereit, mich niederzulassen.* Was habe ich mir nur dabei gedacht? Einen Kerl zu vögeln, dessen Vorstellung eines Geschäfts darin besteht, Bier am Rande illegaler Kämpfe in einem heruntergekommenen Lagerhaus zu verkaufen? Ich bin klüger als das. Ich habe einen verflixten MBA.

Ich knalle mein Handy nach unten und schnappe mir mein Mascara-Bürstchen, öffne die Augen weit und bürste aggressiv. Trey denkt, er kann mit mir schlafen und mich dann einfach links liegen lassen? Ich meine, es ist okay, es ist nicht so, als hätte er mich markiert… Oh, warte. Das hat er getan. Er hat mich markiert. Als sei ich seine Gefährtin. Er hat mich verflixt noch mal markiert, als sei ich seine Gefährtin, und weniger als vierundzwanzig Stunden später beantwortet er nicht einmal einen verflixten Anruf, wenn ich ihn brauche.

Okay, beruhig dich. Ich blinzle in den Spiegel, aber meine Wimpern kleben zusammen. Zu viel Mascara. Lege nie Mascara auf, wenn du wütend bist. Zu viele Schichten lassen die Wimpern wie einen Seeigel aussehen.

Ich benehme mich unvernünftig. Ich weiß es. Aber es war ein emotionaler Tag. Und ich mag es nicht, wenn mir ein Mann verspricht, für immer mit mir zusammen zu sein, indem er meine Haut permanent mit einer Narbe zeichnet, und dann verschwindet. Er kriegt einen Freifahrtsschein, weil sein neues Geschäft und gesamte Lebensgrundlage auf dem Spiel stehen. Das ist schlimm. Aber wenn ich wirklich seine Gefährtin wäre, würde er dann nicht mit mir zusammen sein wollen?

Ich wasche mir das Gesicht. Ich habe keine Zeit dafür. Ich habe ein Treffen mit Frangelico.

Ich hoffe, die Vampire mögen eine Menge Lidschatten

und Mascara, denn heute Abend bin ich ein waschechter Goth. Ich tausche meinen niveauvollen Rock gegen einen kürzeren aus und meine vernünftigen Schuhe gegen Doc Martens. In der letzten Minute ziehe ich Treys Lederjacke an, denn auch wenn ich bereit bin, ihn mit meinem Mercedes über den Haufen zu fahren, will ich mich noch immer in seinen Duft hüllen. Dämlicher Paarungsinstinkt.

In der Minute, in dem ich an jenem Abend den geheimen BDSM Dungeon unter dem Club Toxic betrete, weiß ich, dass ich einen Fehler begangen habe. Blutsauger sind überall, in schwarze Anzüge gekleidet, die Fangzähne deutlich sichtbar. Sie schlendern durch den Raum, ketten ihre Opfer an Wände, fesseln sie an Tische, dehnen sie an Folterbänken. Die Menschen seufzen und stöhnen und sacken in den Subspace. Ich will sie schütteln, sie anschreien, dass sie fliehen sollen. Alle Menschen hier rausschaffen und den Laden in Brand stecken. *Liebe ist nicht echt und selbst wenn sie es ist, wirst du sie nicht bei verflixten Vampiren finden! Jepp, Vampire sind echt und du wirst gleich einen von dir trinken lassen. Hier, lass mich einen für dich pfählen und du kannst ihm beim Brennen zuschauen.*

Dieser grimmige Gedanke hält mich aufrecht, während ich mich um die verschiedenen Sessions schlängle, um den König zu suchen.

Irgendwann finde ich ihn auf einem wuchtigen Holzthron mitten im Raum sitzend, von wo er ein Paar zitternder Subs beobachtet, die an Kreuzen fixiert sind. Sie werden von einem großen Mann in einem schwarzen Choker und Lederharnisch, der einen violetten Stab in der Hand hält, traktiert.

Ein echter Thron. Natürlich. Ich rolle mit den Augen, marschiere zu ihm und baue mich vor ihm auf. „Wir müssen reden." Ich habe eventuell den Rest meines Taktgefühls bei dem Versuch, Trey zu erreichen, aufgebraucht.

Der König zieht eine Braue hoch, aber gibt seinem Diener ein Zeichen, der daraufhin den Stab senkt.

„Hier? Oder sollen wir in mein Büro gehen?"

Ich möchte Privatsphäre, aber ich will auch nicht mit einem Vampir hinter einer geschlossenen Tür landen. Lucius muss mir den Zwiespalt vom Gesicht ablesen können, denn er erhebt sich und klatscht in die Hände. „Lass uns gemeinsam spazieren gehen."

Zu meiner Überraschung kommt er von der erhobenen Plattform herunter und stellt sich neben mich. Er bietet mir nicht seinen Arm an, dem Schicksal sei Dank, und scheint sich auch nicht daran zu stören, dass ich Distanz zu ihm wahre und mich leicht zurückfallen lasse, um ihn im Auge zu behalten. Wir sind fast wieder im vorderen Bereich des Raumes, wo einige der Geräte entfernt wurden, um Platz für ein Sofa und zwei Sessel sowie einige kleinere Beistelltische zu schaffen, als ich realisiere, dass ich ihm wie eine Sub folge.

Oh tja. Es ist ja nicht so, als würde ich mich ihm tatsächlich unterstellen. Falls er denkt, ich werde ihm gehorchen, dann wird er noch sein blaues Wunder erleben.

„Welche Neuigkeiten gibt es?", fragt Frangelico, nachdem wir uns gesetzt haben, und ich lehne sein Angebot für einen Drink ab. Ich bin irgendwie stolz darauf, dass ich nicht erschaudere. Was wollen Vampire, dass ihre Gäste trinken? Bloody Marys?

Während ich es mir in meinem Sessel bequem mache, erzähle ich ihm von der Leiche, die beim Kampfklub gefunden wurde, und von der Ermittlung der Menschen: die ganze vertrackte Geschichte.

Man muss Frangelico zu Gute halten, dass er meiner gesamten Erzählung lauscht und mich nicht unterbricht. Sein Gesichtsausdruck ändert sich auch nicht wirklich. Ich wette, er weiß von der Leiche – seine Spione sind überall – aber er spielt mit. Oder vielleicht ist er ehrlich daran interessiert, wie das Werwolfrudel auf das ganze Drama reagiert. Plus dem menschlichen Standpunkt – Vampire sind mächtig, aber sie vermehren sich nicht schnell. Was auch der Grund dafür ist, dass Menschen tatsächlich eine Bedrohung für alles Paranormale darstellen. Langfristig gesehen sind ihnen Vampire und Werwölfe zahlenmäßig unterlegen.

Als ich fertig bin, beiße ich mir während einiger nervöser Momente der Stille auf die Zunge, in denen er über alles nachzudenken scheint.

„Warum bist du also zu mir gekommen? Diese Ermittlung, möchtest du, dass ich sie stoppe?"

„Nein, nein", beeile ich mich zu sagen. „Wir werden uns darum kümmern. Mein Alpha – Alpha Green – kümmert sich bereits darum." Ich will die Vampire nicht auf die Gesetzeshüter ansetzen. „Ich möchte nur, dass die Leichenfunde – diese Opfer mit den Bissspuren – aufhören. Könnte es sein, dass einer deiner Leute, äh, etwas zu weit geht, wenn er trinkt?"

„Meine Leute sind zu gut ausgebildet. Manche von ihnen gehen bis an die Grenzen meiner Vorgaben, aber sie würden es nicht wagen, meine Regeln zu brechen." Die Stimme des Königs wird furchterregend. „Wenn das jemand dennoch getan hat, werden ihm die Konsequenzen nicht gefallen."

„Nun." Ich warte, bis mein Magen wieder seine normale Lage eingenommen hat, bevor ich weiterspreche. „Ich beschuldige niemanden. Aber wenn es niemand aus deinem Nest ist, gibt es dort draußen einen abtrünnigen Vampir. Ich kann mir nicht vorstellen, dass du darüber glücklich wärst."

„Nein", zischt Lucius förmlich. „Das wäre ich nicht."

„Hallo, kleine Wölfin."

Ich recke den Hals und Nero grinst auf mich hinab. „Oh hey.“

Der Leutnant gleitet um meinen Sessel, um sich kurz vor seinem König zu verbeugen. Frangelico nimmt dies mit einem leicht erhobenen Zeigefinger zur Kenntnis. Sein Gesicht wirkt teilnahmslos. Ist er froh über diese Unterbrechung?

„Unser Gast erzählt mir, eine Leiche mit unseren Spuren wurde im Gestaltwandler-Kampfklub gefunden. Weißt du irgendetwas darüber?“

„Natürlich.“ Nero verbeugt sich abermals. „Ich habe vorhin Berichte erhalten und behalte die Situation im Blick. Wenn wir mehr Informationen haben, können wir denjenigen finden, der unsere Gesetze übertreten hat.“

„Wenn es einer der Meinen war, wurde das absichtlich getan“, stellt Lucius vollkommen ruhig fest, aber sämtliche Härchen an meinem Körper richten sich auf. „Eine vorsätzliche Verletzung des Friedens, den ich zwischen meinen Leuten und den Wölfen befohlen habe.“

Nero verbeugt sich. Vielleicht ist es am besten, den Mund zu halten, wenn der König aufgebracht ist. Ich verschränke die Hände in meinem Schoß und beobachte die Vampire, wobei ich Augenkontakt vermeide. Nero ist in seinen üblichen Anzug und Cowboystiefel gekleidet, hat jedoch auf seine Jacke verzichtet. Seine Hemdsärmel sind nach oben gerollt, als hätte er gerade eine Session beendet. Er wäre heiß, wenn er kein Blutsauger wäre.

„Vielleicht können wir eine Möglichkeit finden, den Waffenstillstand zu stärken“, schlägt Nero vor. Ich kann nicht fassen, dass er sich zu Wort meldet, während sein König vor Wut praktisch kocht. Er dreht sich zu mir herum, so geschmeidig wie eine Tür an einer gut geölten Angel, und verbeugt sich kurz vor mir. Nicht, dass diese Zuvorkommenheit bei mir zieht. „Du hast großen Willen gezeigt, dich mit unserem Nest auseinanderzusetzen. Ich würde mich sehr darüber freuen, wenn du mich zu einem Event begleitest, dass unser Club im Stadtzentrum finanziert."

„Was?", frage ich trocken und täusche Lässigkeit darüber vor, dass ich soeben eine Einladung von einem Vampir erhalten habe. „Etwa so etwas wie eine Blutspendenaktion?"

Lucius und Nero lachen beide schrecklich.

„Dein Humor ist exquisit." Nero wischt sich mit dem Zipfel eines Taschentuches unter viel Aufhebens über die Augen. „Keine Blutspendenaktion. Ein kostenloses Abendkonzert von einem unserer talentierteren… äh… Protégés."

Ich blinzle, da ich mir nicht sicher bin, ob ich mehr verstört darüber bin, dass er mich eingeladen hat, oder dass das Toxic ein Konzert für Menschen sponsert, oder dass sie Protégés haben. Das Event klingt wie eine Falle für ahnungslose Opfer.

„Ich würde mich geehrt fühlen, wenn du mich begleiten würdest", fährt Nero fort.

Ich neige den Kopf und versuche, daraus schlau zu werden. „Was, wie ein Date?" Mein Gehirn hat noch immer Probleme, ihm zu folgen.

„Wenn du möchtest."

„Ich bin keines eurer Opfer", knurre ich. Was denkt er? Dass er mich zu einem Abendessen einladen und dann überreden kann, mit ihm für eine Session hierherzukommen, damit ich sein Abendessen werde?

„Selbstverständlich nicht." Sein Lächeln sagt etwas anderes. „Es wäre ein einfaches Experiment. Wir könnten beweisen, dass Vampire und Wölfe die Gesellschaft des jeweils anderen genießen können. Wir würden gemeinsam als Ebenbürtige gesehen werden."

Ich presse meine Lippen zusammen und versuche, seine

Absichten herauszufinden. Nero ist von mir besessen. Wie wird es das Rudel auffassen, wenn ich mit ihm ausgehe? Werden sie es als Friedenszeichen betrachten oder ein Zeichen dafür, dass ich ihm hörig bin? Wie werden Garrett und sein Rudel es sehen?

Viel wichtiger, wie wird es Trey auffassen?

„Lass mich das klarstellen. Du lädst mich zu einem Konzert ein. Du und ich würden gemeinsam ausgehen, um zu sehen und gesehen zu werden. Und dann was?"

„Wir würden schauen, wohin die Dinge führen." Nero vollführt eine komplizierte Geste mit seinen Händen.

Ich schüttle den Kopf. Ich werde leicht benommen. „Klingt wie ein Date."

„Es kann ein Date sein", verzaubert mich Neros Stimme. „Wenn du es möchtest."

Ich will gerade antworten, als ein Schatten zwischen uns fällt.

„Fuck nein." Ein großer Kerl poltert aus Richtung der Treppe zu uns. Sein Geruch schlägt eine Sekunde, bevor er ins Licht tritt, über mir zusammen. Jede Linie seines Gesichtes ist angespannt und stinkwütend.

„Trey", keuche ich, als er sich zwischen mich und den Vampir im Hemd schiebt. Sie sind beide groß, aber Trey ist größer, wuchtiger, und wütender als ein Wolf, dem seine Beute entkommen ist.

Treys Geruch überfällt meine Sinne und mein Kopf klärt sich.

„Was zum Henker denkst du, dass du da tust, Blutsauger?", knurrt Trey.

„Ich betreibe höfliche Konversation mit einer Dame. Was geht dich das an, Hund?"

„Sie geht nirgendwo mit dir hin. Sie ist mein."

Ich berühre die Stelle an meinem Hals, an der er mich

markiert hat, und Wärme durchströmt mich. Ein Gefühl der Richtigkeit. Mein Kopf klärt sich noch mehr.

Die zwei funkeln einander wütend an. Hinter ihnen hat sich Frangelico nicht bewegt. Er sieht beinahe belustigt aus.

Nero sieht selbstzufrieden aus. „Meine Einladung war nicht für dich, sondern die Dame."

„Das reicht", knurrt Trey. „Ich werde dich fertigmachen. Ich fordere dich zu einem Kampf heraus."

„Trey, was machst du denn?", wispere ich. Beim Anblick von Trey, groß und dreist und gegenwärtig, verpufft all mein Zorn von vorhin. Verrückte Emotionen sind verrückt.

„Du forderst einen Vampir heraus?" Neros Lachen könnte Milch sauer werden lassen. „Wie amüsant."

„Eine Stunde", bringt Trey zähneknirschend hervor. „Beim Arroyo."

„Was", keuche ich. „Nein. Das ist dumm –"

„In Ordnung", spuckt Nero aus. Er verschwindet und taucht wieder hinter dem Platz seines Königs auf.

„Ich erlaube meinen Kindern das Kämpfen nicht", sagt Frangelico. Sein Gesicht ist ausdrucksloser als üblich. Vielleicht ist er auch nicht glücklich über Neros Mätzchen. „Aber er kann einen Stellvertreter ernennen."

„Ich werde nicht gegen eines deiner armen Opfer kämpfen", blafft Trey.

„Oh, mach dir keine Sorgen, Wolf", lacht Nero. „Mein Stellvertreter wird ein Gestaltwandler sein. Ein Kämpfer, der dir ebenbürtig ist. Oder besser."

~

Trey

. . .

Ich weiß, dass es dumm ist, aber diesen Vampir herauszufordern und dazu zu bringen, klein bei zu geben und sich hinter seinem König zu verstecken? Es fühlte sich gut an. Der Arsch hat einen Todeswunsch. Seit er Sheridan im Kampfklub angesprochen hat, brenne ich bereits darauf, ihn zu pfählen.

Beim Schicksal, sie stand schon beinahe unter seinem Bann. Ich musste etwas tun, bevor Nero seine Fangzähne hinsteckte, wo sie nicht hingehören. Sheridan und ich mögen zwar miteinander streiten, aber sie ist mein.

„Du wurdest nicht hierher eingeladen“, zischt mich Nero an.

Ich verschränke die Arme vor meiner Brust. „Ich gehöre zu Sheridan. Wo sie hingeht, gehe ich auch hin. Sie steht unter meinem Schutz.“

„Ach, ehrlich, Hund? Sah für mich anders aus.“

Ich knurre ihn an und Sheridan packt meinen Arm. „Trey, nein. Er ist es nicht wert.“

Ich schüttle sie ab, denn ich bin bereit, mich auf Nero zu stürzen. Der Blutsauger wird nicht mehr so selbstgefällig aussehen, wenn ich meine Zähne erst einmal in seine Kehle geschlagen habe. Klar, er kann nach Belieben auftauchen und verschwinden, aber irgendwann wird ihn dieser kleine Trick ermüden und wenn das der Fall ist, werde ich bereit sein.

„Trey, bitte.“ Sheridan berührt meinen Rücken. Ihre Stimme bricht leicht. „Bring mich hier raus. Ich will gehen.“

Fuck. Das kann ich ihr nicht abschlagen. „Das hier ist nicht vorbei.“ Ich deute auf Nero, der nur lacht. Frangelico dreht sein vollkommen ausdrucksloses Gesicht zu seinem Leutnant und formt irgendwelche Worte mit den Lippen, ehe er verschwindet.

„Fuck, das ist gruselig“, sage ich zu der leeren Luft, wo sich noch vor Sekunden der König befand. „Komm, Sheridan.“ Ich lege meinen Arm um ihre Schultern und sie sackt erleichtert zusammen. Wir eilen den ganzen Weg die Treppe hoch, aus dem Club und zu ihrem Auto. Sie dreht sich um und lehnt sich an ihre Tür.

„Bist du okay?", frage ich und lege meine Hände auf ihre Hüften.

„Ja. Du?"

„Jepp."

„Dem Schicksal sei Dank." Sie berührt meine Wange, als würde sie nach Verletzungen suchen, dann verpasst sie mir eine Ohrfeige.

„Was zum Henker?" Ich verkneife mir ein Lachen, denn ich kann sehen, dass sie wirklich sauer ist. Außerdem ist es echt niedlich, wenn sie sich Sorgen um mich macht.

„Was hast du dir nur dabei gedacht? Mich den ganzen Tag allein zu lassen, ohne meine Anrufe anzunehmen? Dann platzt du in mein Meeting und forderst einen Vampir heraus? Bist du von allen guten Geistern verlassen?"

Ich knirsche mit den Zähnen, weil ich auf all diese Nachrichten und Anrufe antworten wollte, vor allem die SMS, in der sie mich fragte, ob ich die Nacht bei ihr verbringen würde. Aber ich konnte nicht. Ich bin nicht der Richtige für Sheridan. Sie wird schon noch dahinterkommen, wenn ich mich von ihr distanziere. „Ich beschütze dich."

„Ich kann auf mich selbst aufpassen." Sie stampft mit dem Fuß auf. „Deswegen hat mein Rudel mich geschickt. Schon vergessen?"

Meine Belustigung verschwindet und wird von dem gleichen widerlichen Gefühl ersetzt, das ich schon habe, seit der Anruf wegen der Leiche heute Morgen reinkam. „Oh, ich habe nicht vergessen, auf welcher Seite du stehst."

„Oh, das ist ja der Hammer. Hier geht es nicht um Rudelpolitik. Ich bin auf deiner Seite, Trey. Ich versuche nur, dafür zu sorgen, dass wir nicht alle von Blutsaugern umgebracht werden. Natürlich ist das ein bisschen schwer, wenn du dich dafür gerade freiwillig gemeldet hast."

„Er hat dich angefasst. Das konnte ich nicht zulassen." Ich verkneife mir die Worte: *du gehörst zu mir*.

Ihr Blick wird schmal, als hätte sie sie dennoch gehört. „Ich hatte alles unter Kontrolle. Lucius hätte nicht zugelassen, dass er mir schadet."

Ich blecke die Zähne, als ich höre, dass sie den Blutsauger bei seinem Vornamen nennt. „Du setzt eine Menge Vertrauen in einen Vampir."

„Er und ich waren die einzig Vernünftigen dort drin." Sie schüttelt den Kopf, ihre Augen funkeln. Verdammt, sie ist heiß, wenn sie wütend ist. „Woher wusstest du überhaupt, dass ich hier war?"

„Hab dein Handy geortet."

Ihr Mund klappt auf.

Ich zucke mit den Achseln. „Man kann auch außerhalb des Colleges eine Menge lernen."

„Ich habe nie an deiner Intelligenz gezweifelt", protestiert sie. „Zumindest nicht, bis du ins Toxic geplatzt bist und einen Blutsauger zu einem Kampf herausgefordert hast. Was hast du dir nur dabei gedacht?"

Mein Wolf ist noch immer gereizt und besitzergreifend, weshalb ich nicht anders kann, als zu fauchen: „Willst du damit sagen, dass ich nicht kämpfen kann?"

Sie atmet geräuschvoll aus. „Nein, Trey. Hier geht es nicht um ein männliches Ego-Ding. Nero ist gefährlich."

Ich zucke mit den Schultern. Falls Nero aufkreuzt, werde ich Knoblauch und einen Pfahl bereithalten.

„Ich kann das nicht fassen." Sheridan wirft die Hände in die Luft. „Er könnte dich umbringen!"

„Ich dachte, du hättest gesagt, Lucius wird ihm das nicht erlauben."

Sheridan knurrt.

„Süße, ich habe es unter Kontrolle." Nicht wirklich, aber mir Möglichkeiten auszumalen, wie ich dem Vampir wehtun kann, wird den Blutdurst meines Wolfs zumindest teilweise befriedigen. „Es ist schön, dass du dich sorgst."

„Was auch immer." Sheridan verschränkt die Arme unter ihren Brüsten. Unglückseligerweise drückt sie das nur höher. „Der Kampf wird nicht zustande kommen. Es gibt keinen Gestaltwandler, der zustimmen wird, für einen Vampir zu kämpfen."

„Wir werden sehen. Ich muss los. Will schließlich nicht zu spät zu meinem eigenen Duell kommen."

„Trey, das ist einfach nur dumm!"

„Es ist meine Ehre und es geht um dich." Ich steige auf mein Motorrad und drehe mich zu ihr. Was auch immer sie in meinem Gesicht sieht, veranlasst sie dazu, zurückzuschrecken. „Für mich ist das nicht dumm."

KAPITEL 19

VOR ZWÖLF JAHREN

Trey

Mit Sheridan Schluss zu machen – ihr wehzutun – ruft starke Übelkeit in mir hervor. Den nächsten Tag schließe ich mich in meinem Zimmer ein, rauche Gras und versuche, zu vergessen.

Meine Mom klopft ein paarmal an, aber ich lasse sie nicht rein.

Sie weiß, was das hier ist. Was ich getan habe – für sie.

Es ist jedoch nicht nur für sie. Es ist auch für Sheridan. Das rufe ich mir immer wieder ins Gedächtnis, jedes Mal, wenn ihre tränennassen Augen vor meinem inneren Auge aufblitzen. Sie mag die Zusage nach Stanford geschickt haben, aber sie wollte nicht gehen.

Ich musste das tun – nicht, weil ihr Dad ein Arschloch ist, nicht, weil die Rudelstellung meiner Mom in Gefahr ist, sondern weil es das Richtige für Sheridan ist. Sie wird über den Schmerz hinwegkommen und etwas aus sich machen. Sie wird stärker aus dieser Sache hervorgehen.

Sie schreibt mir gegen vier Uhr nachmittags.

Sheridan: *Geht es hier um Stanford??*

Ich spiele mit der Zunge an meinem Lippenring, während ich auf das Display starre.

Fuck. Sie ist viel zu klug – sie weiß, was ich mache.

Fuck. Fuck. Fuck.

Ich muss diesen Teil von mir finden und ausreißen, der glücklich darüber ist, dass sie Bescheid weiß. Der erleichtert ist, dass sie noch immer an mich glaubt, dass sie versteht, dass ich ihr niemals wehtun würde, außer ich muss.

Wenn ich sie in dem Glauben lasse, dass ich der Gute bin, wird sie nicht gehen. Meine Mom wird noch immer am Arsch sein.

Ich wuchte meinen Hintern aus dem Bett. Eine neue Strategie nimmt in meinem Kopf Gestalt an. Die Tatsache, dass sie mich regelrecht krank macht, verrät mir, dass es funktionieren wird.

KAPITEL 20

GEGENWART

Sheridan

Wieder einmal finde ich mich an dem Bachbett wieder, an dessen Wand ich mitten in der Nacht hinabklettere. Das Gestaltwandler-Äquivalent eines Pistolenduells zur Dämmerung.

Ich verliere den Halt und schlittere die trockenen Felsen hinab.

„Brauchst du Hilfe?“ Ich erschrecke, als plötzlich eine Stimme in der Nähe meines Ellbogens erklingt. Nero taucht neben mir auf.

„Nein“, gifte ich. Es ist ohnehin seine dumme Schuld, dass ich hier bin und meine armen Doc Martens zerkratze. Nun, seine und Treys Schuld.

Dämliche männliche Wölfe. Müssen auf alles pissen zum Beweis, dass es ihnen gehört.

„Mich wird er nicht anpisssen“, schimpfe ich.

„Wie bitte?“ Der Vampir gleitet an der Seite des Arroyo

hinab, seine Schlangenhaut-Cowboy-Stiefel scheinen den Boden kein einziges Mal zu berühren.

„Nichts.“ Ich erreiche das Bachbett und sehe mich um. Einige Menschen sind dort unten, Typen, die vermutlich Teil einer Studentenverbindung sind und um ein Feuer stehen, das sie in einem metallenen Mülleimer entzündet haben. Sie lachen und reichen eine Flasche billigen Alkohols im Kreis herum. Vampir Hangarounds. Ihnen gegenüber stehen schweigend Trey und Jared. Grizz ist ein riesiger Schatten, der hinter ihnen aufragt.

„Wer braucht schon den Kampfklub, wenn wir das hier haben?“ Nero breitet seine Arme aus und deutet auf die Szene.

Ich stoppe und rümpfe die Nase wegen der kargen Landschaft, die einem fremden Planeten gleicht. Der Kampfklub verfügt im Vergleich zu dem hier über eine Menge Charme.

„Nun, Blutsauger“, brüllt Trey, während Nero und ich zu ihm trotten. „Was darf es sein? Bist du bereit zum Kampf?“

Nero verschwindet von meiner Seite und taucht wenige Schritt entfernt, näher bei Trey auf. Ich kontrolliere meine Reaktion und zwinge meinen Herzschlag, sich zu beruhigen. Ich hasse es, wenn Blutsauger das tun. Nicht alle von ihnen können es, aber Lucius und seine Kinder scheinen besonders mächtig zu sein.

„Ich werde nicht kämpfen. Du hast meinen Master gehört.“ Ist es meine Einbildung oder hat Nero eine Grimasse geschnitten, als er das Wort *Master* gesagt hat? Vielleicht steht dem Frangelico Imperium ein Putsch bevor.

„Was mache ich dann hier? Meine Zeit verschwenden?“ Trey streckt seine Arme aus, um die vorherige Geste des Vampirs zu verspotten.

Stachle den Blutsauger nicht an. Das ist kein Zitat aus

meinem Weisheiten-Kalender, aber das sollte es sein. *Verspotte nie einen Vampir*. Lebensweisheit von Dracula.

„Nein. Ich habe jemanden, gegen den du kämpfen kannst. Wenn dir erst einmal klar wird, wer es ist, wirst du vielleicht nicht mehr ganz so eifrig sein."

„Als könntest du einen Gestaltwandler dazu bringen, deine Drecksarbeit zu erledigen. Los, zeig's mir."

Nero räuspert sich.

Ich brauche einen Augenblick, bevor ich kapiere, auf welchen Kämpfer sich Nero bezieht. Als ich es verstehe, sinkt mir das Herz.

Langsam schlendert Grizz um Trey und Jared und bezieht neben dem Vampir Stellung, ihnen zugewandt.

„Nein", wispere ich.

„Sorry, Boss." Der Grizzly reibt sich über sein vernarbtes Gesicht und seine gequälte Miene verrät seinen inneren Konflikt.

„Grizz?"

Ich kann Treys Gesicht nicht sehen, aber mein Herz bricht bei der Hoffnungslosigkeit in seiner Stimme.

„Wie lange schon?", knurrt Jared, der nach vorne tritt. Trey legt eine Hand auf die Brust seines Freundes und hält ihn davon ab, zu dem Grizzly zu eilen. „Wie lange arbeitest du schon für die Vampire?"

„Schon bevor ich euch kennenlernte." Grizz wringt seine Hände und schaut niemanden an. Nero blickt zu ihm und feixt.

Trey schüttelt den Kopf und mir ist ganz schlecht von dem Schmerz auf seinem Gesicht. Ich kenne diesen Gesichtsausdruck. Er trug ihn auch an dem Abend, als Alpha Green ihn rauswarf, weil er mit Pot gedealt und das Rudel entehrt hatte. An dem Abend, als ich ihn verriet.

„Trey." Ich eile an seine Seite, aber er sieht mich nicht einmal an.

„Lasst uns das hinter uns bringen", brummt Jared und Grizz nimmt zwischen den Felsen seinen Platz ein. Jared rasselt einen Haufen Regeln runter, einschließlich der, dass der abgesteckte Bereich, der von größeren Felsen markiert wird, nicht verlassen werden darf.

Trey beugt seinen Kopf und spannt seine Fäuste an. Grizz ist ein riesiger, massiger Berg. Ich spüre seine Reue, obwohl sein vernarbtes Gesicht nur erschöpft aussieht. Was haben die Vampire gegen ihn in der Hand, um den Einzelgänger-Grizzly unter ihre Kontrolle zu kriegen?

Jared beendet seine kleine Rede und tritt von seinem Platz zwischen den Kämpfern weg. Dann fokussieren sie sich so aufmerksam aufeinander, dass ich damit rechne, Elektrizität zwischen ihnen knistern zu sehen. Trey läuft langsam am Rand des unsichtbaren Kreises entlang. Einer der Menschen wirft eine Bierdose. Sie kracht mit einem Knall wie ein Schuss gegen den Grenzfelsen. Weder Trey noch Grizz zucken auch nur mit der Wimper.

Bitte, bitte, lass das bald vorbei sein. Ich bemühe mich, meine Schultern zu entspannen und meine Fäuste zu öffnen. Trey blickt zu mir und einen Augenblick denke ich, er wird diesen Wahnsinn stoppen und den Kampf abblasen.

Dann springt er in Aktion und eilt zu Grizz, der so laut brüllt, dass der Boden erzittert. Fäuste fliegen und Trey dreht sich in der letzten Sekunde weg, um einen nutzlosen Treffer auf dem massiven Arm des Grizzlys zu erzielen. Ich schlucke mein Herz, nur damit es mir gleich wieder in die Kehle springt, als Grizz Trey nachjagt und mit unglaublicher Geschwindigkeit wie der Bär, der er ist, hinter ihm her trampelt. Schläge landen mit einem schrecklichen Rumms. Ich schließe einen Moment die Augen, aber der Geruch von Blut und die Aufregung der Zuschauer sind schlimmer, als den Schlägen zuzuschauen. Stattdessen halte ich mir die Ohren zu.

Die Kämpfer tauschen Schlag um Schlag aus. Es ist kein Vergleich mit dem eleganten Tanz, dessen Zeuge ich wurde, als Trey zuvor kämpfte. Das hier ist roh und brutal, zwei Spitzenprädatoren, die ihr Bestes geben, einander zu zermalmen. Gestaltwandler können heilen, ja, aber wenn man sich einen Knochen bricht, kann das eine Weile dauern, und es tut trotzdem weh. Es tut sehr weh.

„Genug“, schreit jemand. Ich habe die unsichtbare Grenze schon überschritten und befinde mich zwischen den Kämpfern, ehe ich realisiere, dass ich es bin. Ich bin diejenige, die geschrien hat. Ich drehe mich zu Trey und flehe: „Genug.“

„Sheridan, geh aus dem Weg, Baby.“ Er deutet zu mir. Sein Gesicht ist stellenweise aufgeplatzt und geschwollen. Bei all den Verletzungen, die er eingesteckt hat, wird sein Körper viel langsamer heilen.

„Ich kann nicht. Ich kann mir das nicht mehr anschauen. Ich kann dich das nicht tun lassen!“

„Süße“, flüstert Trey. „Bitte.“

Eine Bewegung hinter mir veranlasst mich dazu, gerade rechtzeitig herumzuwirbeln, um vierhundert Pfund wütenden Grizzly auf mich zu walzen zu sehen.

In der letzten Sekunde drehe ich mich und ducke mich unter seinen Klauen hindurch, ramme meine Schulter in seine Bauchmuskeln und rolle ihn über meinen Rücken ab. Er kracht auf die Erde. Die Felsen um uns herum erzittern.

Je größer sie sind, desto schwerer fallen sie.

Die Anfeuerungsrufe ersterben, als hätte jemand einen Schalter umgelegt. Die Menschen starren mich an, als könnten sie nicht fassen, was ich getan habe.

„Das reicht“, wiederhole ich. „Es ist vorbei. Alle Mann… geht nach Hause.“

Ein Zischen, als würde Dampf aus einem Gefäß entweichen, durchschneidet die Luft. Ich wirble herum, um mich dem Vampir zu stellen, und kämpfe darum, den Kopf nicht einzuziehen oder meinen Schwanz einzuklemmen. Sein Gesicht hat sich irgendwie verwandelt, es ist die monströse Karikatur von etwas, das einst menschlich war. Sehen so Vampire in Realität aus? „Das ist noch nicht vorbei, Wolf“, sagt Nero und verschwindet.

Grizz erhebt sich langsam.

„Bist du okay?“, frage ich ihn, doch er ignoriert mich. Er hat eine fiese Wunde an seinem Hinterkopf, die bereits heilt. Er ignoriert auch das.

„Es war nichts Persönliches“, informiert er Trey und Jared.

Trey runzelt die Stirn und fängt Jareds Arm ein. Gemeinsam machen sie kehrt und laufen auf dem Weg zurück, auf dem sie hergekommen sind. Die Kids, die um das Mülleimerfeuer standen, sind bereits fort.

„Trey, warte“, schreie ich. Er wartet. Jared sieht zurück und schüttelt den Kopf über Grizz und mich. Er sagt nichts, aber ich weiß, was er und Trey denken.

Verraten von einem ihrer eigenen Art. Schon wieder.

Ich strecke eine Hand aus, um die Wunden auf Treys Gesicht zu berühren, aber er zuckt zurück. „Trey, es tut mir leid.“

Er schüttelt den Kopf und Müdigkeit überschattet sein Gesicht, wodurch die Blutergüsse und Schnitte sogar noch verheerender aussehen. Ich kann nicht fassen, dass er gegen einen Grizzlybären gekämpft hat.

„Du solltest in nichts von alldem verwickelt werden“, sagt er. Er klingt nicht wie er selbst. Er klingt uralt. Tot. Er reibt sich mit einer Hand über sein Gesicht. „Du wurdest in dem Club von einem Vampir bezaubert und du trittst mitten in einen Gestaltwandlerkampf in einem verdammten ausgetrockneten Bachbett. Du wurdest für so viel Besseres als dieses zwielichtige Leben geboren."

Meine Augen weiten sich alarmiert. Was will er damit sagen? Das klingt wie eine verfluchte Trennung. Und er hat mich erst gestern Nacht markiert.

Aber ich habe es satt, dass andere Leute entscheiden, wofür ich geboren wurde. Ich wurde nicht dazu geboren, ein Rudel zu leiten. Dieser Job war für meinen Bruder bestimmt. Oder Garrett. Nur weil mich mein Vater dazu getrieben hat, die Rolle meines Bruders zu übernehmen, heißt das nicht, dass es die richtige für mich ist. Yeah, ich mag verflucht gute Arbeit leisten, aber das bedeutet nicht, dass ich es will.

Ich war nicht glücklich seit – zum Kuckuck, seit Trey und ich uns vor zwölf Jahren trennten.

Das erste Mal, als er beschloss, er wüsste besser als ich, was ich mit meinem Leben tun sollte.

„Weißt du was, Robson?", fauche ich.

Mein Zorn erweckt Treys Aufmerksamkeit und reißt ihn aus seiner Benommenheit. „Was?" Er ist jetzt misstrauisch, weiß, dass ich mich an einer Idee festgebissen habe.

„Du darfst nicht für mich wählen. Es geht hier um *mein* Leben." Ich deute auf meine Brust. „Es liegt nicht an dir, zu entscheiden, was für mich sicher und was gefährlich ist. Oder worin ich verwickelt sein sollte oder *auf welches College ich gehe*."

Er schreckt bei der Erwähnung unserer ersten Trennung zurück. Seine Haut erbleicht unter dem Mondlicht und seine Augen nehmen einen gequälten Ausdruck an. „Es tut mir leid, Sheridan. Ich weiß, ich habe dir wehgetan – ich habe uns wehgetan. Aber –" Er starrt hinüber zu dem „A"-Mountain –

dem Gipfel, der den Buchstaben der University of Arizona trägt – und schüttelt den Kopf. „Ich würde es wieder tun. Ich würde tun, was auch immer nötig ist, um sicherzustellen, dass du das Leben führst, das ein Wolf deines Potenzials verdient."

Tränen der Wut treten mir in die Augen. Ich gebe seiner Brust einen Schubs und als er keucht, wird mir mit Schrecken bewusst, dass er vermutlich gebrochene Rippen hat. Ich taumle von ihm zurück. Können wir beide jemals zusammen sein, ohne einander wehzutun?

„Du hörst mir nicht zu, Trey. Du. Darfst. Nicht. Für mich entscheiden. Und bis dir das klargeworden ist, haben wir keine Zukunft zusammen."

„Yeah, nun, vielleicht soll es ja so sein." Seine blutigen Lippen bewegen sich kaum.

Heiße Tränen laufen über meine Wangen. Ich mache auf dem Absatz kehrt. „Du bist ein Idiot, Trey Robson!", brülle ich über meine Schulter, während ich zu meinem Auto stapfe.

KAPITEL 21

VOR ZWÖLF JAHREN

Sheridan

Ich bin zu aufgewühlt zum Nachdenken. Ich muss auf eine Klausur lernen, aber ich verbringe den gesamten Samstag damit, über Trey nachzudenken. Ich weiß, was er tut, und ich hasse ihn dafür.

Doch ich könnte Trey niemals hassen, vor allem da ich weiß, dass er es aus Liebe tut.

Für mich.

Dumme männliche Wölfe mit ihrem dummen Beschützerinstinkt.

Obwohl ich mein Handy alle zehn Minuten in die Hand nehme, um ihm zu schreiben oder ihn anzurufen, schwöre ich mir, dem Ganzen etwas Zeit zu lassen. Ihn das Ganze ein oder zwei Wochen durchziehen zu lassen. Wenn er sieht, dass es für uns unmöglich ist, getrennt voneinander zu sein – wenn er so gebrochen und einsam ist wie ich – wird er seine Meinung ändern.

Ich werde versprechen, nach Stanford zu gehen. Vielleicht kann ich ihn dazu bringen, mit mir zu kommen. Ich weiß, er unterstützt seine Mom finanziell, aber er könnte ihr aus Kalifornien Geld schicken.

Weil ich es nicht mehr ertragen kann, im Haus eingesperrt zu sein, mache ich mich auf den Weg zum Tafelberg. Meine Freunde sind dort und schreiben mir, dass ich kommen und mit unseren Klassenkameraden abhängen soll.

Ich fahre hoch und parke, doch in dem Moment, in dem ich dort ankomme, kreischen meine Instinkte.

Treys Motorrad ist bei denen der anderen Jungs geparkt. Das sollte mich nicht aufregen. Nicht wirklich.

Aber das tut es. Ich schaue mich um in dem Versuch, herauszufinden, was mir bewusst ist – warum meine Wölfin knurrt.

Pam, eine meiner besten Freundinnen, joggt zu mir, das Gesicht zusammengekniffen. Sie packt meinen Arm. „Komm, wir müssen von hier verschwinden.“ Sie schleift mich zurück zu meinem Auto.

„Warum?“

„Ich werde es dir später erzählen. Glaub mir, du willst nicht hier sein.“

Ich stoppe und die Alarmglocken klingeln immer lauter. „Du musst es mir sagen.“ Meine Worte sind hart und bestimmt. Das Alphaweibchen in mir kommt raus und dominiert meine sanftmütige Freundin.

Sie blickt über ihre Schulter. „Haben du und Trey Schluss gemacht?“ Sie klingt verängstig, als würde ich ihr die Kehle ausreißen, weil sie das fragt.

Ich blinzle die Tränen zurück, die mir in dem Moment in die Augen schießen, in dem sie die Frage stellt. „Yeah, irgendwie schon. Warum?“

Sie ruckt mit dem Kopf. „Er ist dort drüben mit Kaylee Ryder.“

Ein Knurren verlässt meine Kehle. Ich marschiere in die Richtung, in die Pam zeigte, und sie folgt mir direkt auf den Fersen.

Und tatsächlich. Trey fläzt an einem Picknicktisch – *unserem Picknicktisch* – sein Arm ist um Kaylee geschlungen und seine Hand ruht auf ihrem Hintern. Er hält ein Bier in seiner Hand, die er zum Gestikulieren nutzt, während er eine scheinbar faszinierende Geschichte erzählt.

Kaylee hängt ihm an den Lippen und lacht.

Diese *bi-itch*.

Das ist kein Wort, das ich jemals zuvor gedacht habe, aber gerade jetzt würde ich gerne ein Loch in Kaylees Flanke reißen, meine Zähne in ihrem Hinterbein versenken und ihr zeigen, wer hier die dominantere Wölfin ist.

Aber so funktionieren diese Dinge nicht. Ich bin in Menschengestalt und muss mich dem Instinkt nach körperlicher Rache widersetzen.

Oh scheiß darauf.

Ich marschiere nach vorne und stoße Trey vor die Brust. Ich weiß nicht, welche Reaktion ich erwarte, aber er bewegt sich nicht, genauso wenig sieht er besonders überrascht oder aufgebracht darüber aus, mich zu sehen. Seine eisblauen Augen beobachten mich, sind unleserlich.

Ich ziehe eine Faust zurück und ramme sie ihm gegen den Kiefer. Er grunzt und reibt sich das Gesicht, gibt jedoch nach wie vor kein einziges Wort von sich, zeigt keine einzige Reaktion.

„Schwachkopf“, fluche ich. „Das wirst du bereuen.“ Ich drehe mich um und marschiere davon, während Pam ihm noch einen wütenden Blick zuwirft, ehe sie mir folgt.

Als ich zurück nach Hause komme, kann ich mich lediglich übergeben. Und als nichts mehr übrig ist, das ich hochwürgen kann, lasse ich mich auf mein Bett fallen und plane seine Zerstörung.

KAPITEL 22

GEGENWART

Trey

Auf der Heimfahrt zu meinem Apartment bin ich vollkommen taub. Ich erinnere mich nicht einmal daran, wie ich hierherkam. Ich weiß nur, dass ich gerade dafür gesorgt habe, dass sich die Geschichte wiederholt. Ich habe soeben wieder Sheridans Herz gebrochen.

Oder hat sie meines gebrochen?

Ich weiß nicht einmal, was dort passiert ist.

Wie dieser Tag so schieflaufen konnte.

Ich weiß nur, dass es noch schlimmer werden wird, als mein Handy klingelt und eine Phoenix Vorwahl angezeigt wird.

„Yeah?" Ich mache Gebrauch von meinem säuerlichsten Tonfall. Es ist verdammt noch mal nach Mitternacht. Wer auch immer anruft, es wird nichts Gutes sein.

Ich habe recht.

Eine eisige Stimme sagt: „Trey Robson? Hier spricht Mr. Green. Sheridans Vater."

Ich hole tief Luft. „Was wollen Sie?", frage ich, obwohl ich es weiß. Vor zwölf Jahren führte ich bereits ein Gespräch genau wie dieses.

„Ich rufe mit einer Warnung an. Halt dich von meiner Tochter fern. Du hast ihr Leben einmal fast ruiniert, und ich will verdammt sein, wenn ich das noch einmal zulasse."

„Bei allem gebotenen Respekt", sage ich, obwohl er nichts dergleichen verdient, „Sheridan ist eine erwachsene Wölfin. Sie trifft ihre eigenen Entscheidungen."

„Deswegen rufe ich an. Sie will dich nicht kontaktieren. Ich habe mit ihr gesprochen und sie kommt gleich am Morgen zurück nach Hause."

Ich lasse meine Hand fallen, während seine Stimme nach wie vor aus dem Handy plärrt. Green redet weiter davon, den Kampfklub zu schließen, die Blutsauger aufzuspüren und das Tucson Rudel wieder zur Räson zu bringen, doch nach einer Minute ist da nichts außer dem Schmerz in meiner Brust und das Rauschen in meinen Ohren.

Ich kämpfte so lange und so hart und ich bin wieder genau dort, wo ich war: ich lasse Sheridan Green gehen. Lasse sie mein Leben ruinieren.

Mein Herz rausreißen.

Wieder.

Sheridan

Ich blase in der winzigen Casita Trübsal, wobei sich mein Körper zweimal so schwer und viermal so träge wie üblich anfühlt. Das liegt daran, dass meine Wölfin streikt. Sie will heute überhaupt nicht das Bett verlassen.

Ich habe niemandes Anrufe angenommen – nicht die meines Dads, nicht die meiner Mom, nicht die von Trey. Ich höre mir ihre Sprachnachrichten an, aber sie ändern nichts.

Trey entschuldigt sich, aber gibt noch immer nicht zu, dass ich selbst über mein Leben entscheiden kann. Mein Dad beharrt nach wie vor darauf, dass ich zurück nach Phoenix komme. Und natürlich hat er meine Mom rekrutiert, damit sie seine Bemühungen unterstützt.

Ich schnappe mir ein Taschentuch und putze mir die Nase, ehe ich mein Gesicht im Spiegel betrachte. Ich sehe fürchterlich aus. Meine Augen sind vom Weinen rot und dunkle Ringe vom Schlafmangel liegen unter ihnen.

Ich erhalte eine Nachricht von Alpha Green, dass er und mein Dad vorhaben, heute Abend an dem Treffen des Tucson Rudels teilzunehmen, und er einen vollständigen Bericht will, bevor er dorthin geht.

Tja, Pech gehabt. Ich werde mich nicht mehr zwischen die zwei Rudel stellen. Es war ohnehin nicht gerade weise von mir, diesen Auftrag anzunehmen, insbesondere angesichts meiner Vergangenheit. Aber andererseits habe ich ihn vermutlich genau deswegen angenommen. Ich dachte, ich würde hier reinmarschieren und Trey zeigen, was ihm entgeht, aber in Wahrheit wollte ich nur Trey. Und ich brauchte einen Abschluss.

Jetzt habe ich beides, aber wir sind wieder da, wo wir angefangen haben. Trey stößt mich von sich, weil er glaubt, dass er nicht gut genug ist. Er ist gewillt uns beide zu beschädigen unter dem Vorwand, mich zu beschützen.

Nun, wenn er seinen Kopf nicht aus dem Sand ziehen kann, ist das sein Verlust. Ich bin nicht sein Ton, den er nach Belieben formen kann.

Meine Wölfin heult jedoch protestierend. Sein Biss pocht an meinem Hals.

Scheiß drauf. Ich gehe zum Schrank und ziehe mich an. Ich muss aus diesem Haus raus, bevor meine Wölfin irre wird.

Trey

DIE LUFT im Kampfklub ist alt, abgestanden. Es ist erst einen Tag her, seit der Klub geschlossen wurde.

Verdammt, dieser Laden ist ein Drecksloch. Kein Wunder, dass Sheridan ihn hasst. Ein Teil von mir schämt sich, dass sie ihn je gesehen hat, aber es war ihre Schuld. Ich bat sie nicht, hierherzukommen und mich auszuspionieren, meinen Wolf aufzuwecken und den Kreis zu schließen. Und so sehr ich mich auch bemühe, ich hasse sie nicht. Ich hasse mich.

Schotter knirscht draußen und ich spanne mich an, bis ich Jared rieche. Mein bester Freund marschiert herein und ignoriert das Polizeiband.

„Hey", begrüße ich ihn.

Er stoppt und schiebt seine Hände in seine Taschen. „Wie lange willst du noch mit Trauermiene hier herumschlurfen wie ein Welpe, der sein Lieblingsstofftier verloren hat?"

„Was zum Henker, Mann?" Meine Fäuste ballen sich. „Ich fordere dich heraus, näher zu kommen und mir das ins Gesicht zu sagen."

Jared zuckt mit den Achseln. „Ich würde es ja tun, aber du siehst noch immer leicht angeschlagen aus. Was ist los, Mann, dass du nicht so schnell heilst?"

„Du weißt, dass es länger dauert, wenn innere Verletzungen vorhanden sind. Der Arsch hat meine Rippen erwischt." Das hat jedoch nicht so sehr wehgetan wie Grizz' Verrat.

„Yeah, wegen ihm. Willst du ihm das Rudel auf den Hals hetzen, ihn bezahlen lassen?"

„Ne. Was auch immer die Blutsauger gegen ihn in der Hand haben, dass ihn zu ihrem Untertanen macht, ist eine schlimmere Bestrafung als alles, das wir jemals über ihn verhängen könnten."

Jared zuckt erneut mit den Achseln, als wäre es ihm einerlei. „Und Sheridan? Was wirst du wegen ihr unternehmen? Abgesehen davon, herumzuliegen und zu flennen."

„Fick dich, Mann. Ich weiß noch, wie du bei Angelina warst."

„Yeah, und jetzt habe ich eine umwerfende Gefährtin und werde jede Nacht flachgelegt. Was ist los, Bro? Das ist das zweite Mal, dass du wegen dieser Wölfin vollkommen von der Rolle bist." Mein Freund legt den Kopf zur Seite und ist plötzlich ernst. „Sie ist die Eine, oder?"

Ich stoße einen Schwall Luft aus. „Yeah. Ich… tatsächlich habe ich sie bereits markiert. Aber…"

„Aber was?"

Ich fuchtle mit einer ungeduldigen Hand durch den Laden. „Was habe ich ihr schon zu bieten? Einen ganzen Haufen Schwachsinn, das Gleiche wie immer."

Jared zieht eine Braue hoch. „Meinst du nicht, dass du ihr gegenüber ein wenig ungerecht bist? Ihre Eltern mögen versnobte Arschlöcher sein, aber Sheridan war das nie. Denkst du, sie würde hier Drinks ausschenken oder in Vampirrevier marschieren, wenn sie nicht gerne mit dir abhinge?"

Ich schneide eine Grimasse wegen seiner Wortwahl und zucke mit den Schultern.

„Alter. Du musst gehen und sie zurückholen.“

„So einfach ist das nicht.“

„Es *ist* so einfach. Du bist ein verdammter Wolf. Du hast ihr deinen Biss verpasst. Das bedeutet, sie ist dein. Wenn sie dich nicht aushält, kette sie an dein Bett und verschaff ihr Orgasmen, bis sie ihre Meinung ändert.“

Jareds vulgärer Ratschlag entlockt mir ein widerwilliges Lächeln.

Mein Schwanz ist mit diesem Plan vollkommen einverstanden.

Vollkommen.

Einverstanden.

Sheridan zu fesseln, würde mir eine Gelegenheit geben, all die verdorbenen Kostüme zu erkunden, die sie in ihrem Schrank hat. Vielleicht werde ich sie nur gehen lassen, wenn sie mir verspricht, sie für mich zu tragen. „Natürlich könnte sie mich auch umbringen, wenn ich ihr den Rücken zudrehe.“

„Dafür sind doch die Orgasmen da, Dummkopf.“ Jared rollt mit den Augen. „Sorg dafür, dass sie liebenswürdig wird und behalte sie in diesem Zustand. Füge noch etwas spielerische Bestrafung hinzu und ehe du dich versiehst, bettelt sie nach deinem Schwanz.“ Mein Freund legt seine Arme hinter seinen Kopf mit dem selbstgefälligen Lächeln eines Mannes, der flachgelegt wird und zwar oft. „Dann trainierst du sie, dich zu blasen.“

Sheridan, gefesselt und bettelnd, wie sie ihren heißen kleinen Mund öffnet. Aww, fuck, jetzt bin ich steinhart. „Das ist tatsächlich keine schlechte Idee.“

„Hab dir doch gesagt, dass ich ein Genie bin.“

„Warte“, seufze ich. „Was ist mit dem Rudel?“

„Was soll damit sein?“

„Hier geht es um Sheridan. Alle wissen noch, was sie uns

angetan hat. Garrett hat ihr noch nicht einmal verziehen und sie ist seine Cousine."

„Garrett hat sich mit einem Menschen gepaart. Weißt du noch, wie wir das zuerst aufgefasst haben? Wir haben sie nicht gerade mit offenen Armen willkommen geheißen." Er zuckt mit den Achseln. „So wie ich das sehe, willst du diese Frau, also erhebst du Anspruch auf sie. Plane das Ganze und sieh zu, dass sie dir so den Rücken stärkt, wie du es für sie tust. Mit dem Rudel wird sich schon alles regeln."

„Meinst du?"

Er zuckt erneut mit den Achseln. „Alles ist besser, als wenn du hier herumlungerst, als hättest du deine Tage."

„Fick dich." Ich zeige ihm den Mittelfinger, aber ich tue es mit einem Lächeln.

„Nein, danke, Bro. Das ist Angelinas Aufgabe", feixt Jared und fügt hinzu, während ich stöhne: „Rudeltreffen heute Abend im Club. Garrett wollte sichergehen, dass du Bescheid weißt. Du bist nicht an dein Handy gegangen."

„Es ist ausgeschaltet." Ich ziehe es heraus und wedle damit herum, bevor ich es einschalte. „Hab nur etwas Freiraum gebraucht."

„Yeah, das verstehe ich." Jared klopft mir auf den Rücken. „Willkommen im Land der Lebenden."

„Danke." Ich winke ihm hinterher und straffe die Schultern. Jetzt muss ich nur noch herausfinden, wie ich diesen Mist mit Sheridan in Ordnung bringen kann.

Ein für alle Mal.

KAPITEL 23

VOR ZWÖLF JAHREN

Trey

ICH HÄTTE, ehrlich gesagt, schon eher damit rechnen sollen. Als ich von Garretts Haus nach Hause fahre und Lance Green in meinem vorfinde, realisiere ich, dass ich auf diesen Moment gewartet habe, seit ich seine Tochter zum ersten Mal küsste.

Er sitzt auf unserer schäbigen Couch, ein unberührtes Glas Wasser steht vor ihm auf dem Wohnzimmertisch. Meine Mom schießt aus dem Sessel, einen wilden, verängstigten Ausdruck in den Augen.

Wer kann ihr das schon zum Vorwurf machen? Mr. Green ist der Finanzchef der Wolf Ridge Brauerei und steht direkt hinter Emmett Green, Garretts Dad, an der Spitze des Rudels. Meine Mom ist die Rangniedrigste des Rudels – eine Omega. Was bedeutet, dass ganz oben auf ihrer Liste steht, Lance zufrieden zu stellen, und ich habe das für sie versaut.

„Trey, Schatz“, zwitschert meine Mom und verdreht ihre

von der Arbeit rauen Finger ineinander. „Mr. Green ist vorbeigekommen, um dich zu besuchen."

Ich erstarrte in dem Moment, in dem ich das Haus betrat, aber ich zwinge mich, jetzt meinen Kopf in seine Richtung zu neigen.

Er läuft zu mir. „Ich möchte mich mit dir unterhalten." Er läuft einfach weiter und direkt aus der Eingangstür.

Ich folge ihm nach draußen und versuche mich für meine Mom an einem beruhigenden Lächeln.

Er läuft die Stufen nach unten und stellt sich mit verschränkten Armen neben mein Motorrad. Er starrt es finster an, als sei es das Monster, das seine Tochter datet, und nicht ich. Oder als wäre es das Motorrad, das seinen Sohn umbrachte.

„Sie wurde in Stanford aufgenommen."

„Ja, Sir, ich weiß."

Sein Kopf schnellt in die Höhe und Zorn blitzt in seinen Augen auf. „Sie will nicht gehen." Er spricht durch zusammengepresste Zähne. „Zweifelsohne wegen dir."

Ich strenge mich an, zu schlucken. „Ich habe sichergestellt, dass sie ihre Zusage abgeschickt hat." Ich weiß nicht, warum ich es sage – er wird mich hier beim besten Willen nicht für den Helden halten.

Er grinst spöttisch, als könnte er nicht fassen, was ich da sage. „Beende es. Du beendest jetzt sofort die Beziehung zu ihr, damit sie aufs College gehen und sich auf das konzentrieren kann, was wichtig ist – ihre Bildung. Ich werde nicht zulassen, dass du ihr ganzes gottverdammtes Leben vermasselst."

Trotz der Tatsache, dass er weit über mir in der Rudelrangfolge steht, krümmen sich meine Finger zu Fäusten. Nicht wegen der Beleidigung mir gegenüber, sondern weil mein Wolf die Bedrohung seines Anspruches nicht ertragen kann. Der Paarung, die noch nicht vervollständigt wurde.

Ich halte meine Oberlippe irgendwie davon ab, sich zu kräuseln und meine Zähne zu zeigen. „Das kann ich nicht tun, Mr. Green."

In Nullkommanichts wirft er mich zu Boden und seine Hand liegt um meinen Hals. Ich höre meine Mom, die in der Tür steht, keuchen, und dieser Laut erinnert mich daran, dass ich mich nicht wehren darf. Dass ich mich seiner Dominanz unterwerfen muss.

„Wenn du nicht willst, dass ich dich und deine Mom aus diesem Rudel werfe, Junge, wirst du tun, was ich dir sage. *Beende. Es*. Du hast eine Woche."

Ich funkle ihn finster an, aber hebe mein Kinn, um meine Kehle zu zeigen, die er noch immer im Würgegriff hält. Es ist ein Zeichen der Unterwerfung. Eines, das ich zeigen muss.

Er drückt fester zu und schneidet mir die Luftzufuhr ab. Ich weigere mich, mich zu wehren oder mir irgendwelche Qualen anmerken zu lassen – ich starre nur wütend in seine gelben Augen.

Arschloch.

„Ich werde nicht zulassen, dass du sie ruinierst", wiederholt er, dann lässt er mich abrupt los und steht auf. Er steigt in sein Auto und fährt ohne einen Blick zurück davon.

Ich laufe nach drinnen und umarme meine Mom, die zittert und weint. „Es ist alles in Ordnung, Mom", spreche ich an ihren Haaren. „Du musst dir keine Sorgen darum machen. Ich habe bereits mit ihr Schluss gemacht."

KAPITEL 24

GEGENWART

S*heridan*

Das Rudel-Clubhaus – aka Garretts Nachtclub Eklipse – ist von einer Wand bis zur anderen mit lederbekleideten Wölfen gefüllt. Ich schleiche mich hinten rein, ignoriere die bösen Blicke und verkrieche mich in Treys Jacke. Ich habe gehofft, dass mir die Tucson Wölfe größtenteils vergeben haben, was ich ihnen vor zwölf Jahren antat. Schätze, ich habe mich geirrt.

„Warum ist sie hier?", murrt einer an seine Freunde gewandt. Ein anderer schüttelt den Kopf und sieht mir direkt in die Augen, wobei er sich nicht die Mühe macht, seine Abscheu zu verbergen. „Es ist traurig, wenn sich ein Wolf wie eine Ratte benimmt."

Wolf Ridge schoss sich im Grunde genommen selbst ins Knie, indem sie Garrett, Trey und Jared rauswarfen, denn beinahe jeder junge, männliche Wolf unserer Generation und danach folgte ihnen nach Tucson. Das ist Teil des Grundes, dass ich so weit oben in der Rudelordnung stehe – eine Frau. Vor fünfzehn Jahren wäre das noch undenkbar gewesen. Es sollte Garrett sein, der sich darauf vorbereitet, die Führung der Wolf Ridge Brauerei und des Rudels zu übernehmen.

Ich recke mein Kinn und dränge mich nach vorne, damit ich etwas sehen kann. Mein Cousin Garrett steht auf der Bühne, die Finger in seine Gürtelschlaufen gehakt. Tank, der Vize des Rudels, steht leicht hinter und rechts von ihm, die massiven Arme vor der Brust verschränkt. Keiner von beiden sieht glücklich aus.

„Beruhigt euch", sagt Garrett und alle werden ruhiger. Er schreit nicht, aber das muss er auch gar nicht. In seiner Stimme schwingt Befehlsgewalt mit. „Wir sind hier, um die Ereignisse beim Gestaltwandler-Kampfklub und den vorgeschlagenen Waffenstillstand zwischen uns und den Blutsaugern zu besprechen."

„Brennt sie nieder", brüllt jemand und einige weitere Stimmen grollen ihre Zustimmung.

„Maul halten", knurrt Tank und Stille senkt sich wieder über den Raum.

Garrett spricht weiter: „Tatsache ist, dass wir eine Vereinbarung hatten und sie sie einige Tage später brachen."

„Nicht formell", gibt Jared zu bedenken. Er steht direkt neben der Bühne, einen Stiefel darauf abgestützt. „Wir wissen nicht, welcher Blutsauger für die Leiche verantwortlich war."

„Nein, das wissen wir nicht", räumt Garrett ein. „Aber wir wissen, dass es ein Vampir war. Ob Frangelico den Mord abgesegnet hat oder nicht, er geschah nach dem Waffenstillstand und auf dem Gelände eines Geschäftes in Gestaltwandlerhand. Diesen Teil der Stadt beanspruchen wir zwar offiziell nicht als unser Revier, aber Trey und Jared sind unsere Brüder. Wir halten ihnen den Rücken frei."

„Danke, Boss", brummt Jared.

Garrett nickt. „Ob es uns nun gefällt oder nicht, wir müssen etwas unternehmen.“ Er blickt zu Tank, der nach vorne tritt und mit dem Kinn in Richtung der Zuhörer nickt. „Ihr habt das Wort“, verkündet er. „Sagt eure Meinung. Bleibt gesittet oder ich werfe euch raus.“

Sofort meldet sich ein wild aussehender Wolf zu Wort. „Ich sage Krieg. Wir machen sie platt.“ Einiges zustimmendes Murmeln und Jared schüttelt den Kopf.

„Krieg bedeutet Tote und Kollateralschäden. Das Letzte, das wir wollen, sind Vampire, die sich an Unschuldigen vergreifen.“

„Das tun sie bereits“, merkt ein Andersdenkender an und alle stimmen zu.

Jared hebt seine Stimme und tritt auf die Plattform. „Vor einigen Jahren hätte ich vielleicht noch dafür gestimmt, bis zum Tod und aus Ehre zu kämpfen. Aber jetzt habe ich eine Gefährtin. Wenn es irgendeine Möglichkeit gibt, diesen Waffenstillstand in die Tat umzusetzen, sage ich, dass wir das tun sollten.“

„Aber die Vampire haben den Waffenstillstand gebrochen“, wirft der wild aussehende Wolf ein.

„Nicht Frangelico“, rufe ich und dränge mich nach vorne. „Ich habe mich mit ihm getroffen und ich glaube nicht, dass er dahintersteckt.“

„Sag mir noch mal, wie du in das Ganze verwickelt bist, Verräterin?“, schimpft jemand.

Ich wirble mit gefletschten Zähnen herum, doch Garrett blafft: „Sheridan, hier hoch. Jetzt.“

Den Kopf leicht senkend, gehorche ich. Mein Cousin sieht sauer aus.

„Du hast dich mit Frangelico getroffen, richtig? Was war seine Reaktion?“

„Er ist auch nicht glücklich über diese Leiche.“ Er wirkte

unglücklicher darüber, dass seine Befehle missachtet wurden, als über den tatsächlichen Toten, aber diesen Teil lasse ich weg. „Ich glaube, einer seiner Leutnante könnte ohne seine Erlaubnis gehandelt haben. Nur ein Bauchgefühl“, erkläre ich hastig. „Nero steht, ähm, auf mich. Er ist gewillt, Ärger zu machen.“ Ein Rundumblick durch den Raum verrät mir, dass mir die Wölfe nicht glauben, und warum sollten sie das auch tun? Ich bin eine Außenseiterin, die sie schon mal verraten hat. „Trey“, platzt es aus mir heraus, bevor ich mich stoppen kann. Garrett zieht eine Braue hoch und ich wünsche mir, ich könnte zurückspulen und meine Worte löschen. Trey verdient es nicht, in diese Sache gezogen zu werden.

„Was ist mit Trey?“, hakt Garrett nach.

Verflixt. „Trey war bei mir. Er kann euch mehr erzählen.“

Garrett hebt seine Stimme. „Wo ist Trey?“

„Hier.“ Eine raue Stimme veranlasst mein Herz dazu, einen Satz zu machen. Treys große Gestalt drängt sich mit den Schultern durch die Menge. Als er auf die Bühne tritt, fällt das Licht auf sein lädiertes Gesicht und einige Gestaltwandler keuchen auf.

„Was ist passiert?“, knurrt Garrett.

„Hatte eine kleine Meinungsverschiedenheit mit einem Blutsauger, also habe ich gegen ihn gekämpft.“ Treys Miene ist reuelos.

„Muss dich ja schlimm erwischt haben, wenn die Wunden noch immer zu sehen sind“, merkt Tank an und Trey zuckt mit den Schultern.

„Lass mich das klarstellen“, Garrett runzelt die Stirn, „du hast gegen einen Vampir gekämpft?“

„Nicht einen Vampir. Einen seiner Stellvertreter. Frangelico lässt seine Blutsauger nicht kämpfen. Aber was Sheridan sagt, klingt richtig.“ Mein Herz beschleunigt sich, weil mich Trey unterstützt. Doch dann realisiere ich, dass er mich kein einziges Mal angesehen hat. „Ich denke, einer oder einige von Frangelicos Leutnants sind abtrünnig geworden."

„Wenn das der Fall ist, sollte Frangelico genauso sehr wie wir wissen wollen, wer die Waffenruhe gebrochen hat", sagt Trey.

„Wölfe und der Blutsaugerkönig auf der gleichen Seite?" Garrett klingt zweifelnd, aber zuckt mit den Achseln.

Weitere Wölfe fangen an, ihre Meinung hinauszuposaunen und rempeln einander an. Jemand schubst mich und ich schubse zurück, während ich darum kämpfe, auf den Füßen zu bleiben.

„Genug", brüllt Tank. Garrett hält seine Hand hoch, um für Ruhe zu sorgen, und bekommt sie sofort.

„In Ordnung, Diskussion beendet. Das hier ist keine Demokratie. Wir sind ein Rudel. Ich bin der Anführer und wenn ich es für vernünftig halte, dass wir uns mit Vampiren verbünden, dann werden wir genau das tun. Wir lassen uns nicht unterkriegen, ohne einen Krieg auszulösen. Haltet weiterhin die Augen nach den Mördern offen und hoffen wir, dass Frangelico das Gleiche tut."

Obwohl sie noch vor einem Moment kurz davor standen, einen Aufstand zu veranstalten, nicken die Wölfe um mich herum zustimmend. Ich erlaube mir, mich zu entspannen.

Das ist der Moment, in dem mein Dad und Alpha Green hereinkommen.

Das Herz rutscht mir in die Hose.

Sie haben einen Hintereingang gewählt, sodass sie hinter der Bühne hochkommen. Tank dreht sich als Erster um und tritt von der Plattform, um Platz für Garretts Dad, den Wolf Ridge Alpha, zu machen. Meinen Alpha. Vater und Sohn wenden sich einander mit ausdruckslosen Gesichtern zu. Sie sehen sich so ähnlich, nur leichte Spuren von Grau geben den Älteren zu erkennen.

Garrett spricht zuerst. „Dad."

„Sohn." Alpha Greens Stimme ist nur einen Hauch tiefer als die seines ältesten Kindes. Seine Haltung ist wachsam, aber er ist es, der hier nicht dazugehört. Die meisten der anwesenden Wölfe gehören zu Garrett. Die Trennung zwischen den Rudeln verlief größtenteils friedlich, aber das könnte sich ändern.

Beim Schicksal, ich hoffe es nicht. Ein Krieg zwischen den Rudeln wäre schlimmer als einer mit den Vampiren.

„Wir sind hier, weil ihr kleinere Schwierigkeiten mit den Menschen habt."

„Tatsächlich ist es ein Vampirproblem." Garrett tritt näher an seinen Dad heran und baut sich vor ihm auf. „Aber wir kriegen es unter Kontrolle."

Alpha Green zieht eine Braue hoch, genauso wie es sein Sohn tut, wenn er skeptisch ist. „Ich habe die vergangenen vierundzwanzig Stunden damit verbracht, mich mit Kontakten beim FBI und der Staatspolizei zu treffen und Gefallen einzufordern. Der Leiche wurde die Todesursache Drogenüberdosis zugeschrieben – Spuren einer toxischen Substanz wurden im Blutkreislauf des Opfers gefunden. Sie haben auch zugestimmt, jegliche merkwürdigen Einzelheiten aus den menschlichen Medien fernzuhalten. Fürs Erste."

Der Raum scheint erleichtert aufzuatmen. Garrett nickt. „Ich weiß deine Hilfe zu schätzen. Die ganze Gestaltwandlergemeinschaft tut das."

„Ich tat, was ich musste, um unsere Spezies zu schützen", antwortet Alpha Green. „Die Frage ist, tust du es?"

Garrett reagiert zunächst gereizt, scheint sich jedoch schnell zu beruhigen. „Wir kümmern uns um die Vampire. Wir haben Grund zu der Annahme, dass dieser Tod von einem abtrünnigen Blutsauger verursacht wurde. Wenn wir ihn fangen, können wir ihn Frangelico übergeben, den Morden ein Ende setzen und den Frieden wahren."

Alpha Green nickt langsam.

„Was ist mit dem Kampfklub?" Mein Dad klackt mit den Zähnen, als würde er den Geruch einer Beute riechen. „Er hat uns seit seiner Eröffnung nichts als Ärger bereitet. Er ist offensichtlich ein Schwachpunkt für uns Wölfe. Zuerst ermitteln die Behörden wegen der Kämpfe und Drogengeschäfte und jetzt diese Leiche. Wirkt auf mich, als werden wir nicht viel Zeit haben, euch mit den Vampiren zu helfen, weil wir zu sehr damit beschäftigt sein werden, Beweise vor den Menschen zu verstecken. Eure Schlamassel zu beseitigen."

„Nun, Sohn?", sagt Alpha Green an Garrett gewandt. „Was beabsichtigst du wegen des Kampfklubs zu unternehmen?"

„Ich kann das beantworten", ruft Trey. Alle Augen richten sich auf ihn, er tritt auf die Bühne und wendet sich meinem Dad zu, der sichtlich das Gesicht verzieht wegen der Schnitte und Blutergüsse auf Treys gesamtem Gesicht. „Er war größtenteils meine Idee."

„Meine auch", wirft Jared schnell ein, doch Trey schüttelt den Kopf.

„Es war meine Idee, den Vampiren im Club freie Hand zu lassen. Und ich stellte auch Grizz ein. Er kämpfte für uns und ich dachte, er wäre verlässlich. Jetzt ist mir klar, dass wir hier in etwas Größeres verwickelt sind. Möglicherweise einen Vampirputsch. Ich will nicht, dass irgendetwas, das ich aufgebaut habe, mein Rudel in Gefahr bringt. Ich bin gewillt, den Laden dichtzumachen, wenn das mein Alpha für das Beste hält." Er macht deutlich, dass er Garrett ansieht, nicht Alpha Green.

Während Trey spricht, breitet sich ein selbstzufriedener

Ausdruck auf dem Gesicht meines Vaters aus. Meine Hände ballen sich zu Fäusten.

„Den Laden schließen?“, fragt Garrett. „Ist es das, was ihr wollt?“

Trey zuckt mit den Achseln. Jared schüttelt den Kopf, aber murmelt etwas wie: „Was auch immer du für das Beste hältst.“

Jetzt grinst mein Vater geradezu schadenfroh. „Es klingt, als wäre es das Beste für das Rudel, den Kampfklub zu schließen. Für immer.“ Ein Raunen geht durch den Raum, ein Grollen der Unzufriedenheit. Der Kampfklub ist beliebt. Er hat eine Menge neue Wölfe in die Stadt gelockt, neue Rudelmitglieder. Wenn Trey nur den Mund aufmachen würde, würde er herausfinden, wie viele Unterstützer er in diesem Raum hat. Stattdessen verschränkt er seine Arme und starrt aus dem Fenster.

Ich will zu Trey rennen und ihn zwingen, mich an Stelle meines Vaters anzuschauen. *Warum wehrst du dich nicht?*, will ich brüllen.

„Klingt, als gäbe es in diesem Fall eine eindeutige Vorgehensweise“, meint Alpha Green zu seinem Sohn. Garretts Augen werden schmal, aber er sagt nichts. Soweit ich meinen Cousin kenne, denkt er noch nach und wenn er seine Entscheidung fällt, könnte das das Ende von Treys Traum bedeuten. Und wofür? Weil mein Dad seinen politischen Einfluss gegen meinen Ex-Freund einsetzt und alles so verdreht hat, dass es klingt, als wäre es Treys Schuld.

Das ist nicht fair. Aber bin ich mutig genug, mich gegen mein Rudel zu stellen und, viel wichtiger, meinen Dad?

Geliebt zu werden, macht uns stark. Jemanden zu lieben, macht uns mutig. Nicht jetzt, Lao Tzu.

Ich trete näher an die Bühne heran. Mein Dad fängt meinen Blick auf und ich stoppe.

Das Leben schrumpft oder dehnt sich aus, proportional zum eigenen Mut. – Anais Nin.

Klasse. Ich habe so große Angst, dass mein Leben vor meinen Augen vorbeizieht, und es besteht komplett aus kitschigen Zitaten.

Trey tritt von der Bühne und macht Anstalten, davonzulaufen. Es heißt jetzt oder nie. Ich trete auf die Bühne, gerade als er durch den Ausgang laufen will.

„Warte eine Minute“, höre ich mich sagen.

Trey

Ich kann es nicht fassen. Sheridan tritt rotzfrech nach oben auf die Bühne. Es wird dort oben etwas eng, aber sie stemmt in einer stolzen Wonder Woman Pose die Hände in die Hüften. „Das ist nicht richtig und ihr wisst es.“

Ihr Vater verzieht wütend das Gesicht, doch Alpha Green hebt seine Hand. „Sag, was du zu sagen hast.“

„Frangelico beschloss, hierher zu ziehen und ein Revier für sich zu beanspruchen. Er ist alt, er ist mächtig, niemand kann ihn ohne viel Blutvergießen stoppen. Bisher hatten wir eine friedliche Waffenruhe. Der Kampfklub hatte nichts mit den Toten zu tun, tatsächlich war er ein Ziel. Wir sollten ihn nicht schließen. Wir sollten ihn verteidigen. Denn wir brauchen einen Ort wie ihn. Einen neutralen Ort, an dem Vampire und Gestaltwandler miteinander interagieren können. Jemand sah diese Möglichkeit und beschloss, sie aufs Korn zu nehmen. Und wenn ihr den Klub schließt, spielt ihr demjenigen nur in die Hände.“

Der Raum ist still. Alpha Green sieht nachdenklich aus,

Sheridans Dad ist erzürnt. Aber niemand wird sprechen, bis es ein Alpha tut.

Garrett tritt nach vorne und lässt eine Hand auf Sheridans Schulter sinken. „Sie hat recht. Als der Kampfklub eingerichtet wurde, war ich zunächst skeptisch. Aber seit er eröffnet wurde, hatten wir weniger Gewaltausschreitungen, sowohl zwischen unseren Mitgliedern als auch mit anderen Tieren. Jeder Gestaltwandler, der einen Groll hegt, kann dort Dampf ablassen. Und weil der Klub nicht dem Rudel angeschlossen ist, sind wir nicht dafür verantwortlich, uns um irgendwelche Toten zu kümmern oder zu entschädigen."

Sheridan blickt wieder zu ihrem Cousin und er ruckt zustimmend mit dem Kinn, bevor er seine Hand fallen lässt.

„Aber er ist nicht sicher", wendet Sheridans Dad ein. „Jeder Mensch könnte dort reinspazieren. Die Behörden haben ihn im Blick."

„Dann verlegen wir ihn eben an einen anderen Ort. Oder wir halten uns ein paar Monate bedeckt. Nur Menschenkämpfe. Das Konzept bleibt das Gleiche. Es ist ein gutes." Garrett verschränkt die Arme vor seiner Brust und wendet sich seinem Vater zu. „Mir gefällt es genauso wenig wie dir, dass die Vampire dort sind. Aber Frangelico wird nirgendwo hingehen. Und er kam nicht hierher und begann sofort einen Krieg. Er scheint gewillt zu sein, mit uns zu verhandeln."

„Sheridan, ich bin überrascht von dir", sagt Sheridans Dad. Sheridan zuckt zusammen, aber zieht den Kopf nicht ein. „Ich hätte erwartet, dass du verantwortungsbewusster über diese Dinge denkst."

„Hey", mischt sich Garrett ein. „Ihr habt sie hierhergeschickt, damit sie die Lage sondiert. Entweder ihr vertraut ihr oder ihr tut es nicht."

Die Augenbrauen von Garretts Dad heben sich und die zwei starren einander einen Augenblick an. Alpha Green löst den Blickkontakt als Erster, senkt den Blick jedoch nicht. Er wirkt beinahe stolz. „Es liegt an dir, Sohn. Es ist dein Revier. Phoenix wird hinter dir stehen."

„Der Kampfklub bleibt geöffnet", befiehlt Garrett. Ein Jubelschrei brandet auf. Jemand klopft mir auf den Rücken.

„Wir sind noch nicht fertig", knurrt Tank. „Wir müssen das Verbrechen aufklären. Die Situation mit den Vampiren regeln. Die Zeit läuft uns davon."

Er und Garrett machen sich daran, Befehle zu erteilen. Sheridan tritt von der Bühne und wird eins mit der Menge. Vermutlich versteckt sie sich vor ihrem Dad. Ich mache ihr daraus keinen Vorwurf. Sie musste bestimmt einiges an Mut aufbringen, um ihrem Vater Paroli zu bieten.

Sie wird gehen und es ist zum Besten. Sie verdient ein gutes Leben, eines, das ich ihr nicht bieten kann.

Mit diesem Gedanken laufe ich durch den Ausgang. Zeit, mich auf mein Bike zu schwingen, zu fahren und einen klaren Kopf zu kriegen. Falls Sheridan fort ist, wenn ich zurückkomme, werde ich wissen, wo ich stehe. Wenigstens werde ich den Kampfklub haben, auf den ich mich konzentrieren kann. Und die Erinnerung an Mr, Greens Gesicht in dem Moment, als sein geliebtes kleines Mädchen erwachsen wurde und ihn wegen seinem Scheiß zur Rede stellte.

„Robson", blafft jemand hinter mir und ich wirble herum.

Lance Green stolziert auf mich zu, die Augen gestaltwandlerhell. „Halt dich von meiner Tochter fern."

Ich starre ihn nieder. Warum ließ ich mich jemals von diesem Mann einschüchtern? Ich kann einfach die Sachen meiner Mom einpacken und sie hierherholen. Sie wird es in Tucson wahrscheinlich ohnehin besser haben, weg von diesen hochnäsigen Wölfen.

Mr. Green knurrt: „Wenn du versuchst, sie hier festzuhalten, werde ich dich und deinen erbärmlichen kleinen Klub fertigmachen. Hörst du mich?“

„Nein.“

Eine Ader springt praktisch an seiner Stirn nach vorne. „Wie bitte?“

„Ich sagte *Nein*. Hör zu, alter Mann. Sheridan ist erwachsen. Sie trifft ihre eigenen Entscheidungen. Sie hat das dort drin ziemlich deutlich gemacht, aber wenn du das nicht akzeptierst, dann ist das ein Problem zwischen dir und ihr. Ich weiß, dass du sie beschützen willst, aber wenn du denkst, dass es auch dieses Mal funktionieren wird, mich zu bedrohen, dann kannst du dich auf was gefasst machen.“

„So kannst du nicht mit mir reden, du räudiger –“

„Halt die Fresse.“ Ich pieke mit dem Finger gegen die Schulter des älteren Wolfes. Er mag älter sein als sich, aber ich bin größer und stärker und hochgewachsener und habe es so satt. „Sheridan trifft ihre eigenen Entscheidungen. Ich weiß, dass sie in Phoenix ein gutes Leben hat und ich werde sie nicht dazu drängen, das alles für mich aufzugeben. Aber ich habe die Schnauze davon voll, vor dir zu katzbuckeln. Ich habe mich dir einmal unterworfen. Ich werde es nicht noch einmal tun.“ Ich wirble auf meinem Stiefel herum und marschiere zu meinem Motorrad.

„Wie kannst du es wagen, so mit mir zu reden –“

Ich knurre ihn an und er bleibt einige Schritte entfernt von mir auf der Stelle stehen. „Es ist vorbei. Wenn du es mit den Fäusten regeln willst, dann trag dich in den Kampfplan des Klubs ein. Ich kämpfe an den meisten Freitagen.“ Ich lasse mein Motorrad an und das Röhren des Motors durchschneidet die Luft zwischen uns. „Und noch eins. Wenn ich noch einmal höre, dass du meine Mutter bedrohst oder ihren Job in der Brauerei, werde ich dich zu einem Dominanzkampf herausfordern.“ Daraufhin erbleicht er. Ein Dominanzkampf würde das Gleichgewicht des Phoenix Rudels empfindlich stören, aber das ist mir scheißegal. Es wird allmählich Zeit, dass ihn jemand von seinem Podest stößt und seine zwielichtigen Machenschaften ans Licht bringt. „Mir ist egal, gegen wie viele ich kämpfen muss, um das zu tun. Ich bin jung und taff und ich werde vielleicht gewinnen." Damit gebe ich Gas und rase vom Parkplatz, wobei ich mir nicht die Mühe mache, zurückzuschauen.

~

Sheridan

Garrett ist gerade dabei, seine Alpharede zu beenden, als ich sehe, wie mein Dad geht und Trey folgt. Das kann nichts Gutes bedeuten. Ich dränge mich zum Ausgang und eile zum Parkplatz gerade rechtzeitig, um Trey meinen Namen brüllen zu hören.

„Sheridan trifft ihre eigenen Entscheidungen. Ich weiß, dass sie in Phoenix ein gutes Leben hat und ich werde sie nicht dazu drängen, das alles für mich aufzugeben." Er piekt mit seinem Finger erneut gegen die Brust meines Dads. „Aber ich habe die Schnauze davon voll, vor dir zu katzbuckeln. Ich habe mich dir einmal unterworfen. Ich werde es nicht noch einmal tun."

Was zum Kuckuck? Was meint Trey damit? Ich beiße mir auf die Zunge und presse mich an die Wand.

Mein Vater sieht beleidigt aus, schnauft und schnaubt irgendetwas, während Trey wegläuft, doch dieser lässt sich das nicht gefallen.

„Es ist vorbei. Wenn du es mit den Fäusten regeln willst, dann trag dich in den Kampfplan des Klubs ein. Ich kämpfe an den meisten Freitagen.“ Treys Motorrad springt an. Ich hüpfe aus den Schatten, bereit, zu ihnen zu stürmen und auf den Grund der Dinge vorzudringen, als mich Treys gebrüllte Worte zur Salzsäule erstarren lassen.

„Und noch eines. Wenn ich noch einmal höre, dass du meine Mutter bedrohst oder ihren Job in der Brauerei...“ Der Rest dessen, was er sagt, wird von dem Rauschen in meinen Ohren übertönt.

Mein Vater bedrohte seine Mutter. Deswegen betrog mich Trey. Deswegen trennte er sich von mir. Deswegen fährt er wieder weg.

„Stopp“, schreie ich, aber ich bin zu spät. Trey ist fort und sein Motorrad knattert die Straße hoch. Er schaut nicht zurück. Ich würde es nicht tun, wäre ich an seiner Stelle. Was haben wir Greens ihm jemals gegeben außer Kummer? „Nein.“ Ich trete einen Stein gegen die Wand. Das ist nicht befriedigend genug. „Fuck“, spucke ich aus. Das ist besser.

„Sheridan.“ Mein Dad dreht sich um, sowohl streng als auch beschwichtigend, bereit für eine weitere Standpauke. Ich kann es an seinem Gesicht ablesen.

Dafür bin ich nicht in der Stimmung. „Was zur *verdammten, beschissenen Hölle*?“, kreische ich ihn an.

Er schreckt zurück. „Also junge Dame –“

„Du hast seine Mutter bedroht?“ Stiefelschritte in meinem Rücken verraten mir, dass wir nicht mehr allein sind.

„Cousinchen?“ Garretts Stimme dringt kaum zu mir durch. Ich marschiere mit geballten Fäusten nach vorne. Ich werde meinen Vater nicht schlagen, aber ich werde ihm gleich meine Meinung geigen.

„Sheridan –“, setzt mein Dad an.

„Ich kann es nicht fassen. Ich bekam gute Noten und befolgte alle Regeln, und was tatst du? Du bedrohtest meinen

Highschoolfreund? Nicht nur ihn, sondern auch noch seine Familie? Was zum Teufel stimmt mit dir nicht?“

Mein Dad tritt nach vorne und ich schubse ihn zurück. „Lass Trey in Ruhe. Und seine Mutter! Du kannst deine Macht im Rudel nicht dazu missbrauchen, mir vorzuschreiben, wen ich daten darf! Du hast generell kein Recht dazu, mir zu sagen, wen ich daten soll. Oder mit wem ich mich *paaren* soll, was das angeht.“ Ich reiße den Kragen meines Oberteils zur Seite, um ihm Treys Mal zu zeigen.

„Sheridan“, sagt jemand anderes. Alpha Green. Ich sollte mich unterwürfig verhalten und auf ihn hören, aber ich habe die Schnauze voll davon, irgendetwas vorzuspielen. Die echte Sheridan ist jetzt da und sie wird sich nicht verstecken. Ich bin so dominant wie der Rest von ihnen, wenn ich es sein möchte.

„Ich bin fertig. Hiermit trete ich aus dem Wolf Ridge Rudel aus.“ Sowie ich die Worte ausgesprochen habe, fühle ich, wie etwas in mir zerbricht, als wären die Rudelbande von einem Hammer getroffen und zerschmettert worden.

„Sheridan“, sagt mein Dad alarmiert. „Du kannst nicht –“

„Du kannst mich nicht stoppen“, schnauze ich und stapfe zu meinem Mercedes. Nicht ganz der Abgang, den ich wollte, in einem Auto davonzufahren, das mir mein Dad schenkte, aber egal. Ich bezahle die Versicherung und Tankfüllungen; es gehört mir.

„Wohin wirst du gehen?“, ruft Alpha Green. Ich weiß, er spürte den Rückstrom der Zerstörung meiner Rudelbande.

„Egal wohin, nur nicht nach Wolf Ridge. Abgesehen davon, weiß ich es nicht.“ Tatsächlich weiß ich es. Ich werde meine sieben Sachen packen und Trey anrufen und ihn anflehen, mich zurückzunehmen. Ich werde beim Kampfklub herumlungern. Auf der Treppe zum Eingang schlafen, wenn ich muss. Nun, auf der lag gerade erst eine Leiche, also das vielleicht eher nicht.

Ich lege den Gang ein und fahre davon und schaue nicht zurück. Garrett und sein Rudel wollen mich vermutlich nicht, aber das ist bedeutungslos.

Nur Trey ist von Bedeutung. Ich gehöre zu ihm. Trey ist mein Rudel und mein Zuhause.

~

Trey

ICH RASE den Highway entlang und aus der Stadt. Zur Hölle mit Tucson.

Irgendetwas sagt mir, dass ich an den Straßenrand fahren sollte, weshalb ich es tue. Es ist weit und breit keine Gefahr zu sehen, weshalb ich nicht weiß, was mir mein Wolf sagen will, aber ich ziehe mein Handy heraus und scrolle durch alte Nachrichten. Da sind einige von Sheridan, in den meisten bittet sie mich, sie zurückzurufen. Ich höre mir jede einzelne an und versuche, die Bedeutung hinter ihren Worten zu entziffern. Sie klingt klar und professionell, nicht verzweifelt oder weinerlich. Aber das ist Sheridan. Sie wird die Fassung nicht wegen einem Kerl verlieren. Vielleicht war das, was wir miteinander hatten, für sie wirklich nur eine Reise in ihre Jugend, ihre Art, sich auszutoben.

Sie kam hierher, um einen Auftrag auszuführen und der Auftrag ist erledigt. Hier gibt es eigentlich nichts für sie abgesehen von mir. Aber ich zähle nicht. Ich kann ihr nicht das Leben bieten, das sie führen sollte.

„Fuck“, fluche ich. Ich bin versucht, das Handy wegzuwerfen, aber irgendein Instinkt lässt meine Hand innehalten. Mein Wolf hofft, dass sie uns anrufen wird oder so etwas.

Ich sacke auf meinem Motorrad zusammen. Ich würde alles dafür geben, damit sie mich anruft. Ich kann mich davon abhalten, sie für mich zu beanspruchen, wenn ich mich lange genug von ihr fernhalte, dass sie gehen kann, aber falls sie anruft und mich wählt, gehöre ich ihr.

Ich gehörte schon immer ihr.

Sheridan

Das Erste, das ich tue, als ich nach Hause komme, ist, den verdammten Zitate-Kalender in den Müll werfen. Weisheit ist ja schön und gut, aber es ist an der Zeit, dass ich auf mein Bauchgefühl höre.

Mein nächster Anruf geht an Garrett. Er antwortet beim ersten Klingeln. „Cousinchen?"

„Ich bitte um Asyl bei deinem Rudel."

„Ich dachte mir schon, dass das kommen würde." Er seufzt. Die Stimmen und Unruhe im Hintergrund werden leiser. Eine Tür schließt sich und seine Stimme erklingt klarer. „Wie lange?"

„Ich weiß es nicht. Gib mir einfach... ein paar Tage, um alles zu regeln. Dein Rudel ist wahrscheinlich nicht glücklich, wenn ich bleibe. Nicht, nachdem ich dafür gesorgt habe, dass sie alle aus Phoenix rausgeworfen wurden." Ich hole tief Luft. „Garrett, es tut mir so leid, dass... dass ich dich und die anderen verriet. Ich hatte einfach so große Angst, dass jemand in echte Schwierigkeiten geraten würde, dass jemand wegen dämlicher

Drogen verletzt werden würde, aber…“ Ich halte inne, da ich weiß, dass es nicht das erste Mal ist, dass ich mich entschuldige, aber es wird das erste Mal sein, dass ich die komplette Wahrheit erzähle. „Als Trey mit mir Schluss machte, dachte ich, ich würde sterben, aber als er dann mit Kaylee zusammen war… irgendetwas zerbrach in mir… *ich zerbrach.* Ich wurde einfach so wütend. Ich weiß, das entschuldigt nicht, was ich tat, aber –“

„Vielleicht nicht“, sagt Garrett langsam. „Und ich werde nicht lügen und behaupten, wir waren nicht wirklich verletzt… das waren wir. Aber vielleicht war es nicht nur dein Werk. Vielleicht ist alles wegen dem Schicksal so passiert, wie es geschehen ist. Wenn du uns nicht verraten hättest, wären wir nicht aus dem Rudel geworfen worden. Wenn wir nicht verbannt worden wären, wären wir nicht nach Tucson gekommen und hätten ein neues Rudel gegründet. Unser eigenes Rudel. Die meisten unserer Mitglieder haben hier ein gutes Leben. Ein besseres, würden manche sogar behaupten, als die Reste, um die sie in Phoenix hätten kämpfen müssen. Aber das bedeutet nicht, dass sie dir so einfach vergeben werden, wie ich es tat. Wenn du versuchst, dich meinem Rudel anzuschließen, werden sie es dir nicht leicht machen.“

„Ich weiß. Das verdiene ich.“

„Ich sag dir was, Kleine. Du erhältst Asyl, so lange du es brauchst. So lange du dich in unserem Revier aufhältst, wird sich keiner mit dir anlegen. Aber damit du dich unserem Rudel anschließen kannst, brauchst du einen Bürgen.“

„Bürgen?“

„Yeah. Und es gibt nur einen, dem ich zutraue, auf dich aufzupassen.“

Trey. Mein Herz schießt mir in die Kehle, nur um wieder nach unten zu krachen. „Er redet nicht mit mir.“

„Du hast heute Abend deinem Vater und meinem die Stirn

geboten. Nicht zu vergessen, dass du dich um die Treffen mit den Vampiren gekümmert hast. Wenn Trey dich im Rudel will, könnte ich dich gebrauchen."

„Danke, Cousin." Wir beenden das Gespräch und ich lasse das Handy sinken. Jetzt muss ich nur Trey finden und zu Kreuze kriechen. Und dafür brauche ich das richtige Outfit…

An meinem Fenster ist ein merkwürdiges Kratzen, eine Gestalt bewegt sich in den Schatten. Ich reiße den Vorhang zur Seite und funkle den gruseligen Vampir hinter dem Glas wütend an.

„Nero." Ich wusste es. Jepp, sein schwarzes Auto ist am Gehweg geparkt.

„Hallo, kleine Wölfin." Er zieht seine Fingernägel über das Fenster und ich knirsche wegen des fürchterlichen Geräusches mit den Zähnen. Ich schließe den Vorhang, öffne meine Schreibtischschublade und ziehe eine kleine Überraschung heraus, die ich hier bereithalte.

Als ich die Tür öffne, wartet Nero dort auf mich.

Er schiebt den seidigen blonden Vorhang seiner Haare nach hinten und leckt sich über die Lippen. Seine Eckzähne blitzen auf, als er die Luft zwischen sich und mir umarmt, als hindere ihn eine solide Wand daran, die Türschwelle zu überschreiten. „Liebes, gutes kleines Wölfchen, lass mich doch zu dir hinein."

„Bin ganz allein, bin ganz allein, ich lass dich nicht ins Haus herein", zitiere ich ebenfalls aus *Die drei kleinen Schweinchen* und habe einen Einfall. „Aber wenn du mir verrätst, wer die Leiche beim Kampfklub abgelegt hat, werde ich zu dir nach draußen kommen."

Nero zieht eine Braue hoch. „Warum möchtest du das wissen?"

„Ich bin beeindruckt", lüge ich. „Lucius ist so alt, dass er im Grunde genommen allmächtig ist. Wer auch immer es wagt, sich ihm zu widersetzen, muss sehr stark sein."

„Oh das bin ich, kleine Wölfin. Ich werde dir zeigen, wie stark."

Ich lege den Kopf zur Seite. „Dann warst es also du?"

„Ja", zischt er.

„Warum?"

„Frangelico ist alt, aber er hat seinen Zweck vergessen. Vampire sind dazu geschaffen, zu herrschen. Ich und meine Brüder wir halten uns an die alten Traditionen."

„Brüder?" Verflixt, es gibt mehrere, die Lucius Regeln missachten. Sie hatten noch nicht viel angestellt, aber sie fingen wahrscheinlich gerade erst an.

„Bald wirst du es wissen. Die Welt wird es wissen." Nero leckt sich über die Lippen. Hielt ich ihn jemals für heiß? „Jetzt komm raus, kleine Wölfin."

„Okay. Aber zuerst –" Ich zupfe den Ärmel meines Bademantels zur Seite und hebe die Glock, die ich mir kaufte, nachdem ich meinen Stalker ausgeschaltet hatte. „Sag Hallo zu meinem kleinen Freund", zitiere ich und ziele auf den Schritt des Vampirs.

~

Trey

Der Anruf kommt rein, gerade als ich zusammenpacken und zurückfahren will. Sheridans Nummer rollt über das Display, als hätte ich sie heraufbeschworen. In meiner Hast, zu antworten, lasse ich das Handy beinahe fallen.

„Trey?" Sheridans Stimme zittert, nur ganz leicht, und

schon bin ich auf den Füßen, die Muskeln angespannt und bereit zum Kämpfen.

„Was ist los, Süße?“ Wenn ihr Vater sie angebrüllt hat, dann werde ich…

„Ich habe ein… Blutsauger-Problem.“

Ich trete den Ständer meines Motorrads hoch, bevor sie auch nur die Hälfte ihrer Erklärung vorbringen kann. „Wo bist du?“

„In meiner Casita.“

„Bleib dort. Rühr dich nicht vom Fleck.“

„Ich habe die Situation größtenteils unter Kontrolle, ich –“

„Tu, was ich sage“, befehle ich und fahre los.

Ich breche einen Geschwindigkeitsrekord, um zurück zu Sheridans Casita zu gelangen. Mein Motorrad rast durch den alten spanischsprachigen Stadtteil und parkt hinter einem schwarzen Sedan, der nach Vampir riecht.

Sheridan sitzt in einem Bademantel und mit leeren Augen auf der Treppe.

Ich gehe auf ein Knie. „Bist du okay?“

„Ja.“ Sie zwingt sich zu einem Lächeln.

„Was ist passiert?“

„Ich hatte einen Besucher.“ Sie nickt zu dem dunklen Auto, das vor ihrem Haus auf der Straße geparkt ist. „Ich habe auf ihn geschossen.“ Indem sie eine Falte ihres Bademantels zur Seite zupft, enthüllt sie eine Pistole mit einem verlängerten Lauf.

„Whoa.“ Ich strecke meine Hand aus. Ich will wissen, was zur Hölle passiert ist, aber Sheridan benimmt sich so komisch, dass es vermutlich am besten ist, langsam zu machen. Ich nehme die Pistole in die Hand und untersuche sie. Sie riecht seltsam.

„Und niemand hat die Cops gerufen?“ Ich sehe mich um,

aber alle Häuser liegen dunkel und still da. Niemand blinzelt durch die Jalousien zu seiner Nachbarin im Bademantel, was gut ist, denn sie würden auch einen großen furchterregenden Biker sehen, der sie in seinen Armen trägt.

„Ich hatte einen Schalldämpfer."

„Ich kann das nicht fassen."

Sie zuckt mit den Schultern. „Sprich leise und trag eine große Pistole bei dir."

„In Ordnung. Wo ist der Körper?"

„Gesichert. Es ist Nero."

„Du hast auf einen Vampir geschossen?" Wenn ich so darüber nachdenke, dann riecht die Pistole nach Knoblauch.

„Und habe ihn halb gepfählt. Das wird ihn nicht für immer festhalten, aber es wird uns etwas Zeit verschaffen."

„Wofür?"

Sie erhebt sich und löst die Haare aus ihrem Pferdeschwanz. „Ich muss mich anziehen und dann brauche ich eine Begleitung."

„Begleitung?", platze ich heraus. Das geht alles viel zu schnell.

„Ja." Sie bleibt auf der Türschwelle stehen. „Er hat gestanden, das Kampfklub-Opfer getötet zu haben, weshalb wir ihn Frangelico ausliefern müssen."

Bevor sie ins Haus verschwinden kann, erwische ich ihre Hand. Es ist keine Zeit dafür, aber ich muss etwas sagen. „Warte. Sheridan. Bist du wirklich okay?"

„Ich hatte einen leichten Schock. Aber jetzt geht es mir gut. Du bist hier." Sie gibt mir einen schnellen Kuss auf die Lippen. Erneut setzt sie zum Gehen an und ich ziehe sie zurück.

„Es ist jetzt keine Zeit, das alles zu besprechen", sage ich. „Aber als du in Gefahr warst, riefst du mich an."

„Ja."

„Du wähltest mich."

Ihre Miene wird weich. „Ja."

Ich küsse sie und lasse sie gehen. „Geh dich umziehen. Schnell. Wir reden später."

Sie grinst und verschwindet, meine kleine Vampirjägerin.

KAPITEL 25

GEGENWART

Trey

Eine Stunde vor Dämmerung fahren wir vor den Club Toxic. Frangelico, der einen Smoking und Opernhandschuhe trägt, nähert sich uns. Ich würde mit den Augen rollen, aber Sheridan ist passend zu ihm gekleidet. Sie steckt in einem roten Kleid, das weit gebauscht ist und sich in einem Radius von über einem halben Meter um sie herum ausbreitet, es raschelt sogar, wenn sie läuft. Ich werde all diesen Rüschenscheiß später wegreißen und herausfinden, ob das Mieder ohne ihn überleben kann. Ihre Titten sehen nämlich fantastisch aus.

Ich räuspere mich, als sich der König, flankiert von zwei muskulösen Männern, nähert. Ich schlucke und frage mich, ob Grizz jetzt hier arbeitet, da aufgeflogen ist, dass er auf ihrer Gehaltsliste steht. Ich werde nie zugeben, wie sehr es wehtat, zu erfahren, dass er ein Verräter war. Meine Brust schnürt sich zu, nur wenn ich daran denke. Wenigstens ist er jetzt nicht hier.

Frangelico schnippt mit den Fingern und seine Wachen bleiben sofort stehen und lassen Frangelico die Distanz zu uns allein überwinden.

„Dieses Mal keine Leutnante?“, frage ich lässig.

Frangelico zeigt seine Eckzähne, entweder lächelt er oder er bedroht mich. Wahrscheinlich beides. „Du wirst feststellen, Wolf, dass ich in der Lage bin, mich selbst zu verteidigen.“

„Nicht heute Nacht“, verkündet Sheridan. „Wir wollen keinen Kampf.“

„Sehr gut.“ Lucius verbeugt sich vor ihr. Sie macht im Gegenzug einen Knicks und ich verdrehe die Augen. Dämliche Blutsauger fahren immer auf diesen altmodischen Schwachsinn ab. Ich kann jedoch erkennen, dass der Vampirkönig völlig begeistert davon ist, und trete näher zu Sheridan.

Lucius blickt bedeutungsvoll zum Horizont. „Vielleicht können wir dann das Geschäftliche regeln. Die Dämmerung ist nah.“

„Yeah“, brumme ich leise. „Willst schließlich nicht als Brathähnchen enden.“

Sheridan rammt mir den Ellbogen in die Seite, während sie zu ihrem Mercedes geht.

„Wir haben etwas von dir.“ Sheridan deutet zum Kofferraum und wartet darauf, dass der Vampirkönig seine Erlaubnis durch Nicken erteilt. Langsam öffnet sie den Kofferraum und tritt beiseite. Lucius macht zwei Schritte nach vorne und neigt seinen Kopf. Sein Gesicht wird vollkommen ausdruckslos, als er sieht, was sich darin befindet.

„Ah. Ja, das gehört in der Tat zu mir. Erzähl mir, Wolf, wie kommt es, dass mein Kind mit einem Holzpfahl in der Brust in deinem Kofferraum liegt?“

„Er stalkte mich“, erzählt ihm Sheridan. „Er kam zu

meinem Haus und versuchte, hineinzugelangen. Gestand, dass er die Leiche vor der Tür des Kampfklubs zurückließ. Irgendetwas darüber ‚die alten Traditionen aufrechtzuerhalten‘ und der Welt zu zeigen, was echte Vampire sind. Er und seine Vampir'brüder‘." Sie hebt ihre Zeigefinger und wackelt bei dem Wort ‚Brüder‘ mit ihnen. Lucius Gesicht wird wahrhaft furchterregend, als Sheridan weiterspricht: „Jedenfalls schoss ich auf ihn und pfählte ihn, aber nur zur Hälfte. Ich dachte, du würdest dich selbst um ihn kümmern wollen."

Ich halte die Luft an, als Frangelico mein Mädchen, ihr Auto und seinen gefallenen Leutnant mustert. Jetzt werden wir sehen, ob er seine Regeln durchsetzt.

Das Lächeln, das sich auf Lucius Gesicht ausbreitet, lässt mich erschaudern. „Nun, Dankeschön, meine Liebe. Es ist so nett, einen Wolf kennenzulernen, der einen Waffenstillstand respektiert." Er winkt seinen Bodyguards und sie trotten nach vorne, um den bewusstlosen Vampir aus dem Kofferraum und hinter das Gebäude zu schleifen. Sie machen sich nicht die Mühe, sanft vorzugehen.

„Armer Nero. So leidenschaftlich und vielversprechend. Ich werde ihn bestrafen müssen. Und diesem kleinen Putsch auf den Grund gehen." Lucius berührt mit der Zunge seine Eckzähne. Er sieht überhaupt nicht aufgebracht aus.

„Ich werde meinem Alpha Bescheid geben, dass die Waffenruhe noch Bestand hat", sage ich und zupfe an Sheridans Arm. Zeit zum Gehen, bevor der Vampir beschließt, dass er doch wütend ist und mehr als nur Nero bestrafen will.

Bevor sie sich umdrehen und mir folgen kann, sagt Lucius: „Ich habe Wölfinnen schon immer geliebt."

Ich wirble herum, eine Beleidigung auf der Zungenspitze, doch Sheridan stoppt mich mit einer Hand auf meiner Brust. „Ich erledige das", informiert sie mich liebenswürdig.

Sie lächelt den Vampir an und zeigt ihre Reißzähne. „Vorsicht. Wir wissen deine Bereitschaft, Querelen mit uns zu vermeiden, zwar zu schätzen, aber wir mögen Vampire nicht immer, und wir haben kein Interesse daran, das Opfer zu spielen. Ich würde nicht wollen, dass dir am Ende der Kopf abgerissen wird, weil du eine Wölfin falsch angeschaut hast."

Ich versteife mich, bin bereit zum Kampf. Sheridan hat gerade einen Vampirkönig mit einer nicht ganz so subtilen Drohung beleidigt.

Lucius Frangelico wirft den Kopf nach hinten und lacht. Wir beobachten, wie die blasse Säule seiner Kehle arbeitet, erstarrt vor Entsetzen. Vampirgelächter ist das verdammt Furchterregendste, das ich jemals gehört habe.

„Reizend", sagt der Blutsauger und schüttelt voller Freude den Kopf. „Einfach reizend. Geh jetzt, bevor ich beschließe, dich zu behalten."

Trey

ANSTATT NACH HAUSE ZU FAHREN, mache ich mich auf den Weg zum Gates Pass und cruise hinauf zu einem malerischen Aussichtspunkt. Der Tag bricht an und eine Weile sprechen wir nicht, sondern beobachten nur, wie sich das Licht und die Farben über dem Tal ausbreiten. Sheridan schiebt ihre Hand in meine. Fuck, das hätte alles so viel schlimmer verlaufen können. Aber für den Moment habe ich meine Lady in Reichweite und ein weiterer hübscher Tag kündigt sich am Horizont an.

Ihre Hand streichelt meine Haare. Ich fange sie ein und knabbere an ihren Fingern, bis sie lacht.

„Wir haben es geschafft", seufzt sie und ihr ausgefallenes Kleid raschelt.

„Du hast es geschafft." Ich küsse ihre Finger. „*Querelen*? Lass mich raten – Wort des Tages Kalender?" Ihr Lächeln ist nicht nur Antwort genug für mich, sondern sorgt auch dafür, dass mein Schwanz zuckt.

Yeah, ich will sie über die Motorhaube des Autos kippen und vögeln, in dem Kleid und allem, aber wir haben beide eine Menge durchgemacht. Zuerst möchte ich den Sonnenaufgang mit meinem Baby beobachten, sie in liebenswürdige und anschmiegsame Stimmung versetzen. Dann kann ich sie an das Bett fesseln und ihr Orgasmen schenken, bis sie zustimmt, mich nie wieder zu verlassen.

„Der Klub wird bald wieder aufmachen", merke ich an. „Die Cops haben jetzt keinen Grund mehr, ihn weiterhin zu sperren."

„Gut. Ich habe große Pläne für ihn."

Mein Kopf ist so beschäftigt mit Peitschen und Ketten und welche Art von Seil für ihre weichen Handgelenke am besten geeignet wäre, dass ich ihre Worte zurückspulen muss, bis ich sie richtig höre. Dann spule ich sie erneut zurück. „Wie bitte?"

Sie kräuselt die Nase. „Du hast mich gehört. Das Konzept ist gut, aber in puncto Umsetzung hast du noch einen langen Weg vor dir. Der Kampfklub könnte genial und legal sein, wenn wir nur ein paar Schutzmaßnahmen einrichten."

Ich lehne mich verblüfft zurück gegen meinen Sitz. „Also bleibst du?"

Sie blinzelt mich ein paarmal an. „Nun, Garrett sagt, ich kann nur bleiben, wenn du für mich bürgst." Sie klimpert mit den Wimpern. „Also was sagst du?"

Ich grinse so breit, dass mein Gesicht wehtut. „Bist du dir sicher?"

Sie zuckt mit den Achseln. „Ich habe nie ins Wolf Ridge Rudel gepasst. War nur wirklich gut darin, es zu faken.“ Sie krabbelt auf meinen Schoß, samt dem großen Kleid und allem. Meine Arme umschließen sie, als wäre sie dafür geschaffen worden, hier zu sein. „Bei dir muss ich es nicht faken.“

„Verdammt richtig.“

Sie kichert. „Ist es okay für dich, wenn ich hier bin?“

„Oh yeah.“ Meine Arme spannen sich um sie an. „Jetzt muss ich nicht meinen anderen Plan in die Tat umsetzen, um dich zum Bleiben zu bewegen.“

„Welchen Plan?“

„Den werde ich dir nicht verraten. Ich werde ihn später vielleicht noch brauchen, falls du deine Meinung änderst.“

„Ich habe meine Entscheidung getroffen. Ich werde meine Meinung nicht ändern.“

„Nun, dann möchte ich dich später überraschen.“ Ich lasse meine Hand über das enge Mieder des Kleides gleiten. „Aber bei dem Plan sind das Halsband und Leine und Ballknebel involviert, falls du es wissen willst.“

Sie kichert. „Klasse.“ Sie kuschelt sich dichter an mich und steckt ihren Kopf unter mein Kinn.

„Du willst also für den Kampfklub arbeiten?“

„Das tue ich bereits.“ Sie schmiegt sich an mich und ich brauche einen Moment, bis mir wieder einfällt, wovon wir sprachen. „Ich werde die Buchhaltung und Büroarbeiten übernehmen, aber ich kann nicht aufhören, hinter der Bar auszuschenken. Zumindest nicht, bis ich Luka beigebracht habe, wie man das richtige Wechselgeld rausgibt. Du brauchst mich.“

„Verdammt richtig“, murmle ich. Ich mag es, sie in meinen Armen zu spüren. „Ich denke es wird mir gefallen, dein Boss zu sein.“

„Boss? Nein. Ich habe einen Abschluss in Business und Marketing und einen MBA. Ich werde dein Boss sein.“ Sie drückt sich nach oben und blickt mir erhitzt in die Augen.

„Meinst du das ernst?“

„Fuck, ja“, erwidert sie und ohne es zu wollen, grinse ich.

„Du bist niedlich, wenn du fluchst. Sag es noch einmal.“

„Nein.“ Mit einem Seufzen lässt sie sich wieder auf meinem Schoß nieder.

„Ich wette, ich kann dich dazu bringen, es noch mal zu sagen“, verspreche ich dunkel.

Sie gluckst. „Ich freue mich darauf, wenn du es versuchst.“

Sheridan

Das Licht fällt auf Treys Gesicht und gleitet über seine Züge. Ich seufze ein glückliches Seufzen. Ich weiß nicht, wofür ich ihm dankbarer bin; dass er mir half, den Frieden mit den Vampiren zu sichern, oder dass er mich dazu brachte, meinem Dad die Stirn zu bieten. Jetzt kriege ich Sonnenaufgänge und Sonnenuntergänge und all die Stunden dazwischen mit ihm. Er ist meine Belohnung.

„Können wir zuerst beim Klub vorbeischauen? Ich muss ein paar Maße nehmen.“ Als er mich anblinzelt, fahre ich fort: „Für das neue Interieur, das ich designen werde. Mach dir keine Sorgen, wir werden die Veränderungen nicht alle gleichzeitig implementieren. Wir werden mit kleinen Upgrades anfangen, die die Kunden zu schätzen wissen werden. Als Erstes wird ein neuer Parkplatz gebaut – ich rufe morgen Baufirmen an.“

„Fick mich“, ächzt Trey.

„Oh, das steht auch auf der Agenda. Wenn du brav bist und niemand in der Nähe ist, können wir es im Klub tun, an dem Maschendrahtzaun.“

Er erstarrt, dann packt er meinen Busen, fest. „Ist das ein Versprechen?“

„Schlafen können wir, wenn wir tot sind.“

„Komm schon“, knurrt er. „Ich will sehen, welche sexy Wäsche du unter diesem Kleid anhast.“

„Okay.“ Ich grinse ihn an und lege meine Hand auf seinen Schenkel, während er den Gang meines Autos einlegt. Ich kann nicht widerstehen, aber ich warte, bis er gerade wieder auf die Straße biegen will, bevor ich mich dichter zu ihm beuge, um ihm ins Ohr zu flüstern: „Ich trage gar nichts darunter.“

Ende

MÖCHTEST du noch mehr Liebesgeschichten von der Wolf Ridge High lesen? Renee Rose hatte so viel Spaß dabei, die Highschool-Passagen dieser Geschichte zu schreiben, dass sie zwei Wolf Ridge High Bücher geschrieben hat. Wirf hier einen Blick in Alpha Bully.

MEHR WOLLEN?

Bitte genieße diesen kurzen Auszug aus dem nächsten alleinstehenden Buch in der *Bad-Boy-Alpha*-Serie

Bad Boy Alphas

Alphas Versuchung
Alphas Gefahr
Alphas Preis
Alphas Herausforderung
Alphas Besessenheit
Alphas Verlangen
Alphas Krieg
Alphas Aufgabe
Alphas Fluch
Alphas Geheimnis
Alphas Beute
Alphas Blut
Alphas Sonne

RENEE ROSE: HOLEN SIE SICH IHR KOSTENLOSES BUCH!

Tragen Sie sich in meine E-Mail Liste ein, um als erstes von Neuerscheinungen, kostenlosen Büchern, Sonderpreisen und anderen Zugaben zu erfahren.

https://www.subscribepage.com/mafiadaddy_de

BÜCHER VON RENEE ROSE

Chicago Bratwa

Der Direktor

Gefährliches Vorspiel

Der Mittelsmann

Unterwelt von Las Vegas

King of Diamonds: Was in Vegas passiert, bleibt in Vegas, Band 1

Mafia Daddy: Vom Silberlöffel zur Silberschnalle, Band 2

Jack of Spades: Gefangen in der Stadt der Sünden, Band 3

Ace of Hearts: Berühmtheit schützt vor Strafe nicht, Band 4

Joker's Wild: Engel brauchen auch harte Hände (Unterwelt von Las Vegas 5)

His Queen of Clubs: Russische Rache ist süß (Unterwelt von Las Vegas 6)

Dead Man's Hand: Wenn der Tod mit neuen Karten spielt

Wild Card: Süß, aber verrückt

Wolf Ranch

ungebärdig - Buch 0 (gratis)

ungezähmt– Buch 1

ungestüm - Buch 2

ungezügelt - Buch 3

unzivilisiert - Buch 4

ungebremst - Buch 5

unbändig - Buch 6

Wolf Ridge High

Alpha Bully - Buch 1

Alpha Knight - Buch 2

Bad Boy Alphas

Alphas Versuchung

Alphas Gefahr

Alphas Preis

Alphas Herausforderung

Alphas Besessenheit

Alphas Verlangen

Alphas Krieg

Alphas Aufgabe

Alphas Fluch

Alphas Geheimnis

Alphas Beute

Alphas Blut

Alphas Sonne

Die Meister von Zandia

Seine irdische Dienerin

Seine irdische Gefangene

Seine irdische Gefährtin

EBENFALLS VON LEE SAVINO

Die Berserker-Saga

Verkauft an die Berserker

Gepaart mit den Berserkern

Entführt von den Berserkern

Übergeben an die Berserker

Gefordert von den Berserkern

Die Frauen der Berserker

Gerettet vom Berserker – Hasel und Knut

Gefangen von den Berserkern – Weide, Leif und Brokk

Verschleppt von den Berserkern – Salbei, Thorbjorn und Rolf

Gebunden an die Berserker – Laurel, Haakon und Ulf

Berserker-Nachwuchs – die Schwestern Brenna, Sabine, Muriel, Fleur und ihre Gefährten

(demnächst)

***Die Nacht der Berserker* – die Geschichte der Hexe Yseult**

***Eigentum der Berserker* – Farn, Dagg und Svein**

***Gezähmt von den Berserkern* – Ampfer, Thorsteinn und Vik**

Beherrscht von den Berserkern

Unschuld mit Stasia Black (Eine dunkle Liebesgeschichte)

Das Erwachen (Unschuld 2)

Königin der Unterwelt: Eine Dunkle Liebesgeschichte (Unschuld 3)

Die Gefangene des Biestes: Eine dunkle Romanze (Die Liebe des Biestes 1)

Die Rache des Biestes: Eine dunkle Romanze (Die Liebe des Biestes 2)

Der Soldat, der mich verführt

Draekons (Drachen im Exil) mit Lili Zander **(Eine Sci-Fi Dreierbeziehung Romanze)**

Draekon Gefährtin

Draekon Feuer

Draekon Herz

Draekon Entführung

Draekon Schicksal

Tochter der Dragons

Draekon Fieber

Draekon Rebellin

Draekon Festtag

ÜBER DIE AUTORIN

USA TODAY Bestseller-Autorin RENEE ROSE liebt dominante, verbalerotische Alpha-Helden! Sie hat bereits über eine Million Exemplare ihrer erotischen Liebesromane mit unterschiedlichen Abstufungen verruchter sexueller Vorlieben und Erotik verkauft. Ihre Bücher wurden außerdem in *USA Todays Happily Ever After* und *Popsugar* vorgestellt. 2013 wurde sie von *Eroticon USA* zum nächsten *Top Erotic Author* ernannt und freut sich ebenfalls über die Auszeichnungen Spunky and Sassy's *Favorite Sci-Fi and Anthology Autor*, The Romance Reviews *Best Historical Romance* und Spanking Romance Reviews *Best Sci-fi, Paranormal, Historical, Erotic, Ageplay and Couple Author*. Bereits fünfmal gelang ihr eine Platzierung in der USA-Today-Bestsellerliste mit verschiedenen literarischen Werken.

Besuchen Sie ihren Blog unter www.reneeroseromance.com

ÜBER DIE AUTORIN

Lee Savino ist *USA Today*-Bestsellerautorin. Außerdem ist sie Mutter und schokosüchtig. Sie hat eine ganze Reihe von Büchern geschrieben, die alle unter die Rubrik »smexy« Liebesgeschichten fallen. *Smexy* steht dabei für »smart und sexy«.

Sie hofft, dass euch dieses Buch gefallen hat.

Besucht sie unter:
www.leesavino.com

Printed in Poland
by Amazon Fulfillment
Poland Sp. z o.o., Wrocław

76747580R00157